LE FILS DU CIEL

ROMAN CHINOIS

(C.)

PARIS. — Typ. et Lith. LACOUR, rue Soufflot, 18.

LE
FILS DU CIEL

ROMAN CHINOIS

PAR

PIERRE ZACCONE

H. B.

PARIS

Hᵀᴱ BOISGARD, LIBRAIRE-ÉDITEUR

10, RUE DU CLOÎTRE-NOTRE-DAME

—

1857

LE FILS DU CIEL

ROMAN CHINOIS

La ruelle aux Porcs

Le 2 juillet de l'année 1852, une jonque de commerce, fendant les flots limpides du Tigre, entrait paisiblement dans le port de Quan-tong. Le navire avait replié ses voiles de nattes autour de es vergues de bambou, et il passait, avec une adresse merveilleuse, à travers les mille bâtiments rangés symétriquement le long des deux rives du fleuve.

C'était le soir.

A cette heure, les bruits du port commençaient à s'apaiser peu à peu, chaque barque regagnait docilement la place qui lui était assignée, et l'on n'apercevait plus que la silhouette indécise de la ville, qui se profilait confusément à l'horizon, derrière les premières ombres de la nuit.

Au milieu des objets de toutes sortes qui encombrent le pont de la jonque, le long des bastingages où pendent des grappes de têtes éveillées et curieuses, on peut encore distinguer deux personnages principaux, qui se font remarquer chacun par un type distinct et nettement accentué.

L'un est un tout jeune homme, — vingt-cinq ans à peine, — avec une forêt de cheveux noirs, deux yeux vifs et clairs, et un accent d'audace et de malice répandu dans toute sa physionomie.

L'autre est plus âgé; il n'a pas moins de quarante ans; il est gras et replet, sa figure rubiconde annonce un tempérament sanguin, et son front est couronné de rares cheveux tirant sur le roux.

Ce sont deux passagers, deux amis, ils viennent de Macao, où la jonque les a pris à son bord, et leur voyage n'a d'autre but que de parcourir et de visiter la ville de Quan-tong.

L'homme aux cheveux roux est un Anglais de Plymouth, marin expérimenté, flegmatique et sensuel, que le hasard de ses excursions a promené depuis vingt ans sur tous les points du globe. La Chine était peut-être le seul pays qui lui fût inconnu, et il a profité d'une récente occasion pour satisfaire enfin le désir qu'il nourrissait depuis longtemps de visiter le Céleste-Empire.

Quant à son compagnon, c'est une bien autre histoire.

Son regard, ses gestes, son attitude, toute sa personne enfin respire une vivacité distinctive, qui pourrait au besoin lui servir de passeport. C'est un Français, un Parisien pur sang; il s'appelle Pinson; il n'est pas grand, ni gros; mais il est bien pris dans sa petite taille, et son œil brun a des éclairs d'esprit et de virilité qui témoignent d'un homme déjà fait. Enfant, il a été la gaîté des ateliers, le bruit tapageur des théâtres, le mouvement, l'esprit, l'imprévu des boulevards; à dix ans il avait quitté sa tribu, et campait sur l'asphalte de la capitale; à douze, il mêlait sa voix enfantine à celle de l'émeute; à quinze, il apportait son pavé à la barricade!

Après, qu'a-t-il fait? Nous n'en savons rien, si ce n'est qu'un soir il est parti sans savoir même où il allait; il avait besoin d'air, de soleil, de liberté surtout! Il laissait pourtant derrière lui une mère tendrement dévouée; mais, à cet âge, aime-t-on autre chose que la vie! On l'avait vu successivement en Californie, au Mexique, en Australie, partout enfin où l'on ne reconnaît de maître que le hasard, dans tous les lieux où l'on ne relève que de sa force et de son adresse. C'est à Sydney qu'en dernier lieu il avait rencontré master John Tittmarsh, et qu'il s'était pris pour lui d'une sympathie des plus vives; maître Tittmarsh, de son côté, s'était laissé séduire par la gaîté pittoresque et facile de son compagnon, et dès le premier jour naquit entre eux une amitié que rien ne vint jamais ébranler.

Nous n'avons pas l'intention de nous appesantir longuement sur ces deux personnages, nous y reviendrons d'ailleurs plus loin; pour le moment, nous nous bornerons aux quelques détails qui précèdent, et nous allons entrer sans plus de préambule dans notre récit.

Donc le 2 juillet de l'année 1852, le jeune Anatole Pinson et maître John Tittmarsh, accoudés, l'un à côté de l'autre, sur les bastingages d'une belle jonque de commerce, faisaient leur entrée solennelle dans le port de Quan-tong.

Pendant qu'ils avançaient, le jour avait peu à peu disparu, et quand ils touchèrent le quai, il faisait presque nuit.

Les deux amis ne perdirent pas leur temps à chercher, sur le pont encombré du navire, les objets qui pouvaient leur appartenir : ils étaient partis sans bagage, ils devaient être arrivés de même. Pinson fit donc signe à John de le suivre, et comme ce dernier avait hâte de toucher la terre ferme, ils se disposèrent à gagner le quai.

Mais au moment où il allait partir, Pinson se sentit doucement frapper sur l'épaule.

Il se retourna avec vivacité, et aperçut une femme, qu'il reconnut aussitôt pour le *capitaine* de la jonque, — mistress As-say, comme l'appelait Tittmarsh, lequel n'avait pu encore se faire à l'idée de voir de vrais matelots obéir à une femme.

Mistress As-say était petite, et un peu replète; elle portait une veste d'étoffe, un caleçon et une jupe plissée, sur laquelle flottait une robe longue, ornée de larges manches; ses cheveux étaient retroussés à la manière chinoise et laissaient voir son visage que le soleil et l'air avaient bruni depuis longtemps; enfin, bien qu'elle eût déjà une quarantaine d'années environ, son regard avait conservé une sombre vivacité qui témoignait d'une énergie peu commune.

Elle sourit à Pinson, et montra ainsi ses dents que l'usage du bétel avait jaunies :

— Vous partez, dit-elle en mauvais anglais aux deux amis.

— A l'instant, répondit Pinson.

— Et comptez-vous rester longtemps à Quan-tong?

— Ma foi, je n'en sais rien.

La femme considéra un moment le jeune Parisien avec une profonde attention, puis elle poursuivit :

— C'est la première fois que vous pénétrez dans le *royaume du Milieu*, dit-elle presque aussitôt?

— En effet, répondit Pinson?

Et vous n'en connaissez ni l'esprit ni les mœurs.

— C'est-à-dire que je suis à cet égard comme l'enfant qui vient de naître.

As-say fit un signe de tête qui voulait dire qu'elle comprenait :

— Eh bien, reprit-elle peu après, prenez garde alors, et n'oubliez jamais que le Chinois a l'horreur de l'*étranger-démon*; vous êtes jeune, vous ; vous avez peut-être une mère qui attend et espère votre retour... C'est un bon conseil que je vous donne, ne restez pas longtemps à Quan-tong, et n'y dépassez jamais les limites au-delà desquelles l'autorité de vos consuls serait impuissante à vous protéger...

Sur ces mots, elle fit un geste d'adieu à Pinson et à Tittmarsh, et les deux amis lui ayant rendu son salut, ils sautèrent sur le quai, et pénétrèrent dans la ville.

Quan-tong est un des grands centres commerciaux du Céleste-Empire : depuis longtemps déjà, cette ville est devenue l'entrepôt principal des transactions de toute nature établies entre les étrangers et les *hanistes*, négociants chinois privilégiés, qui peuvent seuls traiter avec les *barbares*. La ville est immense, et à toute heure du jour, on peut y voir circuler une population active, où chaque artisan fait son bruit et son mouvement. Les petites industries n'y sont pas, comme chez nous, localisées ou attachées à un domicile fixe ; elles vont et viennent, à travers les rues encombrées et turbulentes, et s'installent avec leurs outils dans le lieu où la pratique les appelle et les retient ; c'est un spectacle étrange, et à chaque carrefour, à tous les coins de rue, stationnent des groupes nombreux d'ouvriers qui exercent leur métier en plein vent : ici des marchands de fruits, là des barbiers ou des jongleurs ; plus loin, des forgerons ; tantôt ce sont des soldats précédés de trompettes, de gongs et de cymbales, tantôt enfin, des gamins chinois, jetant gaîment le bruit de leurs pétards et de leurs soleils au milieu des mille bruits de cette population unique.

Hâtons-nous d'ajouter, cependant, qu'il n'est pas en Europe une ville où la police fonctionne avec plus de facilité qu'à Quan-tong ; à travers cet apparent tohu-bohu, règne un ordre dont les étrangers chercheraient vainement à se faire une idée ; cette foule, où se réunissent tous les éléments possibles de désordre, se laisse régenter par la police, comme des écoliers par leurs maîtres. « Ce n'est pas aux piétons à se tenir sur leurs gardes, dit un témoin oculaire, c'est à ceux qui sont à cheval ou en chaise à porteurs à prendre soin de ne les point heurter ou éclabousser. Un Grand craindrait de pousser avec sa monture le plus chétif jongleur ou le plus petit marchand ambulant : au moindre cri, les soldats du corps de garde voisin accourent et terminent tous les différends, avec quelques menaces ou avec des coups de fouet, quand on n'obéit pas sur-le-champ. »

A l'heure où ils entrèrent dans la ville, les petites rues, conformément aux règlements de la police, étaient fermées de barrières, chacun venait de rentrer chez soi, et l'on n'entendait plus que le bruit des soldats chinois qui *battaient la veillée*, sorte de guet qui fait sa ronde, et préside à la sécurité publique.

Passé l'heure de ce que nous appellerions le couvre-feu, nul ne peut plus circuler dans les grandes voies sans être muni d'une lanterne, et dans celles de moindre importance, sans se faire reconnaître aux corps de garde établis à chaque coin de rue. Grâce à ces sages précautions, les noctambules sont rares en Chine, mais on y rencontre encore cependant, comme partout, les hommes que le crime tient en éveil, et ceux auxquels la passion du vol inspire l'audace et l'adresse nécessaires pour déjouer toutes les surveillances.

Pinson possédait au suprême degré la faculté si utile au cosmopolite ; à peine avait-il mis le pied sur un terrain absolument nouveau pour lui, qu'avec cette intelligence incessamment ouverte du gamin de Paris, il parvenait, presque instantanément, à comprendre les plus infinis détails des mœurs et des coutumes du pays qu'il visitait. Une heure ne s'était pas écoulée, qu'il s'orientait, orné d'un falot, dans les rues de Quan-tong, comme s'il se fût agi du faubourg Saint-Antoine, ou des environs de la place Maubert.

Maître Tittmarsh le suivait avec peine à travers les rues mal pavées, et on l'entendait grommeler et souffler à quelques pas derrière.

— Dieu damne, dit-il enfin à son compagnon, allons-nous donc courir ainsi toute la nuit, et ne ferions-nous pas mieux d'entrer dans le premier cabaret où nous pourrions boire quelques verres de porter, en mangeant un bon rosbif?

Pinson fit entendre un joyeux éclat de rire.

— Ah ! ah ! maître Tittmarsh, répondit-il en revenant sur ses pas, nous avons donc toujours bon appétit?

— Parbleu !

— Alors je dois vous avertir d'une chose, mon excellent ami.

— Laquelle?

— C'est que vous ne trouverez, en Chine, ni porter ni rosbif.

— Pourquoi cela?

— Parce que l'on ne se nourrit ici que de nids d'hirondelle et de vers de terre.

Maître Tittmarsh haussa les épaules, et regarda son compagnon d'un air sérieux.

— Voyons, dit-il, d'une voix grave, il ne faut pas plaisanter avec ces choses-là ; les Français sont le peuple le plus spirituel de la terre, et je veux le croire, puisque ce sont eux qui le disent ; mais quand il s'agit de rosbif, il est convenable de changer de ton et de langage ; or, dites-moi bien sincèrement quel est votre but, en me faisant parcourir de la sorte des rues où l'on trébuche à chaque pas, et qui ressemblent à de véritables coupe-gorge.

Pinson frappa sur l'épaule de son interlocuteur :

— Pardon, s'écria-t-il gaîment, en voici bien d'une autre, est-ce que vous auriez peur, maître John?

— Moi!... fit Tittmarsh en se redressant, comme s'il eût été poussé par un ressort invisible.

— Que craignez-vous alors?

— Je crains de ne pas manger.

— Croyez-vous donc que mon estomac soit plus bienveillant que le vôtre?

— Enfin, où me conduisez-vous?

— A la place des Factoreries, maître Tittmarsh, où, s'il plaît à Dieu, nous trouverons le restaurant de Marquick, lequel se fera un plaisir, croyez-le bien, d'héberger, moyennant quelques guinées, un enfant de la perfide Albion.

— Mais la place des Factoreries est-elle loin encore? insista le vieux marin.

— A quelques pas tout au plus.

— Qu'en savez-vous? Vous n'êtes jamais venu à Quan-tong.

— Sans doute.

— Eh bien?

— Mais je me suis laissé dire à Macao que la *ruelle aux Porcs* y conduisait en ligne droite, et sauf votre respect, monsieur Tittmarsh, je crois que ladite ruelle est devant nous.

Maître John regarda son interlocuteur avec une sorte de stupéfaction. Doué d'une intelligence un peu alourdie par des libations trop fréquentes de gin ou de porter, l'honnête marin s'étonnait naïvement de cette facilité d'orientation dont témoignaient l'attitude et les paroles de son partner.

— Savez-vous, mon ami, dit-il à Pinson, que vous êtes un précieux compagnon?

— Vous êtes bien bon, maître Tittmarsh, répondit Pinson.

— Sans vous, je me serais perdu vingt fois déjà.

— Vous exagérez.

— Du tout, et je me plais à reconnaître là un des caractères distinctifs des gentlemen de votre nation.

Pinson s'inclina comiquement avec sa lanterne.

— J'accepte ce témoignage avec joie, maître Tittmarsh, répondit-il, et croyez que je sais en apprécier toute l'importance.

— Vous raillez.

— Pas le moins du monde.

— Ne vous en défendez pas, c'est encore là un trait caractéristique... C'est de la sorte que les Français gâtent le plus souvent leurs meilleures qualités.

Pinson ne put s'empêcher de sourire à cette repartie, et il allait continuer, quand un incident inattendu vint tout à coup détourner leur attention.

Des cris de détresse venaient de se faire entendre à quelque distance, dans la ruelle même où ils allaient s'engager.

Pinson et Tittmarsh échangèrent un rapide regard à travers l'obscurité.

— Avez-vous entendu? fit Pinson à voix basse.

— Parbleu, repartit Tittmarsh.

— On assassine quelqu'un.

— Probablement.

— Courons alors.

— Sans doute, mais voilà un incident qui vient bien mal à propos.

— Pourquoi?

— Parce qu'il va retarder notre souper.

Pinson fit un geste insouciant.

— Bah! répondit-il gaîment, on a si peu souvent l'occasion de faire une bonne action, que nous serions coupables de laisser échapper celle-ci; d'ailleurs, croyez-moi, Tittmarsh, si nous parvenons à sauver la victime qui nous appelle à son aide, Dieu nous récompensera, et nous n'en souperons que mieux après.

Et sur ces mots, Tittmarsh ayant opiné du bonnet, les deux amis s'engagèrent résolûment dans la ruelle aux Porcs.

Cette ruelle, dit Old Nick, est, pour les matelots anglais, un lieu de délices, auquel ces grossiers épicuriens semblent avoir donné un nom en rapport avec la vie qu'ils y mènent. A peine débarqués, ils ne manquent jamais de se rendre vers ce quartier. A l'instant même, les cabaretiers, les aigrefins de l'endroit, sortent en foule de leurs huttes, et leurs avances cordiales, dont ils mesurent la familiarité sur la confiance qui leur est accordée, séduisent infailliblement le franc marin. On entre, on s'attable,

on boit le *sam-tcheu*, dans lequel le Chinois a glissé d'avance
un puissant narcotique ; quelques rasades suffisent pour tourner
la tête la plus solide. Alors, le marin devient furieux ; il éclate en
imprécations, il distribue à droite et à gauche quelques bourra-
des, reçues avec le plus profond respect par ses nouveaux amis,
bien certains que sont ces derniers de prendre leur revanche. En
effet, les jurons sont de plus en plus incohérents et vagues, les gestes décousus, les yeux incertains. Bref, notre homme s'endort,
et les Chinois retournent ses poches à loisir.

Ces sortes de scènes qui troublent fréquemment la tranquillité
de la ruelle aux Porcs en ont rendu les habitants peu disposés à
s'émouvoir du bruit et des cris : on égorgerait quelqu'un sur le
seuil de leur porte qu'ils se garderaient bien de se déranger pour
si peu. Les Chinois sont d'ailleurs fort peu portés à se mêler des
affaires d'autrui, surtout quand il s'agit de querelles et de coups
à donner ou à recevoir.

Les vrais Chinois, dit le P. Amiot, ne vont guère au-delà des
injures, ou tout au plus de quelques coups de poing ; et encore,
lorsqu'ils veulent se battre, ils ne le font point sans de longues dé-
libérations : ils commencent par ôter leurs habits ; ils les mettent
proprement dans quelque endroit sûr, aimant beaucoup mieux
qu'on leur déchire la peau du corps, qui ne leur coûte rien, que les vêtements, qui leur coûtent de l'argent : quand celle-là est écorchée,
disent-ils, on en est quitte pour attendre patiemment la guérison ;
mais quand ceux-ci sont déchirés, il faut en acheter de nouveaux.

Après que les vêtements ont été mis à l'abri de toute insulte, ils
se provoquent mutuellement, et se disent par-ci par-là quelques
injures pendant l'espace d'un quart d'heure, jusqu'à ce que quelqu'un des spectateurs se mette en devoir de les séparer. Les
champions font d'abord quelque difficulté ; mais, dociles ensuite,
ils se séparent et s'en vont chacun de son côté.

Il est inutile de remarquer que ce sont les Chinois qui se conduisent ainsi, et que les *Mantchous* sont plus ardents et plus in-
disciplinés ; il n'est pas rare de les voir mettre le couteau à la main
et s'entr'égorger. Mais la race *mantchoue* est déjà bien subjuguée
par les mœurs chinoises, et leur naturel sauvage s'adoucit chaque
jour davantage.

Cependant, Tittmarsh et Pinson s'étaient élancés avec ardeur au secours de ceux qui les appelaient, et, guidés par les cris des victimes, ils ne tardèrent pas à arriver sur le lieu du meurtre.

Il s'agissait bien d'un meurtre en effet; il y avait là un homme et une jeune fille que trois assassins entouraient, et qui, armés de couteaux, les menaçaient d'une mort inévitable.

L'homme résistait encore à l'aide d'un bambou noueux, dont il se servait avec une adresse et une agilité merveilleuse, tandis que la jeune fille, les cheveux épars, les mains levées vers le ciel, implorait un secours inespéré.

Au moment où Pinson accourut, l'homme venait de recevoir un coup de couteau en pleine poitrine, et il tomba inanimé et sanglant sur le sol.

Il était mort peut-être; mais il restait la jeune fille à sauver... Pinson le comprit tout de suite, et, sans chercher d'autre motif, il fondit avec impétuosité sur les trois assassins.

Il ne portait pas le moindre poignard sur lui, mais il avait ramassé le bambou, qui avait roulé à terre, et il commença aussitôt un moulinet des plus remarquables.

Tittmarsh le suivait en criant hurrah! et en tenant ses deux poings disposés pour la boxe.

Cette attaque bien dirigée ne pouvait que produire un bon effet, et Tittmarsh le constata presque aussitôt avec satisfaction.

Leurs adversaires s'étaient décidés à rompre.

L'un d'eux avait déjà reçu sur la tempe un coup énergique qui le fit un instant trébucher comme un homme ivre; Tittmarsh gratifia le second d'un traître coup de poing dans l'épigastre, et le Chinois fit entendre à ce sujet un cri mal articulé qui, pour être inintelligible, n'en fut pas moins compris par les deux assaillants; le troisième hésita et parut se consulter.

Mais Pinson ne lui en donna pas le temps, et, poursuivant sa victoire avec ardeur, il serra davantage le jeu de son bambou, et en redoubla le moulinet. Pendant ce temps, Tittmarsh continuait ses hurrahs et développait, en le suivant, tout ce que l'art de la boxe a de plus raffiné.

C'était plus qu'il n'en fallait, et, sans chercher à soutenir plus longtemps une lutte qui commençait de devenir sérieusement dangereuse, les trois assassins se résignèrent à céder la place, et, prenant la fuite, ils disparurent en toute hâte vers la place des Factoreries, ou allèrent cacher leur défaite dans quelque cabaret voisin.

Dès que leurs adversaires se furent dispersés et que l'on n'entendit plus le bruit de leurs pas, Pinson se tourna vers Tittmarsh et lui tendit la main :

— Bravo! lui dit-il, maître Tittmarsh, vous vous êtes bien conduit.

Le marin haussa les épaules :

— Ce qui me satisfait, répondit-il, c'est que nous allons pouvoir souper maintenant.

— Tout à l'heure...

— Qu'y a-t-il encore?

— Il y a, mon honorable ami, que nous avons laissé notre Chinois dans un triste état, et qu'il convient de lui porter secours.

Ils revinrent vers le lieu où le combat avait commencé, et trouvèrent en effet le blessé encore étendu à terre; seulement deux Chinois étaient agenouillés à ses côtés, et la jeune fille avait disparu.

— Qu'est-ce que cela veut dire? fit Pinson à son compagnon.

— Ce sont d'autres malfaiteurs, répondit Tittmarsh.

— Si j'en étais sûr.

— Moi, je n'en doute pas... Décidément, ce pays est mal habité.

Pinson remua la tête en signe d'incrédulité.

— Ne nous hâtons pas de mal juger ces braves gens, répondit-il, ils ne sont peut-être venus ici que poussés par un bon sentiment; et sans leur témoigner une défiance hors de propos, ne les perdons pas de l'œil, et veillons au grain...

Ayant ainsi parlé, Pinson prit place à côté des Chinois, et s'emparant de sa lanterne, il se mit en devoir d'examiner le blessé.

Ce dernier était un homme d'une cinquantaine d'années, grand, au visage anguleux et sillonné de rides profondes; il portait une robe longue à manches étroites, recouverte d'une seconde robe plus courte, à manches larges; une ceinture de soie à laquelle était pendue sa bourse ceignait les reins, et aucun bouton distinctif n'ornait son chapeau de bambou qui gisait à côté de lui.

Il avait été frappé en pleine poitrine, ainsi que nous l'avons dit, et le sang coulait en abondance de sa blessure.

Jusqu'alors, il n'avait fait aucun mouvement ; mais son cœur battait encore, et il y avait tout lieu de croire qu'on pourrait le sauver.

Un moment même, un mouvement nerveux agita ses membres, ses bras se raidirent, il tenta avec effort de se soulever de terre et rouvrit les yeux...

Ce ne fut qu'un éclair, mais il fut terrible...

On eût dit que la raison lui était revenue tout à coup, en même temps que son regard effaré cherchait à distinguer les objets qui l'entouraient... Le malheureux se rappelait confusément ce qui s'était passé, et ne sachant pas encore à quels hommes il avait affaire, ne voyant plus d'ailleurs sa fille auprès de lui, il poussa un cri déchirant, et porta ses deux mains à son front :

— Ma fille ! ma fille ! s'écria-t-il avec une explosion de désespoir... les misérables !... ils l'ont prise, n'est-ce pas ? ils me l'ont enlevée... Où sont-ils ?... dites... je veux les rejoindre... les punir... les...

Mais il avait trop compté sur ses forces ; le sang qu'il venait de perdre l'avait considérablement affaibli ; quand il voulut se soulever, la tête lui tourna, il se prit à vaciller sur ses jambes, et retomba bientôt de toute sa hauteur sur le sol humide de sang.

Cependant, Tittmarsh s'était rapproché de Pinson, et l'avait poussé du coude.

— Eh bien, lui dit-il à voix basse, avez-vous entendu ?

— Parfaitement.

— Et que dites-vous de cela ?

— Je dis, maître Tittmarsh, que je ne m'attendais pas à me trouver si tôt en pays de connaissance.

Il y avait là, en effet, de quoi surprendre et étonner... Le Chinois que Pinson venait de sauver était un Français..

Le cabaret à thé

Dès que le blessé fut retombé à terre, Tittmarsh et Pinson, aidés des Chinois, se mirent en devoir de le transporter dans quelque taverne prochaine, où il pourrait recevoir tous les secours que réclamait son état.

On apercevait précisément à quelque distance un de ces établissements, connus à Quan-tong sous la dénomination de cabarets à thé, et nos hommes s'empressèrent d'y aller frapper.

Le cabaret était éclairé à l'intérieur, mais on fit quelque difficulté avant d'ouvrir.

Toutefois, comme Tittmarsh avait le poing solide, et que Pinson le secondait énergiquement de son bambou, le maître de l'établissement craignit sans doute d'avoir affaire à quelques soldats du poste voisin, et il se décida à venir montrer son visage à travers la porte entrebâillée.

Il n'en fallait pas tant à Tittmarsh; d'un coup de pied il envoya la porte au diable, et s'étant un moment effacé pour livrer passage aux Chinois porteurs du blessé, il fit lui-même son entrée, suivi de près par Pinson, ravi de cette manière expéditive de procéder :

— Savez-vous, maître John, s'écria-t-il avec enjoûment, qu'il jaut avoir le pied bien attaché pour se livrer à de pareils exercices.

Le marin redressa la tête avec orgueil,

— C'est ainsi que nous ouvrons les portes des tavernes de la cité, répondit-il avec un geste satisfait.

— Eh bien, je ne connaissais pas le moyen... mais je le retiens... et au besoin, on pourra s'en servir.

— Vous voyez s'il réussit.

— C'est à merveille, et maintenant il ne s'agit plus que de faire bonne contenance.

Le cabaret se composait d'un rez-de-chaussée et d'un grenier. Le rez-de-chaussée était divisé en deux compartiments, communiquant entre eux par une porte ouverte à deux battants.

Dans le premier compartiment, il y avait quelques jongleurs et deux bayadères; dans le second, deux hommes seulement, assis à une table et buvant de l'eau-de-vie de riz et du thé.

Quand le blessé entra, les deux hommes se levèrent avec précipitation, et vinrent regarder curieusement à la porte.

— C'est notre homme, dit l'un à son compagnon.

— Il a été sauvé par les *Fan-kouei*, répondit l'autre.

— Oui, mais nos amis veillent, reprit le premier d'une voix énergique et sombre, et il faudra bien aussi qu'il tombe, et que sa fille soit à nous.

Cependant on avait déposé le blessé sur un banc, le dos appuyé contre la muraille, et chacun s'était empressé de lui porter secours. Pinson étanchait le sang qui coulait de sa blessure, Tittmarsh apprêtait un cordial qui devait, assurait-il, produire un excellent effet, et l'une des bayadères vint bientôt elle-même ajouter ses soins à ceux des *étrangers-démons*.

Celle-ci était bien véritablement une Chinoise; il n'y avait pas à s'y tromper. Chinoise de Pékin, comme Pinson était Français de Paris.

Elle était petite, mais admirablement prise dans toutes ses proportions; sa robe courte, faite d'étoffe précieuse et brodée d'or et de soie, laissait voir la naissance d'une jambe pure et fine, et son pied avait tout au plus la taille d'un pied d'enfant. Un bouton de jade retenait sa ceinture autour de sa taille souple, et des fleurs de métal, en forme de clochettes, et qui rendaient un son argentin, tombaient en grappes de ses cheveux noirs.

Pinson sourit d'aise en la voyant, tant il y avait de grâce enfantine et charmante dans toute sa petite personne.

Elle avait seize ans à peine, mais ses yeux éveillés et déjà curieux annonçaient une intelligence depuis longtemps ouverte; sa pétulance avide se trahissait dans ses moindres mouvements, elle allait et venait, alerte et vive, touchant à tout de l'œil ou du geste, et cinq minutes ne s'étaient pas écoulées, qu'elle savait Tittmarsh et Pinson par cœur, et que, grâce à ses soins, le blessé était hors de tout danger.

Comme elle allait regagner sa place, et rejoindre sa compagne, restée près des jongleurs, Pinson fit quelques pas pour l'arrêter, et lui prit familièrement les mains.

La jeune fille le regarda avec étonnement.

— Que me veux-tu? dit-elle en anglais, d'une voix fraîche et bien timbrée.

— Presque rien, répondit Pinson, je veux seulement dire combien je te suis reconnaissant pour le service que tu viens de nous rendre.

— Tu connais donc cet homme? ajouta l'enfant, en désignant le blessé.

— C'est la première fois que je le rencontre.

— Alors, pourquoi t'y intéresses-tu?

— Mais... parce qu'il est malheureux.

— Et cela te suffit?

— Sans doute.

La jeune fille remua doucement la tête.

— Cette conduite est généreuse, reprit-elle, mais elle peut avoir des dangers.

— Qu'importe!

— Tu n'es point un fils du pays de Tsin.

— En effet.

— Tu n'es venu ici que poussé par un sentiment de curiosité.

— Peut-être.

— Contente-toi alors de regarder, sans te mêler à nos affaires. Il y a ici des mystères qu'il faut se garder de pénétrer.

— Qu'ai-je donc à redouter?

— Les événements passés sont aussi clairs qu'un miroir ; les
événements futurs apparaissent aussi sombres qu'un vernis.

— Ma foi ! repartit Pinson, ce que tu dis est plein de sens,
mais si l'on n'écoutait jamais que sa raison, la vie finirait par
devenir insupportable.

— Tu es jeune !

— Dieu merci... et d'ailleurs, je t'en fais juge... si j'avais
passé insensible auprès de cet homme, n'aurais-je pas perdu
l'occasion qui m'est offerte de voir la plus charmante enfant que
j'aie encore rencontrée ?

La jeune fille regarda son interlocuteur d'un air moitié sérieux
et moitié ironique.

— Tu prodigues ton cœur, répondit-elle en souriant, et cependant tu ne me connais pas.

— C'est vrai... mais tout dépend souvent du premier regard.

— La route est longue, et le but est loin ; à quoi bon s'arrêter
en chemin ?

— A quoi bon, dis-tu ?... la question prouve que tu n'as jamais aimé.

— Quand cela serait.

— N'en éprouves-tu pas au moins le désir ?

Une ombre passa à cette question sur le front de la jeune fille.

— Il n'y a pas d'amour pour les femmes de notre condition,
répondit-elle d'une voix presque grave.

— Qui a dit cela ?... repartit Pinson.

— La loi.

— Une vilaine loi, qui ne peut avoir été faite par des hommes.

— Je n'en sais rien...

— Eh bien ! ce que je sais, moi, c'est qu'il y a dans toute ta
personne un charme singulier qui m'attire ; c'est que je suis heureux de t'avoir vue, que je ne t'oublierai jamais, et que je ne voudrais pas te quitter sans emporter l'espoir de te retrouver quelque
part.

Le Parisien avait prononcé ces paroles avec une chaleur communicative dont la jeune fille éprouva presque instantanément le con-
tre-coup.

Les *Fo-lan-ke* se ressemblent tous, répondit-elle avec un sourire contraint, ils ne disent jamais que la moitié de ce qu'ils pen-
sent.

— Tu ne me crois pas!

— A quoi cela me servirait-il?

— On ne t'a donc jamais dit que tu étais jolie?

— Je le savais avant qu'on me l'eût dit.

— Parbleu, fit le jeune homme avec enjoûment, il m'aurait
étonné qu'il en fût autrement, et cela doit se passer en Chine
comme en France... les femmes sont partout les mêmes.

— Et les hommes aussi...

— A merveille. Ainsi tu pars...

— Mes amis m'attendent.

— Et je ne te reverrai pas...

— Le ciel exauce presque toujours les souhaits et les désirs des
hommes, quand ils sont raisonnables...

— Au moins tu ne refuseras pas de me dire ton nom.

— On m'appelle Pé-tchi-li.

— Eh bien, Pé-tchi-li, je te dis au revoir...

— Au revoir, soit... mais d'ici-là... n'oublie pas mes conseils,
et si tu veux m'en croire, tu ne t'attarderas pas dans cette maison.

Et la jeune fille lui ayant adressé un signe de tête, fit quelques
pas vers la place occupée par les jongleurs.

Or, pendant que ces quelques paroles s'échangeaient entre la
petite Chinoise Pé-tchi-li et Pinson, un incident d'un genre tout
différent se préparait dans la pénombre de la seconde salle.

Depuis quelques minutes, les deux hommes qui occupaient
cette pièce s'étaient insensiblement rapprochés des jongleurs, ils
avaient éteint la lampe qui brûlait sur la table, et plongés dans
l'ombre, ils parlaient à voix basse, mais avec une vive animation.

L'un d'eux surtout paraissait en proie à une âpre violence, qui
exerçait sur ses compagnons une influence évidente.

C'était un homme d'une quarantaine d'années au plus, le front
couronné d'épais cheveux noirs, les sourcils rapprochés, les lèvres
pâles, le teint bilieux.

On l'appelait Fo-hi. Il n'habitait pas Quan-tong d'ordinaire, et n'y faisait que de rares apparitions : on disait tout bas qu'il exerçait le métier de pirate sur les côtes du Fo-kien, et l'on racontait de lui des faits d'une audace et d'une cruauté inouïes ; Fo-hi appartenait à cette classe nombreuse de Chinois qui ont érigé la haine de l'étranger en vertu politique. Être bizarre d'ailleurs, nature inculte et sauvage, dont les appétits grossiers ne connaissaient aucun frein, et qui n'eût pas reculé devant un crime pour les satisfaire au besoin.

Il avait tiré son couteau de sa ceinture, et d'un geste irrité, il désignait Pinson et Tittmarsh à la colère de ses compagnons.

— Ils sont trois, et nous sommes cinq, disait-il d'une voix ardente, de plus, l'un d'eux est blessé et nous voilà valides et robustes ; enfin, ils n'ont pas d'armes, tandis que nous avons nos couteaux ; n'hésitons donc pas plus longtemps et purgeons le royaume du Milieu de la présence de ces barbares.

Les compagnons de Fo-hi n'étaient que trop accessibles à des propositions de cette nature, et sur son invitation ils s'étaient armés de leurs couteaux et s'étaient levés.

L'instant était critique, mais Pinson avait l'œil ouvert.

Bien qu'il n'eût rien compris aux paroles du Chinois, sa pantomime lui en avait assez appris, et il vit tout de suite que l'affaire prenait une mauvaise tournure. Toutefois, il n'était pas homme à se laisser effrayer pour si peu, et il prit bien vite son parti.

— C'est un combat, dit-il à Tittmarsh, nous n'avons pas de temps à perdre ; outre que nous aurons à soutenir l'honneur national, il est évident que notre vie est menacée.

— Et nous sommes sans armes, fit observer Tittmarsh.

— Où serait le mérite si nous en avions ?

— Que comptez-vous donc faire ?

— Nous défendre.

— Malgré l'infériorité du nombre ?

Pinson jeta un joyeux éclat de rire.

— En France, répondit-il gaîment, nous n'avons pas l'habitude de compter nos ennemis. Les Chinois sont, dit-on, un peuple très avancé, et l'on prétend même que ce sont eux qui ont inventé la poudre... mais il y a une chose qu'ils ignorent, maître Tittmarsh, et c'est Anatole Pinson qui la leur apprendra, celle-là.

— Qu'est-ce donc ?

D'un coup de pied adroitement appliqué, le petit Parisien renversa la table qui se trouvait devant lui et jeta lestement entre ses quatre pieds quelques bahuts brisés, sur lesquels il superposa plusieurs chaises de bambou.

Cela fut fait en un clin d'œil, et en moins de temps qu'il n'en faut pour le raconter.

Les Chinois regardaient ébahis, tandis que Tittmarsh riait d'un gros rire sensuel. — Il y avait désormais entre les indigènes et les étrangers une barrière dont l'escalade présentait quelques difficultés.

— Ceci s'appelle une barricade, mon excellent ami, continua Pinson d'un air satisfait, et, bien qu'il y ait longtemps que nous n'en avons élevé, vous voyez que la main y est encore.

— C'est merveilleux, mais en Angleterre nous procédons d'une autre manière.

— Qu'importe ! si vous ne savez pas les faire, au moins, savez-vous les défendre ?

— C'est ce que vous allez voir.

— Eh bien, prenons donc tout de suite nos mesures, car, si je ne m'abuse, nos adversaires commencent à trouver le temps long.

Ainsi qu'il le disait, leurs ennemis, le premier moment d'étonnement passé, s'étaient concertés de nouveau, et l'un des jongleurs même avait poussé l'audace jusqu'à vouloir ébranler l'obstacle que Pinson appelait orgueilleusement sa barricade.

Mais ce dernier veillait sur son œuvre, et aussi adroit qu'agile, il envoya à l'assaillant un débri de bahut qui gisait à ses pieds.

Le projectile alla frapper le jongleur au front, un peu au-dessus de la tempe : deux lignes plus bas, il était mort.

— Touché ! s'écria Pinson en cherchant un second projectile.

Une ardeur singulière s'était emparée de lui, l'approche de la lutte l'avait *allumé*, comme il le disait lui-même; son regard étincelait, la gaîté du pays natal lui était revenue.

— Ce que c'est tout de même , dit-il à Tittmarsh, qui se préparait au combat avec beaucoup plus de calme, il me semble que je me retrouve encore une fois sur le boulevard du Temple...

— Mais nous n'y sommes pas.

— Sans doute, et pourtant il y a ici une excitation que je n'avais pas là-bas.

— Laquelle?

— Cette petite Chinoise qui nous regarde.

— Pé-tchi-li.

— Elle-même, maître John.

— Je vois que vous la trouvez à votre goût.

— C'est-à-dire, mon excellent ami, que je suis certain d'en rêver cette nuit; et s'il y a à Quan-tong un treizième arrondissement, je ne demande qu'à y aller passer quelques jours en sa compagnie.

Le jongleur n'avait pas été blessé assez grièvement pour qu'il fût mis hors de combat, mais l'attitude des deux Fan-kouei, leur air résolu, et bien plus encore, le sang qui coulait de la blessure du jongleur suffirent à contenir l'ardeur des assaillants, et à les arrêter.

Fo-hi donnait les marques de la plus vive irritation, et on le voyait frapper du pied le parquet, et menacer ses compagnons de son couteau.

— Voilà un gaillard qui me paraît désagréable dans un logement, dit tout à coup Pinson, et j'ai fort envie de lui imposer silence.

— Ce serait fort bien vu, répondit Tittmarsh.

Et sur cette invitation, Pinson allait donner suite à la proposition, quand l'intervention d'un nouveau personnage vint tout à coup changer la face des choses.

C'était une femme!

Elle entra par la salle du fond, et dans le premier moment, ni Pinson ni Tittmarsh ne la reconnurent.

Elle avait d'ailleurs l'air fort agité; ses vêtements étaient en désordre, elle marchait avec précipitation, et elle vint droit à Fo-hi, qui se retourna en sentant une main s'appuyer sur son épaule:

— As-say! s'écria-t-il avec étonnement.

— As-say... firent en même temps Pinson et Tittmarsh.

C'était, en effet, la femme de la jonque, celle qui les avait conduits de Macao à Quan-tong, et qui leur avait donné de si bons conseils au moment du départ.

— Qu'est-ce que cela signifie? dit Tittmarsh.

— Nous allons le savoir, répondit Pinson.

As-say avait pris Fo-hi à part, et jetant un regard soupçonneux autour d'elle, comme pour s'assurer qu'on ne pouvait l'entendre :

— Fo-hi ! dit-elle à voix ardente et basse, tu as été maladroit et lâche aujourd'hui.

— Moi!... voulut répliquer Fo-hi.

— Tais-toi! continua la femme d'un ton bref; tu t'es laissé enlever la belle Li-tsi, et tu t'es sauvé sans avoir le courage d'achever le *Tao-sze* chrétien. — C'est une occasion perdue et une revanche à prendre.

— Mais le Tao-sze est là... insista Fo-hi, et dans quelques minutes notre vengeance sera accomplie.

La femme eut un sourire amer.

— L'occasion perdue se retrouve rarement, répondit-elle d'une voix où tremblait un sentiment profond, le Tao-sze vivra, et sa fille sera libre.

— Mais nous sommes en nombre.

— Il n'est plus temps.

— Qui donc nous empêcherait?...

As-say remua la tête, en fronçant les sourcils :

— Qui!... répondit-elle avec ironie, celui qui nous suit partout, dans l'ombre; celui dont la puissance mystérieuse et fatale dresse un obstacle devant chacune de nos entreprises, celui enfin qui a arraché déjà à notre vengeance plus de Fan-kouei que nous n'en avons frappé.

— Ping-si? s'écria Fo-hi.

— Ping-si!... répondit As-say, avec un frisson.

Il y eut un silence : — la main de l'homme tourmentait le manche de son couteau, tandis que le regard de la femme s'attachait au sol avec une fixité étrange.

— Il est donc à Quan tong? reprit bientôt Fo-hi.

— Il y est arrivé cette nuit.

— Et c'est lui qui a sauvé Li-tsi?

— C'est lui.

— Et il veut sauver aussi le Tao-sze chrétien!

— Je le précède de quelques minutes seulement.

Fo-hi réprima un mouvement de rage.

— Mais quel est donc cet homme ? s'écria-t-il avec exaltation, d'où vient-il ? quels projets sont les siens, et pourquoi nous poursuit-il ainsi de sa haine et de sa force ?

— C'est ce que je saurai cette nuit même, répondit As-say, dont le regard s'éclaira soudain.

— Que prétends-tu faire ?

— Lui parler.

— Tu ne le crains donc pas ?

As-say fit un mouvement de tête plein d'orgueil et de fierté.

— As-say ne craint plus rien, répondit-elle d'une voix rude, on lui a pris le sang de ses veines, on lui a arraché le cœur de la poitrine, et maintenant elle n'a plus qu'une pensée, qu'une ambition, qu'une volonté... la vengeance... Je veux parler à Ping-si.

— Mais tu me permettras du moins de rester près de toi...

— Je lui parlerai seule.

— Et que ferons-nous ?

— Vous irez m'attendre dans la *sampane* qui nous a amenés.

As-say exerçait une autorité presque souveraine sur Fo-hi, et ce dernier ne songea même pas à élever la moindre objection, quand l'ordre lui eut été donné de se retirer.

Il fit signe aussitôt à ses compagnons de le suivre, et il s'éloigna par le fond, non sans avoir adressé auparavant un regard de haine à Tittmarsh.

Quant à Pinson, il n'y prit pas garde, et son regard, à lui, avait pour le moment affaire ailleurs.

Fo-hi et les jongleurs avaient disparu déjà depuis quelques secondes, que la petite Chinoise aux clochettes de métal allait et venait encore à travers la salle, cherchant ou faisant semblant de chercher un objet égaré.

Que cherchait-elle ainsi, la jolie enfant ? et pourquoi son regard s'envolait-il si souvent, au milieu de ses recherches, de l'autre côté de la barricade ? Elle ne le savait peut-être pas bien elle-même.

Ce n'était pas son tambour de basque qu'elle avait pu oublier de ce côté... ce n'était pas son voile non plus, ni sa ceinture...

Elle marchait, comme à regret, vers la porte du fond, et, avant

d'en franchir le seuil, elle se retourna encore une fois, et son regard rencontra celui de Pinson.

Elle rougit alors, croisa ses deux bras sur sa poitrine, et s'enfuit
enfin avec la rapidité d'une gazelle effrayée.

Pinson se retourna vers Tittmarsh, qui souriait.

— Elle est vraiment charmante, cette enfant, dit-il avec une
pointe de mélancolie.

— Mais il me semble qu'elle ne vous trouve pas mal non plus,
repartit Tittmarsh.

— Vous croyez?

— Cela se voit.

— Qui sait quand je la reverrai maintenant!

— Peut-être jamais.

— Le mieux serait de n'y plus penser.

— D'autant que nous avons autre chose à faire.

— Quoi donc?

Tittmarsh haussa les épaules.

— Allons, dit-il, je m'aperçois que le cœur vous a fait oublier
votre estomac ; mais moi, qui n'ai pas les mêmes motifs, je ne serais
pas fâché de me mettre enfin quelque chose sous la dent.

Ces paroles de son compagnon rappelèrent Pinson à la réalité,
et ses regards se portèrent du côté du blessé, auquel il ne pensait
déjà plus.

En un clin d'œil, la table fut remise sur ses pieds et le désordre réparé. Le blessé n'était pas encore complétement revenu à lui,
mais les soins dont il allait être l'objet ne devaient pas manquer de
produire les meilleurs résultats.

Pinson et Tittmarsh s'y employèrent de leur mieux, sans prendre garde même à la présence d'As-say, qui les suivait d'un œil
distrait.

Elle s'était assise dans un coin de la chambre, et là, le coude
appuyé sur une table, elle paraissait écouter sa pensée avec une
profonde attention.

A un moment cependant elle fit un effort suprême pour s'arracher aux préoccupations qui l'absorbaient; elle se leva de sa place,
secoua la tête, comme pour chasser une dernière pensée pénible,
et marcha vers la porte.

Mais la porte s'était ouverte, et un jeune homme était entré, suivi de quelques Chinois armés.

A cette vue, As-say s'arrêta subitement, et, avec un calme apparent, elle retourna s'asseoir à la place qu'elle venait de quitter.

Les fumeurs d'opium

Le nouveau venu avait trente ans; il était grand, d'une physionomie ouverte et intelligente, et son costume annonçait qu'il appartenait à la classe aisée des bourgeois de Quan-tong.

Il portait une longue robe aux ornements bizarres; une ceinture, retenue par une agrafe de jade, ceignait ses reins, et un bouton de corail ornait son bonnet aux bords courts et retroussés.

Disons tout de suite que le bouton joue un grand rôle dans les distinctions accordées aux membres de la société chinoise. Bien que les postes les plus éminents soient presque toujours donnés au concours, il existe cependant en Chine des classes privilégiées qui ont eu les causes originaires suivantes : la parenté impériale; les actions illustres; les longs services; la sagesse extraordinaire; les grands talents; la naissance.

Il y a en outre trois classes de nobles :

1º Ceux qui possèdent un des neuf rangs officiels;

2º Ceux qui sont attachés à quelque service public;

3º Ceux qui sont investis d'un commandement civil et militaire.

Or, on reconnaît qu'un Chinois appartient à l'un des neuf rangs officiels par la nature même du bouton qui brille à son bonnet : ainsi, le bouton est de rubis pour la première classe; de corail pour la seconde; de pierre bleu clair pour la troisième; de pierre bleu foncé pour la quatrième; de cristal pour la cinquième; de pierre blanche ou de pierre de jade pour la sixième, et enfin d'or travaillé pour les trois dernières.

Le jeune homme qui venait d'entrer appartenait donc à la deuxième classe, de par son bouton de corail.

Son premier mouvement, en entrant, fut de chercher du regard celui que l'on avait désigné sous la dénomination de Tao-sze chrétien, et, dès qu'il l'eut aperçu, il marcha à lui et le considéra avec attention.

Puis, il lui prit la main, et satisfait, en apparence, du résultat de son examen, il se tourna du côté des deux Fan-kouei, qui le regardaient un peu inquiets.

— C'est vous qui l'avez sauvé? dit-il alors, en s'adressant à Tittmarsh, en fort bon anglais.

— C'est moi et mon ami, répondit Tittmarsh, en désignant Pinson.

Pinson salua, pendant que l'inconnu l'examinait curieusement.

— Celui-ci n'est point un Anglais, dit-il tout à coup, après un moment de réflexion.

— Non sans doute, repartit Tittmarsh, mais il était digne de l'être.

— C'est un Fo-lan-ke...

— Et un Fo-lan-ke de Paris, ajouta Pinson, ce qui ne gâte rien.

L'inconnu sourit d'un sourire doux et fin; puis, il s'approcha davantage du Parisien dont il toucha légèrement l'épaule :

— On m'avait souvent parlé des Fo-lan-ke, dit-il alors, mais cette fois en français, et j'avais le plus vif désir d'en rencontrer un...

— Comme ça se trouve, dit Pinson.

On m'a assuré qu'autrefois les hommes de ton pays étaient courageux, pleins d'audace et de résolution.

Mais ils n'ont pas changé.

— Il n'y a pas longtemps que tu es à Quan-tong.

— Depuis aujourd'hui.

— Et comptes-tu y rester ?

— Cela dépendra.

L'inconnu parut réfléchir un moment, puis il reprit avec plus de vivacité :

— Eh bien, dit-il, si tu le veux, j'aurai une proposition à te faire.

— Laquelle? fit Pinson.

— As-tu quelque motif sérieux qui t'oblige à abréger ton séjour en Chine?

— Je n'en ai aucun.

— Ne désirerais-tu pas, au contraire, le prolonger, et trouver une occasion de pénétrer plus avant dans ce pays, fermé à tous?

— Peut-être bien...

— Je pars demain pour Pékin; voudrais-tu m'y accompagner?

— Pour Pékin... répéta Pinson, un peu surpris de la proposition, et adressant un regard interrogateur à Tittmarsh.

— Qu'en dis-tu?

— Dame... cela demande réflexion.

— Eh bien, réfléchis... et dans quelques instants, je te demanderai ce que tu auras résolu.

— Et en parlant ainsi, l'inconnu marcha vers As-say qu'il venait d'apercevoir, et laissa les deux Fan-kouei livrés à leur étonnement.

Pinson, non plus que Tittmarsh, ne savait trop que penser de la proposition qui venait de leur être faite, et de l'homme qui la leur avait adressée.

A vrai dire, Pinson s'était senti pris, tout de suite, d'une vive amitié pour l'inconnu : son air, la franchise qui éclatait dans sa physionomie, la résolution qui se manifestait dans son maintien, tout l'avait disposé à se laisser aller sur la pente de la sympathie. Pinson ne connaissait pas la valeur du bouton qui décorait le bonnet du nouveau venu, mais il n'avait jamais eu l'habitude de demander les titres de noblesse de ses amis, et ce qui le séduisait surtout chez ce dernier, c'était l'apparence d'une nature d'élite, et une certaine conformité de goûts et d'instincts.

Quant à Tittmarsh, il apportait dans les diverses circonstances de la vie une apathie et un laisser-aller tels, qu'il lui importait peu de nouer de nouvelles relations, et de faire de nouveaux amis. — Il avait passé l'âge de la jeunesse confiante et expansive, et il ne mettait plus désormais son bonheur que dans l'art de bien vivre.

Cependant, l'inconnu s'était approché d'As-say, et il venait de s'arrêter à quelques pas devant elle.

— As-say, lui dit-il d'une voix sévère, pourquoi faut-il que je te trouve encore une fois sur mon chemin?

— Je t'attendais... répondit lentement la femme. en fixant son regard sur le jeune homme.

— Qu'espères-tu donc de moi?

— Je veux te parler.

— A quel propos?...

L'œil d'As-say eut un éclair fauve.

— Je veux savoir qui tu es... répondit-elle, d'une voix acérée et mordante.

— Ne me connais-tu pas?

— Je te devine, tout au plus.

— On m'appelle Ping-si.

— Je le sais...

— Et tu ne le crois pas.

— Je crois que tu caches un mystère... et je veux le connaître.

Ping-si commença un sourire railleur.

— Pauvre As-say, dit-il aussitôt d'un ton de compassion, la haine t'égare jusqu'à méconnaître tes meilleurs amis.

— Tu railles.

— Nullement.

— Mais n'est-ce pas toi qui, depuis une année, poursuis avec acharnement tous ceux qui m'aiment ou me servent?

— Dis plutôt tous ceux qui te trompent, et te retiennent dans une voie de désordre et de crimes.

— Tu sais cela?

— Je sais tout.

— Et quel est ton but, en te jetant ainsi au milieu de mon chemin?

— Je n'en ai qu'un seul.

— Lequel?

— C'est de t'éclairer... et de ramener le calme dans ton esprit, et la foi dans ton cœur.

— Tu mens !

— As-say !

— Tu mens, te dis-je, car je t'ai deviné, moi aussi, et je sais l'amour que tu portes à la fille du Tao-sze chrétien.

Ping-si fit un mouvement de tête.

— Quand cela serait? dit-il d'un air de défi.

— Cela est.

— Espères-tu donc m'empêcher de l'aimer ?

— J'ai juré qu'elle mourrait.

— Mais je veille sur elle ..

— Eh ! que m'importe... interrompit brusquement As-say ; j'i
gnore la puissance mystérieuse dont tu disposes, mais ma haine
est ardente et implacable, et je te dis que Li-tsi mourra !...

Ses traits avaient pris en ce moment une cruelle et sauvage
expression ; ses regards brillaient d'une sombre énergie, et sa
main crispée tourmentait le manche de son couteau. On eût dit
le démon irrité de la vengeance.

Ping-si devint soucieux.

— Toujours le même sentiment aveugle... murmura-t-il, comme
se parlant à lui-même.

— Ainsi, ajouta-t-il, en s'adressant à la femme, c'est une lutte
à outrance et sans merci ?...

— Sans merci.

— Tu n'auras pitié ni de la jeunesse de Li-tsi, ni du caractère
sacré du Tao-sze?

— Je serai impitoyable envers eux, comme on l'a été envers
moi !...

— Eh bien, As-say... dit Ping-si, d'un ton grave et presque
solennel, ta vengeance est impie, et le ciel punira quelque jour
ton fatal aveuglement...

— As-say fit un geste de dédain :

— Je n'ai plus rien à redouter, répondit-elle avec amertume,
le ciel m'a pris tout ce que j'aimais, et je me ris maintenant de
sa colère.

— Et cependant, dit Ping-si, en se rapprochant de la femme,
et en baissant la voix, as-tu bien le droit d'insulter le ciel, et n'est-
ce pas toi-même que tu devrais accuser de ton propre malheur?

— Moi !... fit As-say, avec un frisson.

— La mère coupable est-elle digne d'avoir des enfants ? insista
Ping-si.

— Qui t'a dit cela?...

— L'épouse adultère doit-elle espérer le bonheur?

— Mensonge! mensonge!...

2.

— Une agitation extrême s'était emparée d'As-say ; elle était devenue pâle, son cœur battait à se rompre ; à plusieurs reprises, elle passa sa main brûlante sur son front :

— As-say, poursuivit Ping-si, qu'as-tu fait de ton époux ?

— Mais ils ne l'ont pas tué... s'écria As-say, avec un geste énergique.

— Non !... continua le jeune homme, car s'ils l'avaient tué, tu ne serais que criminelle, tandis qu'ils t'ont rendue infâme.

— Que veux-tu dire ?

— Ah ! il y a longtemps que tu n'as vu ton époux, n'est-ce pas ?

— Qu'importe !

— Seize ans au moins se sont écoulés depuis la nuit où tu t'es enfuie honteusement du domicile conjugal.

— Cet homme est le démon ! balbutia la femme courbée, haletante et épouvantée, sous les paroles de son interlocuteur.

— Non ! je ne suis point le démon, mais je sais tout ton passé, depuis le jour où tu as quitté When-ti, pour suivre l'homme qui t'a jetée dans le sentier de la honte et du crime !

— Tu parles de When-ti ?... tu le connais donc ?

— Désires-tu le voir ?

— Lui !... dit As-say, frissonnante.

Ping-si remua tristement la tête :

— Oh ! ne crains rien, dit-il d'une voix pleine d'amertume, tu peux hardiment te présenter à ton époux, aujourd'hui, car ses yeux sont morts comme son esprit...

— Qu'est-il devenu ?

— Suis-moi, et tu l'apprendras dans quelques instants.

— Où veux-tu me conduire ?...

— Craindrais-tu de m'accompagner ?

— As-say ne craint rien...

— Eh bien, suis-moi... et quand tu auras vu, peut-être la pitié touchera-t-elle ton cœur, et renonceras-tu à tes projets de vengeance !

Et sans attendre de réponse, Ping-si entraîna As-say vers la porte qu'il ouvrit avec vivacité.

Toutefois, avant d'en franchir le seuil, il se retourna vers quelques-uns des *coulies* qui l'accompagnaient, et leur désigna le Tao-sze chrétien.

— Quatre d'entre vous vont transporter cet homme chez Marquick, dit-il d'un ton plein d'autorité; sa fille l'attend depuis une heure... et vous m'en répondrez corps pour corps...

Les *coulies* s'inclinèrent avec respect, et s'étant emparés du blessé, ils le portèrent avec les plus grandes précautions dans une chaise à porteurs qui stationnait devant le cabaret.

Ce soin rempli, Ping-si alla droit à Pinson et Tittmarsh, lesquels suivaient toute cette scène avec un très vif intérêt.

— Eh bien, leur dit-il avec enjoûment, avez-vous réfléchi à ma proposition?

— Ma foi! répliqua Pinson, je n'ai jamais beaucoup réfléchi à ce que je faisais, et je ne vois pas pourquoi je commencerais aujourd'hui...

— Enfin, acceptez-vous?

— Nous acceptons...

— Vous m'accompagnerez à Pékin?

— Nous vous accompagnerons où vous voudrez.

— Et vous serez prêts à partir?...

— Quand cela vous fera plaisir...

— Voilà qui est parler; dès à présent, vous êtes mes amis, et, si vous le voulez, je vous emmène tout de suite.

— Mais où allons-nous?

— Qu'importe!

— Au fait!... pourvu que nous allions quelque part...

— Partons donc! dit Ping-si.

— Partons... répéta Pinson.

Et ils s'éloignèrent.

Ping-si marchait devant, avec As-say... Pinson et Tittmarsh venaient ensuite... puis enfin, une demi-douzaine de Chinois, armés de piques.

Chacun de ces personnages était muni de sa lanterne.

La nuit était fort noire d'ailleurs, et c'est tout au plus si l'on voyait à quelques pas devant soi.

As-say n'avait pas proféré une parole depuis qu'elle avait quitté le cabaret à thé; elle était sombre et préoccupée, et de temps en temps seulement, elle jetait autour d'elle un regard vif et prompt.

Ping-si, de son côté, gardait le silence, et il se contentait, chaque fois qu'à l'entrée d'une rue ils se trouvaient en présence d'un corps de garde, d'indiquer son bouton de corail, ou, si le bouton ne suffisait pas, de montrer au chef du poste une bague de forme particulière qu'il portait à l'index.

Jusqu'alors aucune observation n'avait été faite, et ils avaient passé, sans être arrêtés, à travers un grand nombre de rues silencieuses et désertes.

C'est ainsi qu'ils atteignirent la ville intérieure, et pénétrèrent dans une rue dont toutes les maisons, à cette heure de nuit, semblaient plongées dans l'obscurité la plus complète.

Ping-si s'arrêta devant l'une de ces maisons, et ayant désigné la porte à l'un des Chinois, il lui ordonna de frapper.

Quatre coups sonores retentirent aussitôt, et la porte s'ouvrit.

Ping-si et As-say entrèrent suivis de près par Pinson et Tittmarsh, assez curieux de voir ce qui allait se passer.

La salle dans laquelle ils pénétrèrent ainsi était grande et spacieuse, mais il y régnait une fumée épaisse et âcre qui enveloppait les objets, et les dérobait au regard.

Peu à peu cependant, le regard s'habituait à cette vapeur, et cinq minutes ne s'étaient pas écoulées, que Pinson distinguait parfaitement les objets qui l'entouraient.

Il y avait là une dizaine de Chinois, assis uniformément sur une sorte de canapé circulaire, pourvu d'un dossier de bois pour reposer la tête. Une lampe brûlait à la tête de chaque canapé, et un domestique allait et venait à travers la salle, à l'effet d'allumer la pipe dont chaque Chinois était muni.

C'étaient des fumeurs d'opium!

Le pinceau seul pourrait donner une idée exacte d'un pareil spectacle, qui n'a d'équivalent dans aucun pays de l'Europe.

L'abrutissement de l'ivrogne endurci ne reproduira jamais le sourire stupide et l'apathie léthargique du fumeur d'opium, et l'on ne saurait contempler une seconde, sans une profonde pitié, les joues sans couleur, les yeux sans regards de ces victimes que l'effet du poison a vaincues.

Quelques jours de ce redoutable plaisir, surtout s'il est pris en excès, suffisent pour donner à la face une pâleur maladive, et aux yeux un air hagard. En quelques mois, et même en quelques semaines, l'homme fort et bien portant sera changé en une créature idiote, qui ne vaudra guère mieux qu'une brute. La langue n'a pas de mots pour exprimer l'angoisse que souffrent ces malheureux si, après une longue habitude, on veut les priver de ce poison, et c'est seulement lorsqu'ils sont jusqu'à un certain degré sous son influence, qu'ils semblent recouvrer une partie de leurs facultés vitales.

La salle où se trouvaient Ping-si et ses amis n'offrait qu'une réunion de novices dans l'art de fumer l'opium, et, sous ce rapport, les sujets y étaient peu intéressants. Il y en avait de jeunes, il y en avait de vieux : tous paraissaient indifférents à ce qui se passait autour d'eux, et chacun commençait à s'amollir et s'affaisser sous l'influence des premiers rêves de l'ivresse.

Ping-si passa dans une seconde salle.

Celle-ci était plus spacieuse encore que la première, et le personnel des fumeurs y était plus considérable. Seulement, l'influence du poison administré à plus forte dose y produisait des effets déjà bien différents.

Les uns, immobiles et languissants sur le canapé, promenaient autour d'eux un regard stupide et un sourire idiot. Ils étaient arrivés à l'état d'hébétement qui précède l'extase, et les malheureux fumaient encore d'une lèvre inerte, et que l'on eût crue insensible.

Les autres, moins habiles peut-être à trouver les jouissances suprêmes du poison, et qu'une seule pipe avait suffi à griser, gambadaient et riaient à travers la salle, parlant avec une volubilité grotesque, et débitant les fables les plus insensées à leurs voisins qui ne les écoutaient pas.

C'était un tableau étrange, où le comique se mêlait au drame, et qui rappelait les scènes navrantes que présente à toute heure le préau de Bicêtre.

On se fût cru transporté dans une maison de fous, et malgré soi, on se sentait le cœur serré et l'âme triste.

— Sur l'honneur, maître Tittmarsh, dit Pinson, en se penchant à l'oreille de son compagnon, voilà une déplorable exhibition.

— A Londres, dans la cité, répondit Tittmarsh, c'est avec du gin qu'ils se tuent... le procédé est différent, mais l'effet est le même.

— Eh bien! s'écria Pinson, sauf votre respect, mon excellent ami, si c'est ainsi que ça se joue, je préfère mon pays au vôtre.

— On ne se grise peut-être pas en France!... dit le vieux loup de mer d'un ton railleur.

— Je ne dis pas cela... mais c'est moins dangereux chez nous, et en tout cas, c'est plus gai!... Le dimanche on va à la barrière avec de bons *zigs*, on vide quelques bouteilles de petit bleu, et l'on se partage les reliefs d'un lapin sauté ou d'une matelote ; quoi de plus innocent!... On revient bien le soir un peu *incliné*, mais la gaîté n'y perd rien, et le lendemain on se réveille de belle humeur et sain comme l'œil.

Pendant que les deux amis échangeaient ces quelques mots, As-say, toujours sombre et les sourcils froncés, cherchait du regard à reconnaître son époux parmi les victimes de l'opium.

Mais elle cherchait en vain, et dans aucun de ces pâles et hideux visages, elle ne retrouvait les traits de When-ti.

— Tu cherches ton époux ?... lui dit tout à coup Ping-si.

— N'est-il donc pas ici ?... répondit As-say.

— Il y est... mais When-ti n'est plus un novice... depuis dix années qu'on lui a inspiré cette funeste passion, il a fait des progrès dans cette voie... nous le retrouverons dans un instant, mais seul... caché à tous les regards, savourant loin du bruit le honteux plaisir dont l'appât l'attire ici...

— Marchons, alors... interrompit brusquement la femme, et ne nous arrêtons pas dans ces lieux maudits!...

Ils passèrent...

Mais déjà Pinson et Tittmarsh les avaient devancés, et s'étaient engagés dans un corridor dont les détours étaient faiblement éclairés par la pâle clarté d'une dizaine de lanternes échelonnées.

Ping-si pressa le pas pour les rejoindre, et il arriva juste à temps pour retenir le bras de Pinson, qui allait ouvrir la porte d'une nouvelle salle sur le seuil de laquelle il venait de s'arrêter

— Qu'allez-vous faire ? dit vivement Ping-si.

— Mais vous le voyez bien, répondit Pinson, je vais entrer.

Ping-si commença un sourire équivoque :

— C'est que l'on n'entre pas ici comme là-bas, reprit-il.

— Et pourquoi cela?

— Parce que c'est défendu.

— Qu'est-ce donc que cette chambre?... demanda Pinson étonné.

— C'est la **CHAMBRE DES MORTS**! répondit Ping-si.

La chambre des morts

Pinson regarda son interlocuteur, comme pour s'assurer qu'il parlait sérieusement ; mais le visage de Ping-si avait pris un caractère des plus graves, et il venait d'appeler un des domestiques de l'établissement.

— Quelles personnes sont dans cette chambre ? demanda-t-il à voix rapide et brève.

— Trois seulement, répondit le Chinois.

— Y a-t-il longtemps qu'elles sont enfermées ?

— Une heure environ.

— Elles sont *mortes*... compléta le domestique.

Ping-si toucha un bouton invisible, et la porte s'ouvrit aussitôt.

Ils entrèrent.

As-say marchait la dernière ; on eût dit qu'une suprême hésitation s'était tout à coup emparée d'elle, au moment de pénétrer dans cette chambre ; elle avait croisé ses bras sur sa poitrine, comme pour en comprimer les battements ; elle était plus pâle, et son œil brillait d'un feu plus sombre.

Dès qu'il eut fait quelques pas dans la chambre, Ping-si s'arrêta.

— Alors on peut entrer !...

Il y avait là trois cadavres !...

Du banc sur lequel ils étaient assis les trois fumeurs avaient

3

glissé sur le parquet, et l'extase les retenait là, raides et immobiles, la face livide, la lèvre inerte, l'œil vitreux...

C'était l'image du long sommeil où leur aveugle folie devait les précipiter bientôt, — le dernier acte de la tragédie de l'opium!

Ping-si réprima, à cette vue, un mouvement de sourde irritation, et désigna du doigt l'un des trois cadavres à As-say.

Cette dernière regarda.

Celui qu'on lui désignait ainsi était un homme d'une cinquantaine d'années, mais blême, décharné, et dont le corps étendu dans l'immobilité la plus complète ressemblait à un véritable squelette.

— Qu'est-ce donc? fit As-say, à voix basse, et sans quitter le cadavre de l'œil.

— Tu ne le reconnais pas! répondit Ping-si, d'un ton ironique.

— When-ti!

— Oui, When-ti! poursuivit le jeune homme, le mandarin lettré, l'ami et le conseil du dernier empereur, celui que l'on appelait à juste titre la lumière et la justice du *royaume du Milieu!*... — Voilà ce que tes amis en ont fait, — un cadavre!

— When-ti! répéta la femme atterrée.

— Ah! il était jeune..... et il t'aimait. — L'amour vous avait rapprochés, le crime vous a séparés. — Pendant de nombreuses années qui ont passé longues et terribles pour lui, il t'a attendue avec la patience du damné qui espère le ciel... il était plein de jeunesse et de force, lui aussi, et il rêvait de se venger de ceux-là qui, non contents d'avoir détourné sa femme, lui avaient encore ravi sa fille.

— Ma fille! mon enfant! balbutia As-say, en prenant ses tempes dans ses deux mains brûlantes.

— Il était seul! continua Ping-si, et il vous appelait tous deux; puis un jour il se lassa d'attendre; les lâches qui l'avaient réduit au désespoir, et qui craignaient sa vengeance, se sont introduits près de lui... l'infâme Fo-hi sut capter sa confiance, et pour lui ôter même tout souvenir du passé, il lui inspira cette fatale passion qui l'enlèvera avant qu'il soit longtemps!... Voilà ce qu'ils ont fait de When-ti, As-say, voilà l'abîme où ils t'ont précipitée toi-même.

Pendant que Ping-si parlait, As-say se tenait debout, les bras croisés sur la poitrine, en proie à une violente émotion et regardant d'un regard sombre et fixe le cadavre de son époux.

Ping-si s'approcha de ce dernier, et ayant tiré un flacon de sa ceinture, il versa quelques gouttes de son contenu sur les lèvres de la victime.

Ce fut comme un coup de foudre. When-ti se tordit énergiquement, comme un cadavre sous l'influence de la pile voltaïque.

— Que fais-tu? s'écria As-say, presque épouvantée.

— Ne désires-tu pas qu'il te voie?... repartit le jeune homme

— Lui!

— Il y a si longtemps qu'il t'attend.

— Laisse-moi partir.

— Plus tard.

— C'est une violence indigne.

— Non c'est le châtiment.

— Prends garde, Ping-si!... n'éveille pas la colère dans le cœur d'As-say, car sa colère est redoutable, et ceux qui l'ont défiée s'en sont toujours repentis.

Ping-si haussa les épaules.

— Regarde! répondit-il, en serrant le bras de la femme, et en la retenant ainsi malgré elle, c'est un mort qui revient à la vie... regarde et attends.

When-ti commençait en effet à revenir à lui, les vapeurs de l'ivresse s'étaient dissipées peu à peu, grâce à la liqueur que Ping-si lui avait versée sur les lèvres, et maintenant il promenait son regard hébété et stupide sur tous les objets qui l'entouraient.

Dans le premier moment, il ne distingua rien, un voile épais obscurcissait encore sa vue; il passa à plusieurs reprises sa main sur son front, et prononça quelques paroles inintelligibles ou faiblement articulées.

Mais quand son regard eut recouvré un peu de son assurance, et que les objets eurent repris alentour leur forme réelle et saisissable, un éclair d'intelligence illumina tout son visage et il se dressa d'un seul bond sur ses deux pieds.

Un squelette n'est pas plus maigre; et un moment même on

le vit osciller sur ses jambes comme s'il n'eût pas eu la force de se soutenir.

As-say poussa un cri d'effroi, et voulut dégager son bras de l'étreinte de Ping-si... la malheureuse femme avait peur. Ce n'était pas When-ti qu'elle voyait, c'était l'ombre de son époux !

Ping-si la retint de force.

— Regarde ! regarde ! répéta-t-il, d'un accent mordant, c'est When-ti, c'est ton époux !... tais-toi !...

La femme courba la tête, et se tut.

Cependant le squelette avait aperçu As-say, et sans la reconnaître encore, poussé par un instinct étrange, il s'était approché d'elle et concentrait sur sa personne toute son attention.

Un reste d'ivresse troublait son regard incertain, et il faisait des efforts inouïs sur lui-même pour s'en rendre maître : ses doigts décharnés labouraient péniblement son front pâle, comme pour solliciter une pensée qui le fuyait ; sa poitrine se soulevait avec des sifflements douloureux, et la souffrance creusait des rides tourmentées le long de ses joues.

Enfin, il s'arrêta, et un cri, qui ressemblait à un râle, sortit de son gosier.

Il avait reconnu !...

Toutefois, un dernier doute, un doute suprême dominait encore sa pensée ; il étendit les mains vers la femme, et saisissant son bras avec l'énergie d'un moribond, il l'attira sous le jour douteux d'une lampe.

As-say était frappée d'épouvante, elle suivit machinalement le squelette, sans même essayer de résister.

Wen-ti avait maintenant toute sa lucidité, son regard brillait d'un faux éclat, ses mains tremblaient.

— As-say !... s'écria-t-il enfin d'une voix frémissante, As-say !... ici près de moi !...

Et cédant à un premier mouvement irréfléchi de joie, le malheureux vieillard étendit ses deux bras vers sa femme, comme pour la presser sur sa poitrine.

Il s'était transfiguré en une seconde, une rougeur subite avait coloré les pommettes saillantes de ses joues, la vie se manifestait

en signes éclatants sur son visage, et deux larmes coulaient lentement de ses yeux creux...

Toutefois, cet état dura peu... c'était un reste d'émotion due à
l'ivresse... L'attitude de As-say, son silence, son effroi même,
tout concourut à le rappeler bientôt à la réalité, et à réveiller
dans son cœur les souvenirs terribles du passé.

L'époux avait pu oublier... le père devait se souvenir !...

— Ma fille!... reprit-il presque aussitôt, mon enfant bien-
aimée!... où est-elle? Qu'en ont-ils fait?... Parle, tu étais avec
eux, toi; tu le sais... c'est toi qui l'as enlevée...

— Moi ! interrompit As-say.

— C'est toi... qui l'as arrachée de mes bras, poursuivit le
vieillard... la pauvre enfant m'aimait trop sans doute, et tu étais
jalouse... et malgré mes larmes, malgré mes prières, tu me l'as
prise... tu l'as emportée loin de moi... répondez... où est-elle?...
je veux la voir...

Pendant que le vieillard parlait ainsi, élevant la voix, et menaçant As-say du geste et du regard, un singulier changement
s'opérait dans le cœur de cette dernière, et elle relevait son front
courbé et son regard osait affronter celui de son époux.

As-say était une femme d'une sauvage énergie; il y avait un
crime dans son passé, mais ce qu'elle avait souffert avant de le
commettre, ce qu'elle souffrait depuis qu'elle l'avait commis, nul
ne l'avait jamais su, et c'était un secret entre elle et Dieu !

Elle avait quitté son époux, elle vivait loin de lui; elle était
prête à subir toutes les humiliations qui attendent les femmes coupables et les épouses criminelles.

Mais si elle faisait bon marché de son honneur de femme, il n'en
était pas de même de ses sentiments de mère, et en lui parlant de
son enfant, When-ti venait, à son insu, de toucher la seule plaie
vive de son cœur.

Elle se redressa, comme une lionne blessée, défendant ses
petits, et se retourna vers Ping-si.

— Tu as cru toucher mon cœur, dit-elle avec amertume, en
me rendant témoin de l'abaissement auquel mon abandon a réduit When-ti... Eh bien, tu t'es trompé, Ping-si, et ce triste et
honteux spectacle n'a fait que l'irriter davantage.

— Qu'est-ce à dire? fit Ping-si.

As-say remua dédaigneusement la tête :

— When-ti avait tenu trop peu de place dans ma vie pour que je le regrettasse longtemps, poursuivit-elle, et son souvenir s'était affaibli peu à peu et devait disparaître bientôt tout à fait. Mais ce que je n'avais pas oublié, le souvenir qui est resté vivant dans mon cœur, c'est celui-là même que le malheureux vient d'invoquer, ma fille ! Pour elle, Ping-si, mon énergie est tout entière encore ; rien n'a pu assouvir ma haine, et si elle devait jamais s'éteindre, il suffirait d'un spectacle comme celui-ci pour la raviver et lui donner de nouveaux aliments !

— Mais sais-tu seulement qui tu dois haïr? insista Ping-si.

— Tu en doutes ?...

— La douleur t'égare.

As-say fit un geste de défi.

— Écoute, lui dit-elle d'une voix plus grave, je ne sais quel intérêt te pousse, ni qui tu es, ni vers quel but mystérieux tu marches. Mais depuis le jour où je t'ai rencontré pour la première fois, je t'ai toujours vu attentif à protéger les *Fan-kouei*, et tu t'es même oublié jusqu'à aimer une de leurs filles.

— Li-tsi !... fit le jeune homme.

— Li-tsi !... répéta la femme.

— Mais elle est innocente...

— Qu'importe...

— Son père ne t'a jamais fait aucun mal.

— Qui sait ?

— Tu ne le connais pas.

— Ce sont des étrangers qui ont tué ma fille, ce sont des étrangers que je poursuis !

Ping-si réprima un mouvement d'impatience.

— Ainsi c'est ton dernier mot? dit-il avec vivacité.

— Haine et mort aux *Fan-kouei!*

— Ton obstination te perdra.

— J'espère que tu reviendras toi-même à des sentiments plus dignes d'un véritable fils de Tsin.

— Tu railles.

— Non... Mais je ne sais pourquoi, et bien que nous suivions deux routes différentes, tu m'intéresses.

— Vraiment !...

— Tu es jeune... puissant... il règne autour de toi un mystère étrange, je voudrais te sauver.

— Je cours donc des dangers?... dit Ping-si en souriant.

— Fo-hi te hait, répliqua As-say.

— Moi, je le méprise.

— Il ne faut pas trop mépriser ce qui est fort...

— Fo-hi n'est que cruel... Je n'ai qu'un mot à dire pour le met tre à jamais dans l'impuissance de nuire...

— Pourquoi hésites-tu à le faire?

— Parce que sa haine même me sert...

— Railles-tu à ton tour?

— Nullement.

— Mais qui donc es-tu alors?

— Je te le dirai quelque jour... Mais le moment n'est pas venu encore.

— Et d'ici là?...

— D'ici là, As-say... n'oublie pas que je suis puissant, comme tu l'as dit, que j'ai l'œil ouvert sur toi et sur les tiens, et qu'à la moindre tentative de votre part, Ping-si ne se fera pas attendre...

— Toujours des menaces! fit As-say avec un geste d'incrédulité.

— Je regrette qu'elles ne t'effraient pas.

— Ta longanimité m'assure de ta faiblesse.

— Ne t'y fie pas.

— Qu'ai-je donc à craindre?

— Tout!

— Prouve-le-moi alors.

— Le désires-tu vraiment?

— J'attends.

— Eh bien, sois donc satisfaite, et par ce que tu vas voir, juge de ce que je pourrais faire, si tu me poussais à bout.

En parlant ainsi, Ping-si s'approcha d'une porte habilement dissimulée dans la boiserie, et poussa un ressort caché par un bouton de diamant.

Puis, il revint vers ses compagnons, le front rayonnant et le regard hautain.

— Est-ce là tout? demanda As-say, d'un ton ironique.

— Il n'en faut pas davantage, répondit Ping-si.

— Mais je ne vois rien encore, insista la femme.

Elle achevait à peine ces mots, quand une secousse sonore ébranla tout à coup la salle dans laquelle ils se trouvaient; les boiseries se prirent à craquer, les lampes s'éteignirent, et la salle tout entière commença à tourner lentement sur elle-même.

Tittmarsh s'accrocha au bras de Pinson pour ne pas tomber.

— Dieu damne! s'écria-t-il avec humeur, on dirait que la maison vire de bord.

— C'est un *truc !* répondit laconiquement Pinson, en s'assurant sur ses jambes.

— Diable de pays tout de même.

— Nous avons affaire à un prestidigitateur. C'est une scène de Robert Houdin, compléta Pinson.

La salle tournait toujours au milieu de l'obscurité la plus complète; quand elle s'arrêta, les boiseries glissèrent le long de leurs rainures, le plancher s'inclina légèrement de lui-même, et poussé par une force invisible, il descendait rapidement vers des profondeurs pleines d'ombres, emportant avec lui nos quatre personnages.

Cela fut exécuté en un clin d'œil, et ils étaient arrivés, qu'ils n'étaient pas encore remis de leur surprise.

Toutefois, dès qu'ils eurent atteint le but de ce singulier voyage, l'obscurité se dissipa tout à coup et comme par enchantement, et ils purent apercevoir autour d'eux Fo-hi et une dizaine de Chinois, gisant garrottés sur le sol, et tenus en respect par quelques soldats armés de longues piques et munis de lanternes.

As-say poussa un cri de surprise.

— Qu'est-ce que cela signifie? dit-elle en se retournant avidement vers Ping-si.

— Cela signifie que tes amis sont en mon pouvoir, répondit le jeune homme, et que dès ce moment leur vie m'appartient.

— Et tu les livreras à la justice?

— Non!

— Que comptes-tu donc faire?

— Les rendre à la liberté !...

Il y eut un silence ; As-say était émue d'une mystérieuse et solennelle épouvante, et elle se demandait encore une fois quel être était ce Ping-si, quelle puissance était la sienne, et pourquoi tant de bizarrerie se mêlait à tant de force.

— Eh bien ! lui dit enfin le jeune homme en se rapprochant d'elle, doutes-tu encore ?

— Je ne doute plus, répondit la femme.

— Tu crois enfin à ma puissance ?

— J'y crois.

— Tu vois que je puis faire de Fo-hi ce que je veux ?

— Mais tu as promis de le délivrer.

— Et je tiendrai ma promesse... mais toi-même, As-say, ne veux-tu pas faire quelque chose pour moi ?

— Quoi donc ?

— J'ai vainement tenté jusqu'à ce jour de te ramener au calme et à la bienveillance ; dois-je donc échouer encore aujourd'hui ?

— Tu me crains donc toi-même ? fit As-say, en fixant sur Ping-si deux regards ardents et interrogateurs.

— Je ne crains rien... je te le répète, mais ton obstination me désespère... à tort ou à raison je m'intéresse à toi, et moi aussi je voudrais te sauver.

As-say laissa tomber sa tête sur sa poitrine et se prit à réfléchir.

— Songe à ton époux ! continua Ping-si ; il est bien bas tombé ; mais qui sait si ton amour ou ta présence ne pourrait pas le rappeler à la raison...

— Jamais ! murmura la femme.

— Et ta fille, malheureuse... si le ciel te la rendait demain, oserais-tu bien lui ouvrir les bras, et poser sur son front pur ces lèvres que l'adultère a souillées ?...

As-say sentit un frisson glacé courir sur ses épaules :

— Ma fille est morte ! dit-elle brusquement, et ce sont les *Fan-kouei* qui l'ont tuée.

— Qu'en sais-tu ?

— C'est Fo-hi qui me l'a appris.

— Fo-hi te trompait peut-être.

— Lui !

3.

Et As-say jeta à Fo-hi un regard plein de menaces e tde haine, mais cette impression dura peu, et elle revint presque aussitôt à elle.

— C'est impossible ! reprit-elle d'une voix ferme, Fo-hi ne me trompe pas... tu veux me donner le change et égarer ma vengeance... mais rien ne saurait m'ébranler désormais, j'ai juré mort aux *Fan-kouei*, et les *Fan-kouei* mourront !...

Ping-si n'en voulut pas entendre davantage ; il se sentait déjà sourdement irrité ; ses sourcils s'étaient rapprochés, et une ombre avait passé sur son front. Il craignit de s'abandonner à la colère qui grondait dans sa poitrine, et prit le seul parti raisonnable qui lui restait à prendre.

Il avait promis la liberté de Fo-hi, et, sur un geste de sa main, les soldats enlevèrent les liens dont les prisonniers étaient garrottés.

— Ils sont libres ! dit Ping-si d'un accent plein d'autorité... qu'ils partent !... Pour cette fois, je veux bien les protéger et ne les point livrer à la justice terrible du FILS DU CIEL ; mais qu'ils y prennent garde, et qu'ils n'oublient pas surtout qu'à la moindre récidive ils recevraient un châtiment exemplaire... Allez !...

Les soldats s'inclinèrent sur ces paroles, et, poussant devant eux les prisonniers, étonnés de ce dénoûment, ils ne tardèrent pas à disparaître dans l'ombre épaisse de la nuit.

Pendant qu'ils s'éloignaient, Ping-si était resté debout, les bras croisés sur la poitrine, absorbé par mille pensées qui remuaient tout un monde dans son cœur.

Pinson s'approcha de lui, et l'arracha à sa rêverie en lui frappant familièrement sur l'épaule.

— Vous m'aviez oublié, lui dit-il gaîment.

— C'est vrai ! répondit Ping-si.

— Regretteriez-vous déjà la proposition que vous nous avez faite ?

— Je la renouvelle, au contraire.

— Ainsi, vous nous emmenez avec vous ?

— N'est-ce pas convenu ?...

— Sans doute, seulement je désirerais savoir quand nous partirons.

— Je ne le sais encore.

— Cela ne dépend donc pas de vous ?

— Vous l'apprendrez bientôt.

— Mais qu'allons-nous faire jusqu'au jour du départ ?

— Si vous voulez me suivre, je vous procurerai une distraction qui, je l'espère, sera de votre goût.

— Où allons-nous ?

— Chez Marquick !...

Une demi-heure après, nos deux amis étaient attablés dans un des plus gracieux salons du Véfour anglais de Quan-tong, et maître Tittmarsh dévorait à belles dents un énorme *rosbif*, qu'il mouillait fréquemment d'un excellent *porter*.

Il ne s'était jamais trouvé plus heureux dans les tavernes enfumées de la Cité ; il oublia bien vite que Londres était éloigné de quelques milliers de lieues, et qu'il allait entreprendre sous peu un voyage plein de dangers, dans un pays qu'il n'avait jamais vu, en compagnie d'un jeune homme qu'il ne connaissait pas.

Quant à Pinson, il s'était contenté d'un filet de la première catégorie, qu'il arrosait de temps à autre d'un bordeaux généreux. L'estomac reprenait ses droits, mais sans faire tort à son cœur ; et plus d'une fois, en trempant ses lèvres dans son verre, il vit passer devant ses yeux troublés la gracieuse silhouette de la petite Pé-tchi-li, et entendit résonner à son oreille charmée les clochettes de métal qui ornaient sa coiffure.

Si le lecteur le veut bien, nous les laisserons s'oublier dans les douceurs d'un repas qui devait se prolonger jusqu'au jour, et nous suivrons une dernière fois As-say et Fo-hi, que Ping-si vient de rendre à la liberté !

Les soldats les avaient quittés depuis quelques minutes, et ils se trouvaient seuls, dans une des rues les plus désertes de Quan-tong.

Le fleuve coulait sombre à quelque distance, et sans échanger une parole, Fo-hi et As-say se dirigèrent précipitamment de ce côté.

La nuit était fort avancée, le jour commençait à poindre, et on voyait déjà une ligne pâle et blanche rayer l'horizon.

L'homme et la femme marchaient l'un à côté de l'autre sans se parler... Ils étaient tous les deux violemment agités, et plusieurs fois Fo-hi laissa échapper de ses lèvres un cri rauque et sauvage.

Une rage aveugle battait sa poitrine; il avait entendu Ping-si l'accuser devant As-say, et soit qu'il fût coupable, soit qu'il craignît seulement qu'As-say le crût, il n'osait ni l'interroger, ni la regarder...

De son côté, As-say n'était ni moins agitée, ni moins tourmentée... L'insinuation de Ping-si était entrée dans son cœur, comme la pointe acérée d'un poignard, et mille pensées contraires se disputaient son esprit, et elle ne savait à quelle résolution s'arrêter.

Enfin, ils arrivèrent sur la rive du fleuve, et Fo-hi, avançant de quelques pas, fit entendre aussitôt un sifflement aigu et prolongé...

La berge était déserte et sombre, mais à peine Fo-hi eut-il donné ce signal, qu'une *sampane* se détacha de la rive opposée, et vint recevoir les nocturnes passagers.

As-say et Fo-hi sautèrent immédiatement dans la barque, les rames plongèrent dans les flots profonds, et ils s'éloignèrent avec rapidité.

Un philosophe chinois

L'ombre était épaisse; de tout côté planait un silence profond. La sampane glissait sur l'onde, sans laisser de trace derrière elle.

As-say s'était assise à l'arrière. Fo-hi avait pris place à ses côtés.

Ce dernier, bien que préoccupé par les dangers auxquels il venait d'échapper, plongeait son regard avide dans l'ombre qui l'entourait, et il paraissait écouter avec une attention inquiète et haletante les moindres bruits qui venaient des deux rives.

Les rivières de la Chine, la plupart très larges et pourvues de quais en bon état, présentent à l'œil un spectacle dont on n'a pas l'idée en Europe.

A côté des villes de pierre, s'élève presque toujours une autre ville composée de ce qu'on appelle des bateaux de famille, et qui renferme souvent une population énorme de pêcheurs, d'artisans ou de bohémiens. Quan-tong en possède à elle seule plus de 40,000, qui servent d'habitations à une population de deux cent mille âmes. Ces villes de bateaux sont régulièrement autorisées et surveillées par le gouvernement; elles ont leurs rues, leurs ponts, leurs places même, et l'on y voit circuler, à toute heure du jour, les industries ambulantes que l'on rencontre sur la terre ferme.

Mais à ce moment tout dormait sur les deux rives du Tigre.

et le regard de Fo-hi, vainement éveillé, n'avait rien remarqué encore qui fût digne de fixer son attention.

Tout à coup cependant, il fit un mouvement, et saisissant d'une main le bras d'As-say, il lui montra de l'autre un objet de forme singulière, qui semblait se mouvoir à quelque distance sur l'eau.

As-say regarda.

— Qu'y a-t-il? dit-elle à voix basse.

— Une sampane qui nous suit, répondit Fo-hi, sur le même ton.

— On nous épie donc encore?

— Je le crois.

— Qui cela peut-il être?

— Ping-si, sans doute.

— C'est impossible, regarde encore.

Et se tournant vers les rameurs :

— Et vous autres, ajouta-t-elle d'un accent plein d'autorité, courbez-vous énergiquement sur vos rames, et hâtez-vous de gagner du terrain.

La barque se mit à glisser avec une vélocité à donner le vertige, mais la sampane qui les suivait avait vu le mouvement, et redoublant elle-même d'agilité, elle fendit l'onde avec une célérité nouvelle.

Elle gagnait évidemment de vitesse; cinq minutes encore, et elle allait aborder.

As-say ordonna à ses hommes de s'arrêter.

— Mais ils vont nous atteindre, s'écria Fo-hi.

— Eh bien, répondit As-say, ne vaut-il pas mieux que l'on nous trouve ici qu'au lieu du rendez-vous?... Couche-toi au fond de la sampane, et laisse-moi faire !

Elle achevait ces mots, quand un choc violent fit osciller la barque, et qu'un homme, muni d'une lanterne, sauta lestement sur le pont.

Son arrivée mit presque aussitôt fin à toutes les inquiétudes.

— Coupoutaï! s'écria As-say, dès qu'elle l'eut examiné, avec un dernier doute.

— Coupoutaï, répéta Fo-hi en se levant d'un bond de sa ca-
chette.

— Et qui veux-tu que ce soit, imbécile, répondit le nouveau
venu, en souriant, tu as donc toujours peur du mandarin ?

— Je te croyais à Nan-king, interrompit As-say.

— J'y suis allé.

— Mais, que viens-tu faire à Quan-tong ?

— C'est mon secret.

— Et tu n'es pas disposé à me le dire ?

— Un secret est une chose que l'on garde, ou que l'on vend...
As-say sourit et haussa les épaules.

— Tu es toujours le même, mon pauvre Coupoutaï, dit-elle,
d'un ton de compassion ; je te retrouve encore à la veille de faire
fortune. Combien veux-tu me vendre ton secret ?

— Rien.

— Tu es donc riche, aujourd'hui ?

— Non, je suis honnête.

L'homme qui venait de faire une entrée si inattendue avait
cinquante ans. Il était grand, sec, maigre, et couvert de vêtements en lambeaux ; il n'avait pourtant pas l'air d'un mendiant,
et bien que la pâleur de son teint et la maigreur de son corps
témoignassent de privations fréquentes, sa physionomie respirait
le contentement et la belle humeur.

Coupoutaï était un philosophe de l'espèce cynique, qui avait
passé les trois quarts de sa vie à courir les grandes routes ; une
sorte de bohême sensuel et pourtant rêveur, oublieux de la veille
et insouciant du lendemain : actif, robuste, habitué à la fatigue
et au jeûne, et dont l'esprit s'était conservé sain au milieu des
épreuves d'une existence vouée tout entière au hasard.

Coupoutaï avait traversé la Chine, du nord au midi, de l'est à
l'ouest ; il avait fait tous les métiers, depuis celui de bonze
jusqu'à celui d'écrivain public. Il connaissait tous les gouverne-
ments, fréquentait toutes les pagodes, et se trouvait affilié à
toutes les sociétés secrètes ; esprit ardent, mais cœur vide, il ne
croyait à rien et riait de tout ; ingénieux, inventif, toujours sur
la brèche, peu scrupuleux d'ailleurs sur le choix des moyens, il
avait des ressources extrêmes pour toutes les situations ; quelques-

uns le croyaient bien attaché à la police ; mais Coupoutaï se moquait de ce que l'on croyait et de ce que l'on ne croyait pas. L'étendue et la variété de ses connaissances étaient immenses : il savait tout, la nomenclature de ce qu'il avait inventé emplirait des volumes, et il appartenait à cette classe nombreuse de lettrés qui restent convaincus que la Chine est le premier empire du monde civilisé.

Illusion respectable, que nous ne nous chargeons pas de détruire, surtout à coups de fusil.

Cependant la sampane poursuivait sa course rapide ; elle tourna bientôt brusquement sur elle-même, et passant adroitement à travers les mille petites ruelles ouvertes entre les bateaux de famille, elle ne tarda pas à toucher la rive opposée du fleuve.

Le jour n'était pas venu encore quand nos trois personnages sautèrent sur le sol. La même obscurité impénétrable et sombre régnait de tous côtés, et les lanternes n'étaient pas hors de propos.

Les rameurs attachèrent la barque sur la rive, et As-say, Fo-hi et Coupoutaï s'éloignèrent à pas rapides.

Bien qu'il connût de longue main les habitudes de ses compagnons, Coupoutaï était assez intrigué du mystère dont ils s'enveloppaient, et de l'espèce d'activité fébrile qu'il les voyait déployer.

Il était trop communicatif pour garder longtemps une inquiétude sur le cœur ; aussi tout en marchant se rapprocha-t-il de Fo-hi.

— Tu conspires donc toujours? lui dit-il tout à coup à voix basse et en le poussant du coude.

— Toujours ! répondit Fo-hi.

— C'est un jeu dangereux.

— Pour ceux qui nous oppriment.

— Ceux-là sont forts.

— Parce que nous les laissons faire.

Coupoutaï fit entendre un petit ricanement sceptique :

— Alors, tu vas retrouver vos amis ? reprit-il aussitôt.

— Ils nous attendent, répondit Fo-hi.

— Et que veux-tu tenter?

— De tous les points du Fo-kien, nos émissaires doivent se trouver à Quan-tong cette nuit : nous aurons des nouvelles de l'entreprise que nous préparons.

— Vous voulez vous révolter?...

— N'es-tu pas des nôtres?

Coupoutaï partit d'un éclat de rire sonore qui fit faire un bond à son interlocuteur.

— Je ne suis pas du parti des imbéciles, répondit-il d'une voix nette et ferme, et ce sont des imbéciles ceux qui conspirent sous les yeux toujours éveillés de la police.

— La police ne sait rien.

— Elle sait tout.

— Qui te l'a dit ?

— Il n'y a que toi qui ne le saches pas, mon pauvre Fo-hi, et cette ignorance te portera malheur.

— Je ne crains rien.

— Les événements de cette nuit devraient cependant te rendre prudent.

— Tu les connais?

— Certainement.

Fo-hi s'arrêta sur cette assurance, et chercha à lire, à travers l'obscurité, sur le visage de son interlocuteur.

— Tu connais bien des choses, Coupoutaï, dit-il d'un air sombre.

— On s'instruit à voyager beaucoup, repartit Coupoutaï.

— Les amis comme toi sont dangereux.

— Quelquefois.

— On a dit souvent que tu étais affilié à la police?

— Il suffit qu'un imbécile le dise pour que dix mille niais le répètent.

— Cependant, tu as une existence mystérieuse.

— Bien moins encore que la tienne.

— On te voit rarement parmi nous.

— J'y viens encore trop souvent.

— Coupoutaï, je te ferai surveiller.

— Tu ferais mieux de te surveiller toi-même, car au train dont tu vas, tu risques de compromettre non-seulement ta fortune, mais encore celle de tes frères.

Tout en parlant ainsi, ils étaient arrivés dans un lieu désert, sur une petite éminence qui domine la ville à deux kilomètres environ, et sur le versant de laquelle s'ouvre une sorte de caverne, dont l'entrée est défendue par des broussailles presque impénétrables.

Fo-hi s'arrêta en cet endroit, posa la lanterne à terre, et fit entendre un signal.

L'écho répéta le signal, mais aucun être humain ne bougea aux environs.

Le jour commençait à rayer l'horizon d'une ligne blanchâtre; de pâles lueurs se mêlaient à l'obscurité; Fo-hi et **As-say** échangèrent un rapide et significatif regard.

— Personne! dit Fo-hi, comme se parlant à lui-même.

— Personne! répéta As-say.

— Eh bien, pourquoi tant hésiter? objecta Coupoutsï. S'il n'y a personne ici, c'est que l'heure du rendez-vous est vraisemblablement passée, et que las d'attendre votre arrivée, vos amis sont entrés dans le souterrain.

— Il a raison! dit As-say.

— Entrons donc... ajouta Fo-hi.

Et il écarta résolûment les broussailles qui obstruaient l'entrée de la caverne, et ayant repris sa lanterne, il fit quelques pas à l'intérieur.

Mais aussitôt une forme humaine se détacha d'un coin obscur, et s'avança vers Fo-hi.

Ce dernier tourna sa lanterne du côté de l'apparition, et poussa un cri de surprise.

— Pé-tchi-li! s'écria-t-il.

— Vous ne m'attendiez pas... répondit la jolie fille avec un sourire.

— Que viens-tu faire ici?

— J'y suis restée pour vous prévenir.

— Où sont donc nos amis?

— Ils sont partis.

— Mais quel motif?...

— Ils étaient découverts, on les a poursuivis... mais ils ont pu échapper, grâce à l'ombre de la nuit qui les protégeait.

— Je me doutais de l'aventure, fit observer Coupoutaï.

— Quelque traître se sera glissé parmi nous, ajouta Fo-hi.

Et en parlant ainsi, son regard se tourna instinctivement vers Coupoutaï.

Celui-ci partit d'un éclat de rire :

— Décidément, notre ami Fo-hi devient fou, dit-il, en s'adressant à As-say ; la peur de la police lui fait perdre l'esprit, et il serait prudent qu'il renonçât à son rôle de conspirateur.

— Cependant, il s'est passé quelque chose d'extraordinaire, objecta As-say ; c'est la première fois que l'on nous épie, c'est la première fois surtout que l'on s'acharne ainsi à notre poursuite.

— Eh bien, plaignez-vous donc! repartit Coupoutaï ; les recherches dont vous êtes l'objet attestent, au contraire, votre importance ; si l'on vous poursuit, c'est que l'on vous craint, et vous ne devez que vous féliciter de ce résultat.

— Mais que faire?... insista Fo-hi.

— Voulez-vous que je vous donne un bon conseil?

— Dites.

— Eh bien! demeurez tranquilles pour quelque temps ; l'œil de vos ennemis est ouvert ; vos moindres démarches sont épiées, et d'après ce qui vous est arrivé cette nuit en compagnie de Ping-si, songez à ce qui peut vous menacer encore!...

As-say et Fo-hi ne répondirent pas ; ils comprenaient que Coupoutaï avait raison ; mais ces deux natures ardentes répugnaient à l'inaction, et ils regardaient comme une lâcheté d'abandonner même momentanément la partie.

Quant à Pé-tchi-li, elle avait relevé vivement la tête au nom de Ping-si, et son regard curieux et interrogateur allait alternativement d'As-say à Fo-hi et de Fo-hi à Coupoutaï.

— Ping-si!... dit-elle aussitôt à ce dernier, vous avez prononcé le nom de Ping-si?

— Sans doute! répondit le philosophe.

— Vous le connaissez donc?

— Beaucoup.

— C'est lui qui, cette nuit, se trouvait dans la *ruelle aux Porcs?*

— Précisément.

— Pendant que Pé-tchi-li parlait, Coupoutaï la regardait avec une profonde attention, qui n'avait pas sa cause dans un sentiment purement philosophique.

— Tu connais donc Ping-si toi-même ? reprit-il un instant après.

— Je l'ai vu, cette nuit, pour la première fois.

— Et il te plaît ?

— Il est beau.

— Il est riche aussi.

— Qu'importe !

— Toutes les femmes ne parleraient pas de même.

— Moi, je ne suis pas comme toutes les femmes.

Coupoutaï sourit :

— Cela se voit, répondit-il avec enjoûment, et d'abord, tu es jolie... tes joues sont roses comme les fleurs de l'amandier ; tes lèvres ressemblent au côté rouge de la pêche ; ta taille est souple et mince comme les feuilles du saule, et tes yeux sont aussi brillants que les rayons éclairés par le soleil...

A cette énumération des beautés de sa personne, Pé-tchi-li ne put s'empêcher de considérer celui qui parlait : mais elle en eut à peine le temps, car un bruit de pas se fit entendre en ce moment à quelque distance, et un homme accourut en toute hâte vers le groupe que formaient nos quatre personnages.

Cet homme était un des affidés de la société secrète à laquelle appartenait Fo-hi ; il paraissait essoufflé, ses vêtements étaient en désordre, et aux premières lueurs du jour, on put remarquer la pâleur livide répandue sur son visage.

Fo-hi courut à lui :

— Eh bien ! lui dit-il, que se passe-t-il ? et pourquoi cette pâleur et cette émotion ?

— Il faut fuir ! répondit l'homme.

— Mais nos amis ?

— Ils sont dispersés...

— On nous a donc découverts ?

— On nous a trahis.

— Mais qui cela ?

— Ping-si !...

Ce nom fut accueilli par un silence singulier. Décidément l'homme qu'il désignait acquérait de l'importance.

— Ping-si! répéta Fo-hi... mais d'où sais-tu cela?

— Je sais bien autre chose.

— Parle, alors.

— Il faut fuir, te dis-je.

— Mais parle donc!

— Eh bien!... apprends que des forces inattendues ont pénétré dans le Fo-kien... les mandarins sillonnent le pays dans tous les sens, et l'on ajoute même...

— Quoi encore?

— Mais c'est impossible...

— Achève.

— On ajoute que Ping-si est le conseiller intime de l'empereur, et que le FILS DU CIEL était cette nuit même à Quan-tong!...

Les ruses de Fo-hi.

Quinze jours s'étaient passés depuis les événements racontés aux chapitres qui précèdent.

Si le lecteur le veut bien, nous l'introduirons pour quelques instants chez Marquick, le restaurateur anglais de Quan-tong.

Selon le rapport d'un témoin oculaire, l'hôtel s'ouvre par un passage étroit sur la place même des Factoreries, où flottent les quatre pavillons de France, d'Angleterre, de Hollande et d'Amérique. Les cours en sont petites, les chambres nues, et les domestiques chinois oisifs, insouciants et paresseux.

L'hôtel est assez fréquenté ; c'est le seul endroit de la ville où il soit permis de goûter à une cuisine humaine, et les étrangers n'ont d'ailleurs pas le choix, les autres établissements étant à peu près inhabitables.

Ce jour, un certain mouvement régnait dans l'hôtel ; des *coulies*, plus actifs que d'ordinaire, parce que vraisemblablement ils avaient été mieux payés, allaient et venaient d'un air affairé, transportant des effets, préparant des litières, parlant beaucoup et faisant force démonstrations.

Enfin, au bout d'une demi-heure de ce mouvement inusité, un homme et une jeune fille descendirent dans la cour, accompagnés par le maître même de l'hôtel ; puis, ce dernier leur souhaita un bon voyage ; ils montèrent dans la litière et s'éloignèrent dans la direction de la campagne.

Le soleil sortait étincelant de l'horizon ; il n'y avait pas un nuage au ciel, la journée promettait d'être splendide.

L'homme était inquiet et préoccupé ; la jeune fille paraissait soucieuse et triste.

On l'appelait Li-tsi, elle avait dix-huit ans au plus ; elle était belle de tout l'éclat de sa jeunesse et de son innocence. Sous sa longue robe d'étoffe simple, on devinait une taille souple et ronde, et ses mains, qui sortaient de ses manches larges et évasées, avaient cette belle pâleur du marbre : tout en elle respirait la douceur et la bonté ; son œil noir couvait des reflets magnétiques, et ses cheveux, que les *kⁱ*, ou aiguilles conjugales, ne retenaient pas encore, pendaient en tresses parfumées le long de son visage arrondi.

Elle avait soulevé en partie le rideau de soie qui la cachait derrière la portière, et elle laissait son regard se perdre au loin, dans les paysages pittoresques que la campagne lui présentait.

A droite et à gauche s'ouvraient de riantes vallées, parsemées de petits villages aux maisonnettes blanches ; l'œil se reposait à voir de loin en loin le miroir poli des grands lacs, où le vert feuillage de quelque bois prochain... L'air s'imprégnait de temps à autre des parfums pénétrants de la cinnamome ou du camphrier ; de toutes parts enfin, le panorama s'égayait de tableaux agrestes qui se voilaient ou se découvraient tour à tour aux regards ravis des voyageurs.

Ce n'était pas la première fois qu'un pareil spectacle s'offrait aux yeux de Li-tsi, depuis longtemps déjà, elle avait admiré les sites de cette partie de la Chine ; mais ce jour-là, son esprit, plus disposé à la rêverie, en percevait mieux le charme ; et son cœur, baigné de tristesse et de mélancolie, s'ouvrait à toutes les tendres impressions d'un sentiment nouveau.

Ce que son regard cherchait à travers les plaines infinies et variées, qui pourrait le dire au juste?... Ce n'étaient pas les perspectives se renouvelant suivant le caprice de la nature, ce n'étaient pas non plus les grands horizons, ni les versants doucement inclinés des collines, ni les frais cours d'eau, ni les lacs silencieux... Une pensée unique dominait toutes ses aspirations, et c'est vers un monde plus élevé, c'est vers les sphères idéales de l'amour, qu'elle se sentait emportée malgré elle, indécise, troublée, inquiète même de l'impuissance de ses efforts.

L'homme qui l'accompagnait est ce même Tao-sze chrétien, sauvé par Pinsen, et qui, entièrement remis de ses blessures, se hâte de quitter les lieux où il a failli perdre la vie, et celle qu'il appelle sa fille.

Comme Li-tsi, il a, lui aussi, soulevé la draperie qui voile sa portière, et son regard plonge à tout instant dans les bois qu'il côtoie, et sonde avec inquiétude les moindres replis des souterrains qu'il longe.

Il a peur, il ne se souvient qu'en frémissant de l'attaque nocturne dont il a été l'objet; il sait d'ailleurs qu'un ennemi mystérieux veille, toujours prêt à frapper, et il tremble en songeant qu'il peut perdre une seconde fois sa fille chérie.

La route qu'ils suivent n'est pas très fréquentée; on voyage peu en Chine, si ce n'est sur les canaux dont le pays est coupé dans toutes les directions; car dans aucune contrée du monde, le système de canalisation n'a reçu plus de développement qu'en Chine, et l'on n'y compte pas moins de 350 canaux, sans y comprendre les nombreux tronçons du canal impérial. Le Tao-sze n'avait vu passer jusqu'alors que quelques véhicules informes, ou ces espèces de barques roulantes dont un appareil de voiles accélère la marche sur les routes unies et sablées. Les hommes qui lui servaient d'escorte marchaient d'un pas indolent à côté de la litière, et aucun d'eux ne paraissait partager les appréhensions du Tao-sze; mais ce dernier savait par expérience ce que cette quiétude apparente cachait de lâcheté, et il n'ignorait pas qu'au moindre danger l'escorte s'évanouirait comme par enchantement, laissant à ceux qu'ils devaient protéger le soin de leur propre défense.

L'événement ne tarda pas à vérifier les craintes du Tao-sze.

Cinq ou six heures s'étaient écoulées depuis leur départ de Quan-tong, et ils venaient de descendre le versant rapide d'une colline assez escarpée.

A ce moment, un mouvement singulier se manifesta parmi les hommes de l'escorte; on les entendit aller et venir d'un air affairé et se consulter avec animation. Puis enfin la litière s'arrêta tout à coup, et l'un des Chinois parut à la portière.

4

Li-tsi, ramenée ainsi brusquement à la réalité, se tourna vivement vers le Tao-sze, et en le voyant pâle et défiguré, elle eut peur et lui prit vivement les mains.

— Qu'y a-t-il? s'écria-t-elle en frissonnant, sommes-nous donc encore menacés?

— Ne crains rien, répondit le Tao-sze en cherchant à la rassurer.

— Mais vous-même, mon père, vous êtes pâle!

— Ce sont trois cavaliers que nos hommes ont aperçus... la province de Fo-kien est infestée de voleurs, et ils craignent d'avoir affaire à eux.

— Mais qu'allons-nous devenir?

— Dieu seul le sait, mon enfant, répondit le Tao-sze; il nous a retirés déjà d'un grand danger... nos prières parviendront encore une fois jusqu'à lui... Prions-le donc avec confiance, et quoi qu'il arrive, que sa volonté soit faite, sur la terre comme dans le ciel!...

La jeune fille joignit les mains sur l'invitation de son père, et elle adressa à Dieu une fervente et chaleureuse prière.

Cependant, les cavaliers que l'on avait signalés avançaient au galop de leurs chevaux et soulevaient autour d'eux un tourbillon de poussière; le Tao-sze était sorti de la litière pour défendre sa fille, et ses hommes s'étaient rangés autour de lui, prêts à fuir si le combat devait devenir sérieux.

Les cavaliers les trouvèrent dans cette attitude belliqueuse.

Fort heureusement pour tout le monde, ils n'avaient pas les intentions hostiles qu'on leur supposait, car à peine le tourbillon de poussière dont ils étaient enveloppés se fut-il dissipé, que le Tao-sze leva les mains au ciel, comme pour remercier la Providence de l'avoir entendu, et qu'il courut vers l'un des cavaliers qui venait de sauter à terre.

De son côté, Li-tsi, cachée, émue et tremblante, derrière la draperie de sa litière, était devenue toute rouge à la vue de l'étranger, et elle avait croisé les bras sur sa poitrine pour en comprimer les battements, et deux belles larmes de joie coulaient maintenant le long de ses joues animées.

L'étranger n'était autre que Ping-si.

Le jeune Chinois semblait s'être transfiguré depuis le soir où nous l'avons présenté au lecteur pour la première fois.

A cette heure, il portait un costume dont l'éclat pouvait encore donner lieu à bien des conjectures.

Sur son bonnet de satin puce, à bords de velours noir, étincelait un bouton de cristal à six facettes, insigne du mandarinat de troisième ordre. Son *makoua*, ou sa redingote, dont les larges manches descendaient jusqu'au milieu de l'avant-bras et dont les pans atteignaient juste à la hauteur des hanches, était en drap de Ke-chan-so, moitié coton et moitié soie; sous ce vêtement, il portait une veste de soie bleue richement brodée, à manches et pans beaucoup plus longs que ceux du *makoua*, laquelle croisait sur le côté droit de la poitrine, retenue par des ganses et des boutons. Ses pantalons, en crêpe de Nankin, bleu clair, broché de même couleur, rentraient, un peu au-dessous des genoux, dans des bottes de satin noir; enfin, comme dernier insigne, un tigre s'étalait sur l'écusson de soie qui décorait sa poitrine, et annonçait un officier de l'armée.

La poussière de la route avait un peu terni l'éclat de ce costume, mais Ping-si le portait avec un air particulier de noblesse et de distinction, et les Chinois qui escortaient le Tao-sze ne purent s'empêcher de s'incliner devant lui, bien certains qu'ils avaient affaire à une notabilité militaire du Fo-kien.

Cependant le Tao-sze ne tarissait pas de compliments ; il avait pris les mains de Ping-si, et il les serrait dans les siennes, avec force démonstrations, comme c'est l'usage en Chine.

Le jeune homme se laissait faire de la meilleure grâce du monde, mais tout en répondant de son mieux à l'accueil qui lui était fait, son regard s'égarait de temps à autre du côté de la litière, dont il semblait vouloir soulever les rideaux trop discrets.

En ce moment, le Tao-sze se sentit tirer par le pan de sa robe, et entendit un joyeux éclat de rire résonner à son oreille.

Il se retourna et se trouva nez à nez avec l'un des deux cavaliers qui accompagnaient Ping-si.

Le Chinois riait d'un rire franc et sonore, et il tendait amicalement ses mains ouvertes au Tao-sze:

— Vous ne me reconnaissez donc pas, père André? s'écria le cavalier, après quelques secondes d'attente, et sur un ton de doux reproche.

— Attendez! fit le Tao-sze, en cherchant à rappeler ses souvenirs.

— Cependant, nous nous sommes déjà vus.

— En effet.

— Chez Marquick.

— Je me souviens.

— Pinson... quoi... un Chinois de la rue Mouffetard, transporté, comme par enchantement, dans le pays des paravents et des magots... Y êtes-vous?

Le père André se prit à sourire.

— J'y suis, répondit-il, en faisant signe de la tête, mais j'avoue que sous ce chapeau j'ai hésité un moment à vous reconnaître.

— Je suis donc devenu bien laid?

— Ce n'est pas cela!

— Et quand ce serait, vous auriez le droit de le dire; le fait est que le costume national n'est pas flatteur, et si la petite Pé-tchi-li me voyait sous cette robe et avec cette queue...

Pinson n'acheva pas, à peine eut-il prononcé le nom de la jolie Chinoise, qu'il vit le père André froncer le sourcil et détourner les yeux.

— Allons, bon! s'écria-t-il avec mauvaise humeur, je ne puis pas prononcer deux paroles sans dire trois bêtises... père André, on tâchera de s'y faire.

— Vous oubliez trop souvent, mon ami, que vous êtes devenu Chinois.

— On s'en souviendra.

— Mais, dites-moi si vous avez quitté votre camarade Tittmarsh?

— Moi!... me séparer de lui, plutôt la mort; voulez-vous me permettre de vous le présenter?

— Il est donc ici?

— Le loup de mer s'est fait cavalier, dit Pinson, en s'adressant au second Chinois. Tittmarsh, saluez le père André!...

Le second Chinois était bien notre ami Tittmarsh, et si Pinson représentait assez mal un fils de Han, nous devons dire qu'il n'en était pas de même du citoyen de la Grande-Bretagne.

Tittmarsh salua silencieusement le Tao-sze.

— Ainsi, lui dit le père André, vous voilà devenus les compagnons de Ping-si.

Tittmarsh s'inclina sans parler.

— Vous avez renoncé pour quelque temps à votre élément?

Tittmarsh fit un signe affirmatif.

— Et vers quelle ville de l'Empire vous dirigez-vous à cette heure?

Tittmarsh remua la tête, comme pour faire entendre qu'il ne pouvait parler.

Le père André se retourna étonné vers Pinson, qui riait à se tordre pendant ce colloque dont le Tao-sze faisait tous les frais.

— Parfait! parfait! s'écria-t-il, quand son accès d'hilarité fut un peu calmé. C'est que vous ignorez, mon cher père, que nous allons à Pékin.

— Eh bien?

— Eh bien, il y a loin de cette ville à Quan-tong, et il paraît que le trajet n'est pas sans danger.

— En effet.

— C'est ce que Ping-si nous a expliqué. Nous pouvons être arrêtés, visités, interrogés, emprisonnés; les étrangers ne sont pas ici en odeur de sainteté, et au moindre soupçon qui pèserait sur nous, notre affaire ne serait pas longue. C'est alors que l'idée nous est venue, à Tittmarsh et à moi, de nous raser la tête et de nous affubler de ces longues robes.

— Mais tout cela ne m'explique pas...

— J'y arrive! Le costume trouvé, il manquait encore la langue... c'était le plus difficile. Moi, en fait d'idiome étranger, je ne connais guère que l'argot, et ça ne suffisait pas; mais j'ai l'oreille fine, une mémoire excellente, et deux semaines de séjour à Quan-tong m'en ont déjà beaucoup appris, malheureusement, il n'en était pas de même de mon excellent ami, et je ne pensais pas sans frémir que le moindre mot pourrait le trahir.

— A qui le dites-vous?

— Alors une seconde idée m'a poussé.

— Laquelle?

— Tittmarsh ne pouvant pas parler sans danger, j'ai tourné la difficulté et lui ai retiré la parole.

4.

— Comment?

— En le rendant muet...

— Que dites-vous?

— Du reste, cela le gêne fort peu. Maître Tittmarsh n'est pas bavard de sa nature, et pourvu qu'il fasse ses quatre repas par jour, qu'on lui donne du thé à discrétion, et qu'on lui offre du *porter* par-ci par-là, jamais une parole imprudente ne s'échappera de ses lèvres.

Le père André ne put tenir son sérieux, en écoutant cette explication faite d'une façon alerte et vive, qui ajoutait encore à l'originalité du stratagème qu'elle mettait en lumière.

— Le moyen est bien imaginé, dit-il, et vous êtes un garçon de ressource; je regrette que nous ne soyons pas destinés à faire une plus longue route ensemble.

— Qui sait! fit Ping-si.

— Mais si vous allez à Pékin?...

— Bah! tous les chemins ne mènent-ils pas à Rome?

Pendant que Pinson échangeait ces quelques paroles rapides avec le Tao-sze, ou missionnaire, Ping-si s'était approché de la litière, et profitant de l'occasion qui lui était offerte, il avait salué la jeune fille qui s'y tenait cachée.

— Li-tsi! lui dit-il d'une voix douce, et en lui tendant les mains, vous voyez que je tiens ma parole, je vous ai promis de vous protéger, de veiller sur vous, et aucun obstacle ne pourrait m'arrêter.

— Ce que vous faites est bien imprudent, répondit la jeune fille avec émotion, vous ne songez pas que mon père est très sévère, et s'il pouvait se douter que c'est pour moi que vous vous êtes fait son ami, il vous repousserait impitoyablement.

— Mais il ne le saura pas.

— Vous lui avez rendu un si grand service, qu'en ce moment, la reconnaissance l'aveugle.

— Et pourquoi d'ailleurs votre père verrait-il avec mécontentement l'amour que vous m'avez inspiré? repartit vivement le jeune homme. Si vous saviez, Li-tsi, ce qu'il y a de joie dans mon cœur quand je pense à vous; le paradis bouddhique n'a pas de félicité pareille à la mienne, quand je vous vois; ma vie passerait heureuse à vous contempler seulement, à voir vos traits charmants, à entendre votre voix si douce! L'amour d'un pauvre étudiant est-il donc si dangereux, qu'il faille le repousser avec tant de cruauté, et vous-même, Li-tsi, ne devez-vous donc jamais vous laisser toucher par tant de dévoûment et de tendresse ?

La jeune fille était peut-être en ce moment plus émue qu'elle n'eût voulu le paraître, elle fit un effort sur elle-même, baissa les yeux et rougit imperceptiblement.

— Ce que vous dites est insensé, répondit-elle avec embarras, pourquoi vous bercer d'un espoir impossible, et nourrir un amour qui ne doit jamais être satisfait ?

— Ne dites pas cela, interrompit Ping-si.

— D'abord je ne vous connais pas, poursuivit la jeune fille, qui prenait plus d'assurance à mesure qu'elle avançait dans cette explication ; vous êtes un pauvre étudiant, dites-vous, et cependant, vous portez aujourd'hui un costume qui me paraît bien riche. Loin de moi la pensée de faire peser sur vous un soupçon défavorable, mais enfin, votre existence est au moins singulière, et j'avoue que si je me sentais disposée à vous aimer, je m'effraierais sérieusement du mystère qui vous entoure.

Ping-si fit un geste de découragement.

— Vous n'avez pas besoin de me dire que vous ne m'aimez pas, dit-il avec tristesse, je ne le sais que trop maintenant ; vous cherchez mille prétextes pour me repousser, et quand votre indifférence doit me désespérer, vous semblez prendre plaisir à me le faire comprendre. Ah! tenez, vous êtes bien cruelle!

— Moi! fit la jeune fille, avec une douloureuse surprise.

— Mais je vous aime, s'écria Ping-si.

— Prenez garde!

— Mais si je dois vous perdre, je préfère mourir!

— Mon père peut nous entendre.

— Eh bien, il m'entendra ! car je veux tout lui dire. Voilà plus d'une année déjà que je vous suis partout, épiant vos regards, écoutant vos moindres paroles. Vous aviez des ennemis nombreux et redoutables, je les ai mis dans l'impuissance de vous nuire ; que faut-il de plus? Tout ce qui peut séduire une femme, tout ce qui peut rassurer un père, je le ferai ! dites, Li-tsi, que voulez-vous encore?

Li-tsi remua la tête avec gravité.

— Je veux, dit-elle, à voix lente, une chose que vous ne pouvez pas me donner.

— Qu'est-ce donc?

— Je suis chrétienne!

— L'amour n'est-il pas de toutes les religions?

— N'en croyez rien! et s'il devait jamais prendre racine dans mon cœur, j'arracherais courageusement de mes propres mains cet amour coupable que Dieu n'aurait pas béni!

— Ah! vous êtes impitoyable!

— Ne vaut-il pas mieux parler ainsi, que de vous inspirer un espoir que je ne pourrais pas satisfaire?

— Vous ne m'aimez donc pas?

— Ne vous l'ai-je pas dit?

— Au moins, vous n'aimez personne?

— Personne.

— Vous me l'assurez?

— Je le jure!

— Eh bien, soit! répondit Ping-si avec animation; je ne sais quelles destinées m'attendent, ni quel avenir m'est réservé; mais quoi qu'il arrive, vous me permettrez, n'est-ce pas, de rester près de vous?

— Votre compagnie est agréable à mon père.

— Mais vous! vous!... insista le jeune homme.

— Moi! dit Li-tsi, en oubliant un moment son beau regard rêveur sur le front de Ping-si, moi je prierai Dieu pour qu'il vous éclaire, ou vous pardonne!

La conversation en resta là, et il était temps du reste qu'elle cessât, car Pinson et le père André venaient de leur côté, et la petite caravane allait se remettre en route.

Seulement, au moment où chacun se disposait à reprendre son rang, et comme le père André allait entrer dans la litière, on s'aperçut que l'un des Chinois de l'escorte avait disparu.

Cette désertion n'avait rien de précisément extraordinaire, et elle ne sortait pas des habitudes des naturels du pays : d'ailleurs, la présence de Ping-si et de ses deux compagnons pouvait être considérée comme une compensation suffisante; aussi, après quelques recherches effectuées pour la forme, on passa outre avec indifférence, et le signal du départ fut donné.

La caravane repartit aussitôt, et vingt secondes plus tard, elle disparaissait derrière une petite colline qui masquait l'horizon.

Nous la laisserons continuer un instant son chemin, et plus curieux que nos héros, nous nous mettrons à la poursuite du Chinois qui vient de leur brûler la politesse.

Pendant que Ping-si s'oubliait auprès de Li-tsi, et que Pinson expliquait sa nouvelle position au père André, notre homme, protégé par l'indifférence de ses compagnons, s'était laissé glisser dans le fossé qui bordait le chemin, et s'était ainsi momentanément dérobé à tous les regards.

Puis, la caravane une fois partie, et bien sûr qu'on ne le cherchait plus, il n'avait pas tardé à reparaître à la surface, et s'était aussitôt lancé à travers champs.

Les plaines étaient à peu près désertes à cette heure ; aucun obstacle ne s'oppposait à sa course, et il parvint en peu d'heures au sommet des collines voisines, toutes chargées de camélias blancs.

Dès qu'il eut atteint les hauteurs, il s'arrêta, et promenant son regard inquiet sur les environs, il sembla chercher un indice ou un signal qui lui fît connaître vers quel endroit il devait continuer à se diriger.

Un moment après, il reprit sa course, et arriva enfin auprès d'un de ces réservoirs pratiqués au sommet des montagnes, et qui servent à répartir l'eau sur toutes les parties du territoire.

Le réservoir était entouré de roseaux et de plantes aquatiques, qui penchaient leurs têtes fatiguées des rayons du soleil. — Le Chinois en fit le tour, et ne s'arrêta qu'à l'endroit où était établie la pompe à bras.

Près de la pompe, il y avait un homme. — L'homme faisait semblant de dormir. — Allongé sur le sol, son chapeau sur les yeux, on l'eût cru plongé dans le plus profond sommeil ; mais dès qu'il entendit des pas venir de son côté, il se releva brusquement, et jeta deux regards fauves autour de lui.

Cet homme était Fo-hi.

— Eh bien, dit-il vivement au Chinois, qu'il reconnut tout de suite, quelles nouvelles m'apportes-tu ?

— Elles sont mauvaises, répondit le Chinois.

— Qu'est-il donc arrivé ?

— Ping-si est venu rejoindre le Tao-sze.

— Je le sais.

— Il est décidé à l'accompagner jusqu'à Shang-hae.

— Et il a avec lui une nombreuse escorte.

— Il a avec lui les deux Fan-kouei, de la ruelle aux Porcs...

Fo-hi se tut un moment, et se prit à réfléchir...

— Je savais cela, dit-il bientôt après ; la haine d'As-say est clairvoyante, elle avait tout deviné... j'étais prévenu que Ping-si devait rejoindre les Fan-kouei, et mes mesures sont prises en conséquence.

— Mais tant que cet homme sera avec eux, il nous sera impossible d'enlever Li-tsi.

— Je le crois...

— Que faire alors pour l'éloigner ?

— J'y ai pensé.

— Et qu'avez-vous résolu ?...

— Écoute... Nous n'avons pu jusqu'à présent parvenir à savoir ce qu'était cet homme. Il est puissant, instruit, il exerce autour de lui une autorité qui semble ne point connaître de bornes... A Quan-tong, nous l'avons fait épier, il a eu de longues conférences avec le chef des Hanistes, et si nos rapports sont exacts, il a dû lui donner des instructions qui émanent de haut, pour faciliter les relations avec les barbares. — C'est donc un ennemi que nous avons à combattre, et toutes les armes que nous emploierons contre lui seront légitimes...

— Parlez ! parlez ! interrompit le Chinois, nous sommes prêts à tout... pour la cause que nous défendons...

— Et bien, tu vas retourner auprès du Tao-sze.

— Aujourd'hui ?

— A l'instant.

— Mais dans quel but ?

— Jusqu'à demain, rien ne sera tenté contre eux, car As-say n'est pas de retour encore, et elle doit ramener avec elle les renforts sur lesquels nous comptons ; mais demain nous aurons besoin auprès du Tao-sze d'un homme éprouvé, et sur lequel nous puissions compter.

— Mais Ping-si?

— Ne t'ai-je pas dit que mes mesures sont prises; demain, Ping-si aura quitté Li-tsi, et il sera sur la route de Nan-king.

— J'en doute, fit le Chinois.

— Moi, j'en suis certain... affirma Fo-hi.

Cependant, la caravane, guidée par Ping-si flanqué de Pinson et de Tittmarsh, avait poursuivi sa route, et le père André, rassuré désormais sur les dangers qu'il redoutait au départ, remerciait le ciel du secours inattendu qu'il lui avait envoyé.

Li-tsi, de son côté, éprouvait depuis l'arrivée de Ping-si une quiétude d'esprit dont elle eût vainement cherché à démêler la cause secrète. Ping-si présent, il lui semblait qu'elle n'avait plus rien à craindre, et c'est avec un sentiment singulier de confiance et de crainte qu'elle le regardait de loin, le front altier, l'œil vif et impérieux, beau enfin, d'une beauté qui imposait presque autant qu'elle attirait.

Pinson n'avait rien perdu de sa gaîté; au contraire, cette belle nature qui étalait ses riches produits sous ses yeux, ces vertes plaines coupées de canaux sans nombre, ces collines doucement inclinées qui fermaient l'horizon, tous ces tableaux qu'égayait de temps à autre quelque temple d'une architecture bizarre, ou la silhouette originale d'une pagode, tout cela tenait son esprit en éveil, et amena plus d'une fois sur ses lèvres un sourire de raillerie, ou un cri de surprise.

Ping-si ne le quittait pas de l'œil, et il prenait un vif plaisir à recueillir les moindres expressions de son dédain ou de sa satisfaction. C'était un continuel échange de paroles sympathiques, ou des discussions amicales qui toutes roulaient sur les mœurs de la France et celles de la Chine; Pinson soutenait son pays avec autant de vivacité que Ping-si en apportait à exalter le sien, et le premier trouvait souvent des mots heureux, des reparties inatten-dues qui, si elles ne convainquaient pas son interlocuteur, avaient du moins le don de provoquer son hilarité. Aussi, à la fin de la première journée, étaient-ils devenus les meilleurs amis du monde, et l'on eût pu croire que leur connaissance datait de longues années.

Cette première journée passa du reste pour tous comme un rêve, et quand les ombres de la nuit voilèrent les paysages lointains, nul ne songea à se plaindre de la longueur de la route qu'il avait parcourue.

On avait fait beaucoup de chemin, une vingtaine de lieues environ, on se trouvait au milieu des plaines, dans un pays que nul ne connaissait; mais Ping-si avait assuré que, le lendemain soir, on serait à Shang-hae, et chacun gagna son gîte avec confiance.

Le lendemain, toute la caravane fut sur pied, avec les premiers rayons du jour, et après les salutations d'usage, on se remit en marche dans le même ordre que la veille.

Le père André était radieux, la pensée d'arriver le soir même sain et sauf à Shang-hae lui inspirait une joie qu'il ne cherchait pas à dissimuler : il savait qu'à Shang-hae il trouverait quelques amis qui l'aideraient dans ses projets, et il se voyait déjà sur le pont du navire qui devait l'éloigner de Chine, et le ramener en France.

La patrie! mot magique que nul ne peut entendre sans tressaillir, surtout lorsque, comme le père André, on la regarde à deux mille lieues de distance.

Quant à Li-tsi, elle paraissait moins heureuse que la veille, une mélancolie douce et triste se peignait sur ses traits, et qui sait... peut-être était-ce cette même pensée de départ et de séparation qui la faisait ainsi pensive et recueillie.

Les premières heures se passèrent sans incident remarquable et digne d'être raconté; la matinée avançait, et Tittmarsh avait déjà fait signe à Pinson que son estomac réclamait sa pâture quotidienne. On allait donc faire une halte, quand les Chinois placés à l'avant-garde rebroussèrent tout à coup chemin, et se replièrent sur Ping-si.

Ce dernier alla à leur rencontre.

— Qu'y a-t-il? dit le jeune homme avec vivacité.

— Voyez vous-même, répondit l'un des hommes, là-bas à une assez grande distance, j'aperçois un tourbillon de poussière.

— En effet! dit Ping-si.

— Faut-il continuer d'avancer?

— Sans doute.

— Mais si ce sont des ennemis?

Ping-si haussa les épaules, et continua de regarder.

Le nuage de poussière commençait un peu à se dissiper, et l'on ne tarda pas à remarquer qu'il était produit par un cavalier lancé au galop de son cheval.

— C'est un *cheval fuyant!* s'écria tout à coup le père André, qui regardait avec autant d'attention que Ping-si.

— Vous avez raison, répondit ce dernier, c'est un courrier extraordinaire, mais où va-t-il, et pourquoi cette rapidité?

— Et que nous importe! dit le père André, ce n'est assurément pas nous qu'il cherche; continuons notre route, et laissons-le poursuivre la sienne.

Le Tao-sze achevait à peine ces paroles, que le *Fei-ma*, ou cheval fuyant, ou courrier extraordinaire, atteignait la caravane, et s'arrêta au milieu des Chinois qui l'escortaient.

Puis il demanda si l'on ne connaissait pas l'étudiant Ping-si, et comme ce dernier venait de s'avancer, il lui remit une dépêche percée d'une plume rouge.

Ping-si s'en empara avec vivacité, mais il n'y eut pas plus tôt jeté les yeux, qu'il pâlit et tourna un regard de dépit sur la litière où était renfermée Li-tsi.

Le Tigre Impérial

Le cavalier portait un costume d'étoffe tachetée, imitant la dépouille d'un tigre ; les griffes pendaient sur sa poitrine, la queue sur ses épaules, et le casque dont il était coiffé figurait tant bien que mal la tête du farouche animal.

Cet homme appartenait au corps redoutable des *Tigres impériaux*, espèce de phalange invincible de l'armée du Fils du Ciel.

Tous les assistants le considéraient avec curiosité, et nous pourrions ajouter avec une sorte de respect.

Ping-si lui-même l'examina avec une profonde attention, et jetant en même temps un dernier regard sur le pli qu'on lui avait remis et sur les sceaux qui y étaient attachés :

— Qui t'a confié cette dépêche? lui demanda-t-il d'une voix brève et impérieuse.

— Tchu-san !... répondit le cavalier.

— Le mandarin?

— Lui-même.

— D'où viens-tu?

— De Nan-king.

— Et vers quelle ville t'avait-on ordonné de te diriger?

— Vers Quan-tong...

— Ping-si se tut un moment, et relut encore une fois la dépêche.

— Que se passe-t-il à Nan-king? reprit-il bientôt après.

— L'armée est convoquée pour le premier jour de la septième lune... répondit le Tigre.

— Pour quel motif?

— Le premier jour de la septième lune est, dit-on, un jour de fête...

— N'y parle-t-on pas aussi de révoltés qui auraient menacé la ville?

— On les dit très nombreux.

— N'a-t-on rien tenté pour les éloigner?...

— Je l'ignore.

— Cela suffit... Tu vas retourner à Nan-king avec la même rapidité que tu as mise pour venir... Tu diras à Tchu-san que tu m'as trouvé sur ta route, et comme preuve de tes paroles, tu lui remettras la plume rouge qui perçait cette dépêche.

Ping-si remit en même temps au Tigre impérial la plume dont il parlait, et le Tigre ayant salué, il repartit au galop de son cheval, et disparut bientôt dans un tourbillon de poussière.

Dès qu'il l'eut vu s'éloigner, le père André que cet incident avait inquiété s'approcha vivement de Ping-si.

— Quelles nouvelles vous a donc apportées cet homme? demanda-t-il avec anxiété.

— De fort mauvaises... répondit Ping-si.

— Qu'y a-t-il?

— Je suis obligé de vous quitter.

— Tout de suite?

— Sans perdre une seconde.

— Mais nous voici perdus au milieu de ces plaines sans fin, repartit le père André. Dieu sait si nous pourrons jamais nous orienter, et gagner le port de Shang-hae.

Ping-si sourit :

— Le port de Shang-hae est encore loin, en effet, répondit-il, mais j'espère que mon absence sera de courte durée, et, pour ma part, je l'abrégerai autant que je le pourrai.

En parlant ainsi, il fit quelques pas vers Pinson, qui attendait à l'écart, diversement impressionné par l'incident.

— Pinson! lui dit-il, j'ai un service à vous demander.

— A moi... fit le Parisien.

— Refuseriez-vous de me le rendre?

— Nullement... de quoi s'agit-il?

— Je viens de recevoir des nouvelles très fâcheuses sur l'état de mes affaires, et je me trouve dans l'obligation de partir.

— Pour longtemps?

— Je ne sais...

— Alors que demandez-vous de moi?...

— Voici... moi parti, il est certain que vous allez courir de grands dangers.

— Pourquoi cela?...

— Parce qu'il y a ici autour des ennemis acharnés qui en veulent aux jours du Tao-sze chrétien et à ceux de sa fille...

— Et que voulez-vous que je fasse?...

— Je veux que vous me remplaciez près d'eux.

— Mais je ne connais pas le pays... et je ne puis que marcher devant moi, sans savoir si je vais à Nan-king ou si je retourne à Quan-tong.

Ping-si fit encore une fois ce sourire fin et railleur qui lui était familier.

— Que cela ne vous inquiète pas, répondit-il, peu importe que vous alliez à Shang-hae, ou que vous marchiez sur Pé-king... Continuez votre route avec assurance, et soyez certain que j'arriverai toujours à temps pour vous remettre dans le bon chemin... seulement, d'ici-là, vous pouvez être inquiétés...

— Ça, c'est une autre affaire, repartit Pinson, et ceux qui seront tentés de nous chercher querelle n'auront qu'à bien se tenir...

— Certainement, et je ne doute pas de votre courage, mais il y a d'autres dangers que ceux qui résulteraient d'une attaque imprévue ..

— Lesquels?...

— Vous êtes des étrangers.

— Je m'en flatte.

— C'est-à-dire que tout Chinois a le droit de vous dénoncer au mandarin, et de vous livrer à la justice.

— Eh bien ?

— Eh bien... je veux vous prémunir contre cette éventualité terrible, qui, si elle se réalisait, me mettrait moi-même dans l'impossibilité de vous sauver.

— Diable... et quel est votre moyen?

Ping-si tira de son doigt une bague sur le chaton de laquelle étaient gravés des caractères bizarres, et il l'offrit à Pinson :

— Ceci est un talisman, lui dit-il ; avec cette bague, vous pouvez traverser l'empire du nord au midi, de l'est à l'ouest, sans crainte d'être arrêté ; je vous la confie pour quelques jours.

Pinson considéra la bague avec curiosité. C'était un bijou de peu de valeur, et il avait peine à croire qu'une aussi grande puissance y fût attachée. Il la fit glisser lestement le long de son doigt, et l'examina encore quand elle fut parvenue à la dernière phalange de l'annulaire.

— Ainsi, dit-il, vous allez partir !

— A l'instant.

— Et nous vous reverrons bientôt ?

— Je ne sais si mon absence se prolongera longtemps, mais comme je le disais au Tao-sze, je l'abrégerai le plus que je pourrai.

— Eh bien, sans adieu alors.

— Au revoir, et le ciel vous préserve des malheurs que je redoute !

Ping-si partit presque aussitôt. Bien qu'il cherchât à n'en rien laisser paraître, il était évident qu'il était soucieux et qu'il ne s'éloignait qu'à regret. Le père André, de son côté, avait mille inquiétudes dans l'esprit ; sans se rendre bien compte de ce qu'il éprouvait, il lui semblait pourtant que Ping-si remplissait auprès de lui le rôle d'un Dieu protecteur ; il était disposé à croire que tous les dangers dont il avait été menacé allaient renaître, et cette fois, il se sentait bien abandonné et bien seul pour faire face aux éventualités redoutables qu'il prévoyait.

Quant à Li-tsi, ce n'était pas la frayeur qui faisait pencher son front et répandait un voile sur son regard ; elle ne redoutait rien, elle avait confiance en Dieu, et pourtant une larme tremblait au bord de ses paupières, et son sein se gonflait par instants de soupirs douloureux.

La pauvre enfant ne comprenait rien à ce qui se passait en elle depuis quelques jours. Elle avait parfois des tristesses indéfinissables qui remplissaient ses yeux de douces larmes, et, parfois aussi, elle sentait son cœur sillonné de rayonnements subits qui l'illuminaient tout entier.

Alors, elle priait avec plus de ferveur encore que par le passé elle joignait les mains, levait les yeux au ciel et appelait Dieu à son secours; mais sa prière, loin de la calmer, semblait augmenter le trouble de son esprit, et pour la première fois de sa vie elle hésitait à confier à son père les secrètes émotions qui la visitaient.

Quoi qu'il en soit de ces dispositions diverses, un fait certain c'est que le départ de Ping-si eut pour résultat de jeter, pendant quelques heures, dans la petite troupe, une sorte de contrainte qui nuisit singulièrement à la gaîté du voyage.

Pinson lui-même se trouvait décontenancé, et si de graves intérêts n'avaient été attachés au mutisme de Tittmarsh, il lui eût volontiers rendu la parole.

Deux heures se passèrent donc dans le plus profond silence. Insensiblement, et pour obéir à l'impatience du père André, on avait pressé le pas; le jour commençait déjà à décliner à l'horizon, et selon toute probabilité, on devait approcher du port de Shang-hae.

Cependant, rien ne faisait pressentir encore le voisinage d'un grand centre commercial; les plaines succédaient aux plaines, les montagnes formaient à l'horizon un cordon de verdure ou de neige, et les canaux sillonnaient les prairies comme de longs rubans d'argent. Mais nulle part ne se présentait ce mouvement qui annonce l'approche d'une ville industrielle; c'était partout, au contraire, le calme de la vie des champs, et les Chinois que l'on apercevait de temps à autre, semblaient tous uniquement adonnés à des travaux agricoles.

Pinson ne tarda pas à être frappé de ces symptômes, et en se tournant vers le père André, il remarqua que ce dernier avait exactement la même pensée que lui.

— Nous nous sommes égarés! dit tout à coup le père André en cherchant à lire dans le regard de Pinson.

— Je le crains, répondit le jeune homme.

— Ping-si ne vous avait-il pas donné des indications précises sur la route que nous avions à suivre?

— Il ne m'a absolument rien confié à ce sujet.

— Voilà qui est étrange.

— D'ailleurs, s'il faut dire toute ma pensée, poursuivit Pinson, je commence à croire que notre ami Ping-si n'en savait pas plus long que nous...

— Il nous aurait donc trompés?

— Pourquoi pas?

— Mais dans quel but?

— Dans le but très national de se défaire des *Fan-kouei*.

Le père André regarda Pinson avec une sorte d'effroi:

— Ce serait là une perfidie dont j'aurais de la peine à le croire capable.

— Et moi aussi, certes.

— Ping-si est un jeune homme dont le regard est loyal et franc; quel intérêt le pousserait à nous tromper?

— Je l'ignore.

— Ne m'a-t-il pas sauvé une fois déjà?

— Sans doute.

— Comment concilier alors sa conduite d'aujourd'hui avec celle qu'il tenait il y a quelques semaines?

— Oh! parbleu, vous m'en demandez bien long, repartit Pinson avec une légère pointe d'impatience; toujours est-il que nous voilà perdus au milieu des plaines, fort loin vraisemblablement des lieux où se trouve Shang-hae, et Dieu sait maintenant quand nous retrouverons notre chemin.

— Est-ce donc la faute de Ping-si?

— C'est peut-être la mienne...

— Je ne dis pas cela.

— Mais vous le pensez.

— Moi!

— Allons! allons! ne vous fâchez pas, père André; vous êtes vexé d'être embourbé au milieu d'un pays que nous ne connaissons pas, et vous cherchez quelqu'un à qui vous plaindre... Eh bien! au lieu de nous piquer ainsi et de nous dire des choses qui finiraient par ne pas être agréables, nous ferons mieux de nous cotiser pour fournir une idée présentable, et de ne pas perdre de vue surtout que nos ennemis veillent, et qu'il faut nous tenir constamment sur nos gardes.

Le père André tendit ses deux mains à Pinson, qui les lui serra sans se faire prier.

— Vous êtes un digne garçon, dit le missionnaire, et c'est moi qui ai tort... Mais, que voulez-vous, je n'ai plus que cette pauvre Li-tsi dans l'esprit ; les dangers dont je suis entouré me tournent la tête, et j'oublie que Dieu n'abandonne jamais sa créature... Vous me pardonnez ?...

— Pardieu.

— Eh bien ! si vous voulez m'en croire, nous poursuivrons notre route, et nous nous renseignerons auprès de la première cabane que nous rencontrerons.

— Je ferai ce que vous voudrez.

On se remit en marche.

Le soleil avait disparu lentement à l'horizon ; de grandes ombres commençaient à ramper sur le sol, et une vapeur épaisse s'élevait des plaines marécageuses qui les entouraient.

Aussi loin que le regard pouvait porter, on n'apercevait aucune habitation humaine ; les champs étaient déserts, et, à cette heure, on n'entendait plus que le seul bruit de la caravane.

Pinson était peu accessible à la crainte ; il avait toujours fait bon marché de sa vie, et ne redoutait que médiocrement les dangers d'une attaque. Ce qui le préoccupait en ce moment, ce qui dominait son esprit habituellement actif, c'était Ping-si, et le rôle singulier qu'il voyait jouer à cet homme depuis qu'il l'avait rencontré.

Ping-si n'était certainement pas un homme ordinaire. Il était jeune, beau d'une beauté mâle et sévère ; son regard brillait d'une intelligence peu commune, et il exerçait autour de lui une autorité souveraine dont la cause, pour être mystérieuse, n'en était pas moins réelle.

Pinson avait deviné, dès le premier jour, l'amour qui jetait Ping-si sur les pas de Li-tsi ; mais si l'amour justifie bien des choses, il n'explique pas tout, et Pinson se demandait à quelle source secrète il puisait cette force et cette puissance dont il lui avait déjà donné tant de preuves, et quel rang occupait ce jeune homme à qui les mandarins de Nan-king adressaient des dépêches percées de plume rouge.

En s'abandonnant ainsi sur la pente facile de ses réflexions, Pinson arrivait à des suppositions qu'il se hâtait de repousser

5.

comme indignes de lui et de Ping-si. Mais, quoi qu'il fît pourtant, ces suppositions prenaient à chaque instant plus d'empire sur son esprit, et il se promit finalement de saisir la première occasion pour obtenir de son nouvel ami des éclaircissements catégoriques à ce sujet.

Cependant la nuit était venue, et la lune jetait maintenant ses rayons obliques sur les coteaux voisins.

A quelque distance de l'endroit où se trouvait Pinson s'élevait une pagode à sept étages, et non loin de là une sorte de cimetière chinois.

Une vingtaine d'individus, groupés vers le cimetière, avaient allumé un certain nombre de bougies, et fiché dans la terre des petits bâtons parfumés. Les uns étaient assis auprès d'une tombe récemment creusée, et les autres allaient et venaient et déposaient sur les tombes voisines des tasses de thé ou de sam-tcheu.

Au milieu de ces groupes diversement occupés passait de temps à autre un grand diable de Chinois, vêtu d'un costume de bonze en haillons, et implorant la pitié des assistants. Il tenait à la main gauche un petit tam-tam sur lequel il frappait en cadence avec une baguette de fer. Au petit doigt de sa main était passé l'anneau d'une sonnette qui accompagnait ainsi chaque coup, et ce double carillon marquait les mesures d'un cantique nasillard.

Pinson s'était arrêté pour suivre les détails intéressants de cette scène, et il vit bientôt les pieux assistants faire leurs dernières génuflexions, déposer entre les mains du bonze leurs modestes offrandes, et s'éloigner enfin, un à un, non sans tourner de fréquents regards vers les tombes qu'ils abandonnaient.

Quand ils furent partis, le bonze mit sa sonnette dans sa poche, donna un dernier coup plus sonore sur son tam-tam, et fit quelques pas vers la caravane arrêtée sur la route, et qu'il venait seulement d'apercevoir.

Toutefois, le coup de tam-tam était vraisemblablement un signal, car il n'eut pas été plus tôt donné, que, du coteau voisin, accourut une troupe de Chinois bizarrement accoutrés qui, en un instant, envahit le cimetière.

Pinson regarda le père André d'un air inquiet, et instinctivement, sa main s'appuya sur la poignée de ses pistolets :

— Je crois que nous avons donné dans un guêpier, dit-il à voix basse au missionnaire.

— Peut-être, répondit ce dernier.

— Quels sont donc ces gens?

— Ce sont des jongleurs.

— Mauvaise société.

— Sans doute; ces gens vivent d'aumônes forcées, ou de vols, quand la charité publique ne les a pas mis à l'abri du besoin... mais il est rare cependant qu'ils tuent la victime qu'ils veulent dépouiller.

— Alors, on peut remettre ses pistolets dans sa ceinture.

— Ne nous hâtons pas de les trop bien juger... si ce sont des jongleurs, nous n'avons rien à craindre pour notre vie, mais qui sait si nos ennemis n'ont pas gagné ceux-ci, et ne les ont pas payés pour nous attaquer.

— Au fait! dit Pinson, vous avez raison... et dans tous les pays, la prudence est mère de sûreté... nous sommes armés d'ailleurs... et si vous m'en croyez, au lieu d'attendre que le danger vienne à nous, nous irons nous-mêmes au devant de lui.

— Comme vous voudrez, répondit le père André.

Pinson avait déjà armé ses pistolets, il fit signe à Tittmarsh, qui prit aussitôt la même précaution, et sans hésiter davantage, ils s'avancèrent résolûment vers les jongleurs.

Ces derniers n'avaient pas été sans remarquer ce mouvement, et quand Pinson et Tittmarsh atteignirent le cimetière, ils virent le grand bonze se détacher du groupe et marcher à leur rencontre.

Pinson tenait à mettre les bons procédés de son côté : il salua avec politesse.

— Que voulez-vous? dit aussitôt le bonze, en examinant les nouveaux venus des pieds à la tête.

— Nous sommes des étrangers, répondit Pinson sans chercher des subterfuges dangereux et inutiles, nous venons de Quan-tong, et nous voulons aller à Shang-hae... seulement nous nous sommes égarés en route, et nous venons vous prier de nous remettre dans notre chemin.

— Vous êtes donc partis de Quan-tong sans guide? objecta le bonze, toujours attentif et soupçonneux.

— Nous en avions un, repartit Pinson, mais il a été contraint de nous quitter...

— Et y a-t-il longtemps de cela?...

— Quelques heures à peine.

— Et vous aviez bien expliqué à votre guide que vous vouliez vous rendre à Shang-hae?

— Parbleu !

Le bonze partit d'un éclat de rire.

— Eh bien, dit-il, aussi vrai que l'on m'appelle Coupoutaï, votre guide est un double coquin qui a abusé de votre naïveté.

— Qu'est-ce à dire ! fit Pinson, que la gaîté de son interlocuteur commençait à impatienter.

— C'est-à-dire, mon jeune ami, repartit Coupoutaï, que vous n'êtes point ici sur la route de Shang-hae, et que vous marchez, au contraire, tout droit sur celle de Nan-king.

— C'est impossible !

— Demandez-le à ces hommes.

— Ping-si n'a pas pu se tromper à ce point.

— Ping-si, dites-vous ? interrompit vivement Coupoutaï.

— C'est le nom de notre guide.

— Il était avec vous ?

— Sans doute.

Coupoutaï échangea avec les jongleurs un regard dont ceux-ci comprirent la signification, car quelques-uns d'entre eux se levèrent aussitôt, et vinrent entourer les deux Fan-kouei.

Pinson et Tittmarsh ne restèrent pas inactifs de leur côté, et sans chercher à deviner pourquoi le nom de Ping-si avait changé tout d'un coup les dispositions de leur interlocuteur, ils se mirent en mesure de faire face aux dangers de la situation.

Coupoutaï avait remis son tambour à l'un de ses compagnons, et convaincu sans doute que la conversation allait prendre une autre tournure, il avait glissé sa main droite dans la ceinture qui ceignait ses reins.

— Si je ne me trompe, dit-il alors à Pinson, vous êtes deux Fan-kouei qui accompagnez un Tao-sze chrétien.

— Quand cela serait, repartit Pinson, en fixant son interlocuteur dans les yeux, nous avons, mon ami et moi, l'habitude de faire ce qui nous plaît, sans nous préoccuper de ceux que cela peut gêner...

— C'est qu'il nous a été ordonné d'arrêter le Tao-sze chrétien et sa fille, poursuivit Coupoutaï d'un ton goguenard.

— Comme ça se trouve, interrompit Pinson, nous avons promis, nous autres, de les protéger.

— Même s'ils étaient attaqués?

— Surtout s'ils étaient attaqués...

— Alors, c'est une lutte...

— Ce sera tout ce que vous voudrez...

— Coupoutaï avait tiré un pistolet de sa ceinture, il en présenta le canon à Pinson.

— C'est que nous sommes armés, continua-t-il, avec un sourire ironique.

— Et nous de même! riposta aussitôt le Parisien.

En parlant ainsi, ce dernier appliqua son arme sur la poitrine de son adversaire, pendant que Tittmarsh braquait sur le bonze deux autres pistolets également armés.

Il y eut un moment de silence et d'hésitation pendant lequel les jongleurs, un peu surpris, firent quelques pas en arrière.

— Eh bien, dit enfin Pinson devenu goguenard à son tour, votre ardeur belliqueuse a l'air de se calmer.

— Pourquoi donc? fit Coupoutaï.

— Vos compagnons reculent déjà.

— Ce sont des imbéciles.

— Mais vous-même, vous hésitez...

— Je n'hésite pas, je réfléchis...

— Si c'est un vilain métier que vous faites, je vous approuve... D'ailleurs, vous le voyez, il y a peu de profit à en tirer.

— C'est ce que je me dis.

— Et il vaudrait mieux pour vous renoncer à votre projet, dont l'exécution vous coûterait cher, et consentir de préférence à nous servir de guide, jusqu'à ce que nous ayons retrouvé notre chemin.

— Est-ce là votre avis?

— N'est-ce pas le vôtre?

— Ma foi! dit Coupoutaï, vous m'avez l'air plus sensé que les autres, et puis, tout Fan-kouei que vous êtes, vous me plaisez.

— Donc, c'est convenu.

— C'est convenu.

— Vous consentez à nous servir de guide?

— Et je vous assure que vous ne pouvez en avoir de meilleur que moi.

— Coupoutaï replaça aussitôt son pistolet dans sa ceinture, Pinson et Tittmarsh en firent autant, et ils se mirent en devoir de rejoindre le père André, qui les attendait sur la route.

Mais au moment où Pinson allait s'éloigner, il se sentit pincer vivement au bras.

Il se retourna avec humeur, et aperçut une jeune fille dont les yeux brillaient dans l'ombre d'un vif et pétillant éclat.

La nuit était sombre alentour, et l'on ne distinguait les objets qu'avec peine... Mais Pinson n'hésita pas une seconde, et il lui suffit d'un regard pour reconnaître celle qui venait de l'arrêter.

Un cri de surprise et presque d'amour s'échappa de ses lèvres à cette vue, et il se précipita avec joie vers la jeune fille.

La chasse de Coupoutaï

— Pé-tchi-li! s'écria-t-il en saisissant les mains de la jolie Chinoise qui se laissa faire, vous ici à cette heure...

— Je suis avec mes frères, répondit la jeune fille.

— Ah! je savais bien que je vous reverrais, poursuivit Pinson, c'était l'instinct de mon cœur, et je le bénis en ce moment de ce qu'il ne m'a pas trompé...

— Je ne comptais pas vous revoir aujourd'hui.

— En seriez-vous fâchée?

— Nullement.

— Eh bien, moi, Pe-tchi-li, moi, je suis heureux, et tenez, mes mains tremblent rien qu'à toucher les vôtres, et il me semble que maintenant je ne suis plus si seul ni si abandonné au milieu de ce pays.

Pé-tchi-li remua la tête, et les petites clochettes qui ornaient sa coiffure rendirent un son métallique.

— N'avais-je pas raison, dit-elle, de prétendre que vous prodiguiez votre cœur?

— Qui peut vous le faire supposer?

— Le langage que vous tenez.

— Il est sincère.

— Il est insensé.

— Expliquez-vous.

Pé-tchi-li parut réfléchir un moment, puis elle reprit presque aussitôt :

— Et d'abord, poursuivit-elle, vous ne me connaissez pas.

— Qu'importe?

— Ensuite, vous êtes un Fan-kouei; mille dangers vous menacent, et d'un instant à l'autre, vous pouvez tomber entre les mains d'ennemis puissants et redoutables.

Pinson sourit :

— Le danger ne m'a jamais fait peur, répondit-il, mais fussé-je de nature à me laisser effrayer par de semblables considérations, que le bonheur de vous voir et de vous parler suffirait à me faire perdre toute prudence.

— Eh bien, voilà ce qui me contrarie et me rend triste, dit Pé-tchi-li.

— Mon amour vous déplaît donc?

— Je ne dis par cela.

— Enfin, vous n'êtes pas disposée à le partager.

La jeune fille regarda son interlocuteur à travers l'obscurité, et Pinson sentit sa main tressaillir dans la sienne :

— Si tel avait été mon sentiment, répondit-elle d'une voix émue, vous aurais-je arrêté au moment où vous alliez partir?

— Que dites-vous ?

— J'aurais dû me taire.

— Mais vous m'aimez donc!

— Je ne sais.

— Oh!... pourquoi retarder un aveu qui ferait ma joie la plus pure; dites...

Et comme l'enfant gardait le silence :

— Pé-tchi-li!... poursuivit Pinson avec chaleur, si vous saviez comme je vous aime ; si vous saviez comme j'ai pensé à vous depuis notre séparation... Mon excellent ami, Tittmarsh, était devenu muet, et votre souvenir a été ma plus douce et ma plus charmante distraction.

Mais Pé-tchi-li paraissait ne pas entendre; elle écoutait bien plutôt son cœur qui battait avec force, et elle suivait sa pensée émue qui se perdait à suivre mille rêves impossibles.

— Non! dit-elle tout à coup en dégageant ses mains de l'étreinte de Pinson, non, vous êtes un étranger. Demain vous partez peut-être. C'est impossible. Ce serait de la folie... Mieux vaut y renoncer.

— Ah! vous êtes cruelle, insista Pinson.

— Moi! fit Pé-tchi-li d'un accent douloureux.

— Vous ne voulez pas m'aimer?

— Je ne le puis.

— Et cependant, vous savez maintenant quel bonheur serait le mien, et combien je vous aimerais et les dangers que j'affronterais pour me rapprocher de vous.

— Ne parlez pas ainsi! balbutia l'enfant qui ne savait plus que répondre.

— Écoutez-moi!

— Non.

— Pé-tchi-li.

Pinson était parti, rien ne pouvait l'arrêter; et qui sait s'il n'eût pas réussi à obtenir de Pé-tchi-li l'aveu qu'il sollicitait avec tant d'instance, si Coupoutaï, qui s'était aperçu de son absence, n'était revenu en toute hâte sur ses pas.

— Eh bien, lui dit-il d'un ton de gai reproche, est-ce donc ainsi que vous prétendez retourner à Shang-hae?

— Nous partirons quand vous voudrez, répondit Pinson avec aplomb.

— Après tout, cela vous regarde plus que moi, objecta Coupoutaï, mais si vous vous amusez sur la route à faire la cour à toutes les jolies filles que vous rencontrerez, nous ne sommes pas près d'arriver.

— La route est donc longue?

— Non, mais les jolies filles sont nombreuses.

Pinson se prit à rire :

— Parbleu, dit-il, vous m'avez l'air d'un homme de joyeuse humeur.

— La gaîté est le secret de la vie, repartit le philosophe.

— J'aime assez cette maxime.

— Et vous la pratiquez ?

— Le plus que je peux.

— Allons, je vois que nous n'aurons pas le temps de nous ennuyer en chemin.

— Partons-nous donc tout de suite?

— Cela dépend de vous.

— Eh bien, s'il en est ainsi, et puisque maintenant nous sommes assurés d'un guide sûr, il me semble que nous pourrions passer la nuit dans ces parages.

— Y tenez-vous?

— Si c'est possible.

— Le Tao-sze et sa fille trouveront un abri dans la pagode, et quant à nous, nous camperons devant la porte.

— Avec les jongleurs? demanda Pinson.

— Et au milieu des bayadères, répondit Coupoutaï.

Le père André aurait bien préféré continuer sa route que de passer la nuit au milieu de gens qu'il avait tout lieu de redouter; mais il aurait craint de mécontenter Pinson et Tittmarsh en insistant plus qu'il ne convenait, et il se résigna à quitter sa litière et à pénétrer dans la pagode.

Li-tsi se laissa conduire sans observation. Ce qu'on lui avait dit de Ping-si l'avait troublée au dernier point. Elle ne pouvait croire qu'un jeune homme qui lui témoignait tant d'affection et de dévoûment eût voulu la tromper, et qu'il l'eût ainsi abandonnée au milieu des plus grands dangers. Il y avait là un mystère qu'elle ne comprenait pas, mais elle pensait que ce mystère absoudrait certainement l'étudiant quand la vérité se serait fait jour.

Au surplus, en dépit des craintes du père André, la nuit se passa aussi calme qu'il pouvait le désirer, et le lendemain matin la caravane, augmentée de Coupoutaï et de quelques jongleurs, quitta le cimetière, et sur les indications de son nouveau guide, gagna une route différente de celle qu'elle avait suivie la veille.

La gaîté semblait être revenue dans tous les rangs, et Tittmarsh lui-même avait fait entendre à plusieurs reprises quelques cris inintelligibles qui témoignaient de sa satisfaction.

Toutefois, et bien qu'il fût réellement satisfait, une ombre ne tarda pas à passer sur le front de l'Anglais.

L'honnête insulaire savait qu'au départ de Quan-tong, le Tao-sze avait emporté une quantité de vivres proportionnée au nombre de jours qu'il comptait passer en route, et il supputait déjà que ces vivres ne seraient pas suffisants pour les conduire à Shang-haé, surtout depuis que le personnel de la caravane s'était considérablement augmenté.

Il se demanda alors avec inquiétude ce qu'ils deviendraient au milieu de ces parages inhospitaliers, et il se rappela en frissonnant la nourriture dont Pinson lui avait parlé en débarquant de la jonque : les vers de terre et les nids d'hirondelles!...

Ses craintes ne tardèrent pas à se vérifier.

Une partie de la matinée s'était passée sans incident remarquable; sous prétexte de prendre un chemin de traverse, Coupoutaï les avait conduits dans des montagnes arides et désertes; ils avaient traversé plusieurs forêts et bon nombre de canaux, mais le déjeuner avait été assez copieux, et Tittmarsh avait vidé une dernière bouteille de porter qui provenait directement de la cave de Marquick.

Tout allait donc pour le mieux.

Cependant, vers le soir, et comme l'on venait de constater que quelques jongleurs manquaient à l'appel, le Tao-sze remarqua que le reste des vivres avait disparu ; c'était une triste nouvelle, à cette heure surtout, et dans ces lieux d'où l'on n'apercevait au loin aucune habitation humaine.

Tittmarsh fit une grimace grotesque, tandis que Pinson se tournait vers Coupoutaï :

— Voilà qui est fâcheux, dit-il au philosophe, d'autant plus que la route m'a singulièrement ouvert l'appétit.

— C'est comme à moi, répondit le philosophe.

— N'y a-t-il donc aucune auberge dans ces parages?

— Je n'en connais point.

— Mais nous ne pouvons cependant vivre de l'air du temps

— Cela ne nous conduirait pas loin.

— Alors, quel parti nous reste-t-il à prendre?

Coupoutaï, directement interpellé, se prit à réfléchir un moment, et répondit : Laissons ici, pour quelques heures, et sous la garde de nos Chinois le Tao-sze chrétien et sa fille pendant que nous battrons les environs dans un rayon de quelques lieues, je vous promets de vous faire assister à une chasse productive et de laquelle vous serez satisfaits, vous et votre silencieux compagnon.

— Il faudrait, interrompit Pinson, pour entreprendre la chasse que vous nous proposez avoir des fusils et nous ne possédons, vous comme nous, que de méchants pistolets.

— Eh ! qu'importent les armes si je réponds de la réussite ?
s'écria Coupoutaï en haussant légèrement les épaules. Croyez-
vous que des pistolets dans les mains d'un Chinois ne vaillent pas
le meilleur fusil de chasse dans celles d'un Fan-kouei ?

— J'ai une autre objection à vous faire, répliqua notre jeune
Parisien ; nous nous sommes engagés, mon ami et moi, à n'abandonner le Tao-sze et sa fille qu'après les avoir conduits au lieu
de leur destination, et je crois qu'il ne nous est pas permis de les
quitter sous quelque prétexte que ce soit, avant l'accomplisse-
ment de notre promesse.

— Alors, comme disent quelques-uns de vos compatriotes,
serrons-nous le ventre pendant une dizaine de jours et tout sera
dit.

Tittmarsh fit une horrible grimace, et Pinson qui l'aperçut dit
à Coupoutaï : — Votre proposition de nous serrer le ventre n'a pas
l'air de sourire à mon ami, et puisque vous voulez bien nous rendre
le service de nous servir de guide, ne faites pas les choses à demi ;
partez seul à la chasse et venez nous retrouver accompagné de
tout le gibier dont vous êtes susceptible.

— Jeune homme, à mon tour une objection s'il vous plaît, répliqua Coupoutaï ; j'avais mission d'arrêter le Tao-sze et sa fille et
de me débarrasser de ceux qui entreprendraient de mettre obstacle
à l'exécution de mes desseins ; vous avez tort si vous croyez que
la vue de vos pistolets soit la cause qui empêcha Coupoutaï
d'accomplir ses projets. Votre physionomie franche et ouverte m'a
plu, et comme votre résolution ne me laissait aucune autre perspective que de vous faire sauter la cervelle, j'ai préféré renoncer à
mon entreprise. A vous dire franchement, vous exercez une certaine influence sur moi, mais qui vous dit qu'une fois parti, cette
influence ne disparaîtra pas complètement ; et que résulterait-il
alors si, revenant à mes premières idées, tout en les modifiant,
je vous abandonnais tous à vous-mêmes ? Vous mourriez de fatigue
et de faim, et je crois que ce dernier genre de mort ne vous convient pas plus qu'à votre gros compagnon, qui a l'air d'aimer
passablement la table.

— Vous avez peut-être raison, s'écria Pinson, et sans doute,
puisque vous n'êtes pas sûr de ne pas nous abandonner une fois

parti, il vaut mieux vous accompagner à la chasse en laissant le
Tao-sze et sa fille sous la garde de vos Chinois.

— C'est le plus sage parti, reprit Coupoutaï, et si telle est
votre résolution, en avant, marche!

— En avant, marche, firent Pinson et Tittmarsh ; et nos trois
bohémiens se mirent en route pour la chasse au pistolet.

Après avoir parcouru quelques lieues par des chemins en quelque
sorte impraticables, Pinson et Tittmarsh harassés, pendant que
Coupoutaï ne laissait apercevoir aucune marque de fatigue, commençaient à craindre que ce dernier les eût trompés, car nulle part
on n'apercevait le moindre vestige de gibier ; mais ces craintes
s'effacèrent bientôt lorsque Coupoutaï qui frédonnait un petit air
de chasse chinois s'arrêta tout à coup en faisant signe à ses compagnons d'observer le plus grand silence.

Les yeux de Coupoutaï, braqués sur le haut d'un arbre qui
était à une assez belle distance, semblaient fixer deux petits animaux sautant de branche en branche. Pinson qui prit ces animaux
pour de petits écureuils se disait à part soi : si ça nous tombe sur
le pied, ça ne nous fera pas mal aux cors. A peine avait-il fini
ces réflexions que deux détonations se firent entendre et que
Coupoutaï, invitant ses nouveaux amis à le suivre, se lança vers
l'arbre sur lequel étaient naguère juchées les deux victimes du
chasseur chinois.

Ce n'étaient pas de petits écureuils, mais bel et bien deux
superbes chats sauvages, à la satisfaction générale.

— Ah! mon brave Coupoutaï, exclama Pinson, voilà deux
beaux coups de pistolet. Je vous accorde mon estime et je suis
convaincu qu'aux yeux de Tittmarsh vous venez de grandir d'une
coudée.

— Oh! *yes, certainly* (oh! oui certainement), fit vivement
l'Anglais oubliant son mutisme. Et ses grosses joues brillèrent
d'un nouvel éclat, car il pensait qu'avec un auxiliaire comme Coupoutaï ils ne manqueraient jamais de provisions ; cette idée lui
fit oublier toutes les vicissitudes, et sa fatigue, qui tout à l'heure
encore le faisait grimacer, disparut subitement pour faire place
à la joie et à la gaîté la plus franche.

— Est-ce dommage, s'écria-t-il, qu'il ne se trouve pas dans les

environs un aubergiste, un restaurateur ou même un simple gar
gotier, nous le prierions de nous accommoder ces deux pièces de
gibier.

— Pas de bêtise, hurla notre ami Pinson, nous leur donnerions
du chat et les gredins seraient capables de nous rendre du lapin !

Cette idée de Pinson fit rire aux éclats le philosophe Coupoutaï,
et pendant une demi-heure elle tint en belle humeur nos trois
aventuriers qui reprirent leur course, chargés de leurs provisions.

— Hâtons-nous, dit Pinson, car le Tao-sze nous attend ainsi
que sa fille, et notre absence, si elle se prolongeait trop longtemps,
pourrait les jeter dans l'inquiétude, et à moi-même il me tarde de
m'assurer que rien de fâcheux ne leur est arrivé pendant les trois
ou quatre heures de notre chasse ou plutôt, pour parler comme il
convient, de la chasse de Coupoutaï que je baptise dès ce moment
le Nemrod chinois, quoiqu'il n'emploie ni l'arc ni la flèche.

— Pour que le temps nous semble moins long, fit Coupoutaï à
Pinson, tout en allongeant le pas, je vais vous expliquer pourquoi
je me suis pris tout à coup d'amitié pour vous qui m'étiez entièrement inconnu il n'y a que quelques heures.

— C'est la meilleure manière d'abréger le chemin, fit Pinson, et
de mon côté je ne serais pas fâché de savoir ce qui a pu m'attirer
l'amitié d'un grand homme.

— Imaginez-vous donc que la nuit dernière je fis un rêve des
plus singuliers. J'étais en embuscade et j'attendais l'arrivée du
Tao-sze chrétien et de sa fille que je devais enlever.

— Mais, interrompit notre Parisien, puisque nous étions égarés, il pouvait se faire que le hasard nous eût conduits dans une
autre direction et nous échappions alors aux recherches de nos
ennemis.

— Tout était prévu et partout où le hasard vous eût conduits
vous eussiez rencontré une embuscade en tous points semblable à
la mienne. Mais laissons cela, c'est de mon rêve qu'il s'agit ; je
vous prie de me laisser vous le raconter sans interruption.

— Allez-y ! ne put s'empêcher de dire Pinson.

— J'attendais donc l'arrivée du Tao-sze lorsque je vous vis
arriver avec votre ami Tittmarsh, et la scène du cimetière n'était
qu'une deuxième édition, puisque j'y avais assisté déjà dans le

rêve que je vous raconte. Seulement après la scène des pistolets (toujours dans le rêve), je vous pris à part et vous dis : Quelle opinion auriez-vous de moi si mes dispositions à votre égard changeaient subitement et qu'au lieu d'être votre ennemi je me faisais au contraire votre guide et votre ami ?

— Ma foi, fit Pinson, l'opinion...

— Taisez-vous, fit brusquement Coupoutaï, ce que vous me répondîtes est encore gravé dans ma mémoire, et ce serait une chose étrange que les paroles qui vont sortir de votre bouche fussent exactement semblables à celles que vous prononçâtes dans ce rêve étrange. Cette réponse, si vous me l'adressiez trop précipitamment, vous en compromettriez peut-être l'exactitude, attendu que vous ne pouvez plus être dans des dispositions semblables à celles où vous étiez lors de notre première entrevue. Depuis nous avons fraternisé, nous avons fait une partie de chasse ensemble et nous nous en retournons comme de braves compagnons. Oubliez cela un instant et supposez-vous encore au milieu du cimetière, les pistolets en main de mon côté comme du vôtre ; imaginez-vous qu'à ce moment je vous adresse ces paroles :

Que penseriez-vous de Coupoutaï si au lieu de donner suite au projet de vous exterminer si vous faites résistance, il devenait au contraire votre guide et votre ami, dites alors, que répondriez-vous ?

— Ce que je répondrais le voici, fit Pinson franchement, mais d'un air comique :

Je vois à la figure de Coupoutaï qu'en cédant à sa bonne inspiration, il ne subit aucun sentiment de crainte, et l'amitié qu'il m'offre, je l'accepte avec orgueil et reconnaissance.

— Chose étrange ! s'écria énergiquement Coupoutaï, absolument les mêmes paroles, pas un mot de changé !

Et nos trois amis cheminaient toujours.

Une insinuation de Coupoutaï.

Depuis le jour où elle avait vu Ping-si pour la dernière fois, As-say était en proie à une agitation fébrile qu'elle n'avait pu encore maîtriser.

L'esprit sourdement inquiet, le cœur frémissant d'une émotion inouïe, elle allait et venait, sombre, inquiète, et cherchant le mot d'une énigme dont le souvenir pesait lourdement sur sa pensée.

Des paroles sans suite s'échappaient à chaque instant de ses lèvres; son regard soupçonneux errait de tous côtés sans but; elle avait pâli, ses joues s'étaient creusées, un cercle noir entourait maintenant ses yeux.

La pauvre femme avait bien changé!...

« Si le ciel te rendait ta fille demain, avait dit Ping-si, oserais-tu bien poser sur son front ces lèvres que l'adultère a souillées? »

Au souvenir de ces paroles terribles tout son corps frissonnait, elle tordait ses mains avec désespoir, et une colère violente grondait dans sa poitrine.

Sa fille!... elle eût tout donné pour la revoir, ne fût-ce qu'une heure, ne fût-ce qu'une seconde... mais elle était morte! Les Fan-kouei l'avaient tuée... Fo-hi le lui avait dit!...

Fo-hi!...

Pour la première fois de sa vie As-say sentit un soupçon glisser dans son cœur, pour la première fois elle douta de la sincérité de son amant... et elle eut peur, et elle n'osa plus croire à rien...

Puis, par un retour naturel et facile à prévoir, sa pensée inces-

6

tamment éveillée lui rappela bientôt cette époque heureuse de sa
vie où elle était mère, et berçait dans ses bras une jolie enfant
blanche et rose; alors comme ce rocher frappé par la baguette magique de Moïse, son cœur s'ouvrit inopinément à des impressions
nouvelles, et laissa jaillir de ses sombres profondeurs une source
abondante de larmes.

Il y avait si longtemps que la pauvre mère n'avait pleuré, qu'elle
en fut un instant tout effrayée elle-même... mais ces larmes suffirent à apaiser momentanément sa douleur, et c'est avec moins
de haine qu'elle put considérer l'avenir, et avec moins de remords
qu'elle put regarder dans le passé.

Fo-hi ne tarda pas à s'apercevoir de ce changement et il en con-
çut une vive inquiétude; il chercha d'abord vainement à en démêler la cause; mais peu à peu ses yeux s'ouvrirent à la lumière,
et il comprit bientôt, à l'attitude plus froide d'As-say, que les paroles de Ping-si devaient y être pour quelque chose.

Il résolut de couper court tout de suite à cette situation, et
saisit avec empressement la première occasion qui se présenta.

C'était le soir. Il avait quitté Quan-tong depuis quelques jours,
et sa haine, toujours éveillée, n'attendait qu'un moment favorable
pour reprendre ses ténébreuses tentatives. Ils habitaient les côtes
du Fo-kien, et là, entourés de quelques rares amis, obligés de se cacher, ils épiaient tout ce qui se passait dans les environs, et recueil-
laient avidement les nouvelles qui leur parvenaient des points les
plus éloignés du *Royaume du Milieu*.

Un soir donc, As-say et Fo-hi se trouvaient seuls dans une
misérable cabane, faite de troncs d'arbres et de terre; la nuit était
venue depuis quelques instants; une lampe brûlait sur la table, et
l'on entendait la pluie tomber au dehors, et le vent siffler aigrement en secouant les angles de la cabane.

As-say écoutait en frissonnant, pendant que Fo-hi allait et
venait à travers la chambre, en proie à une irritation qui n'avait
d'autre cause que la froideur dédaigneuse dont As-say l'accablait depuis quelques jours.

Enfin, il s'arrêta.

Fo-hi était une nature trop rude et trop sauvage pour dissimuler longtemps le véritable état de son esprit; et il voulut en

finir d'un seul coup, dût-il pour cela exciter la colère de la femme de When-ti.

— As-say, lui dit-il alors en se rapprochant d'elle, une ombre a passé dans votre esprit depuis quelque temps, et je vous trouve plus sombre et plus soucieuse que d'habitude.

— C'est vrai!.. répondit laconiquement As-say.

— Cependant, vous n'avez pas jugé à propos de me confier le nouveau chagrin qui vous attriste?

— A quoi bon?...

— Quelqu'un aurait-il semé la méfiance dans votre cœur?

— Quand cela serait?...

— Si cela était, pourquoi hésiteriez-vous à mettre celui que l'on a accusé devant vous à même de se justifier?

— Je ne crois pas à ce que l'on m'a dit.

— Mais vous en souffrez pourtant?

— Qu'importe?

Fo-hi réprima un mouvement d'impatience.

— Mais il m'importe à moi, dont la vie est attachée à la vôtre, répondit-il avec un peu d'aigreur, il m'importe d'éloigner de vous tout ce qui peut troubler votre esprit ou inquiéter votre cœur.

As-say sourit et remua la tête en signe d'incrédulité.

— Votre dévoûment m'est connu, dit-elle avec une pointe d'ironie, et de plus, je sais depuis longtemps quelle pénétration est la vôtre... ne cherchons donc pas à nous tromper l'un l'autre, et dites-moi tout de suite que vous avez deviné le motif de mon silence et de mon inquiétude.

Fo-hi regarda As-say, comme pour s'assurer si elle parlait bien réellement selon sa pensée.

— N'ai-je pas deviné? poursuivit la femme.

— Peut-être!... répondit Fo-hi.

— Ne pensez-vous pas que ce qui me rend triste et soucieuse, c'est précisément ce soupçon qui est entré dans mon esprit avec les dernières paroles de Ping-si?

— Je tuerai cet homme! murmura Fo-hi, en accompagnant ces mots d'un geste énergique.

— Toujours tuer! continua As-say avec un soupir pénible.

— N'est-il pas notre ennemi?

— Il y a des instants où j'en doute.

— Ah! il vous a convaincue?

— Non! il a fait mieux.

— Quoi donc?

— Il m'a conduite vers mon époux.

— When-ti!

— Je l'ai vu!

Une subite pâleur se répandit sur les traits de Fo-hi, et son œil lança un éclair. As-say s'en aperçut.

— Oh! rassurez-vous! reprit-elle aussitôt avec un accent amer, depuis longtemps When-ti est mort pour ce monde; il a oublié le passé... et l'opium a tué chez lui jusqu'au souvenir; et cependant une chose survit encore dans sa pensée, et à travers les vapeurs de l'ivresse, c'est sa fille qu'il demande et qu'il appelle.

— Sa fille! répéta Fo-hi.

— Oui, la pauvre enfant que les Fan-kouei m'ont enlevée et qu'ils ont tuée...

Et en parlant ainsi, As-say considérait Fo-hi avec une profonde attention.

Mais ce dernier était sur ses gardes et aucune impression ne se manifesta sur son visage.

— Ah! ce sera là mon châtiment, reprit bientôt As-say avec énergie. L'abaissement de When-ti est mon ouvrage, et ceux qui l'ont poussé dans cette voie funeste m'ont préparé de bien cruels remords pour l'avenir.

— Mais, qui lui a inspiré cette passion?

— Je le connais.

— Ping-si vous l'a nommé?

— Oseriez-vous dire qu'il se soit trompé?

— Moi!

— Ah! ne cherchez pas à dissimuler, car je sais tout...

— Eh bien, oui, s'écria Fo-hi avec audace, c'est moi qui le premier ai présenté l'opium à When-ti.

— Vous l'avouez?

— Et pourquoi le cacherais-je? Il fallait choisir, As-say : ou retourner auprès d'un époux irrité et justement sévère, ou le mettre dans l'impossibilité de nous poursuivre, et continuer notre vie aventureuse. Eh bien! c'est le dernier parti que j'ai pris.

— Le malheureux !

— Et pourquoi d'ailleurs ces remords tardifs et ces larmes inutiles?

— Taisez-vous!

— Pourquoi ces regrets jetés sur un passé que rien ne peut racheter? Tout ceci, croyez-le, est l'œuvre de nos ennemis; ils veillent et veulent nous désunir. Nous sommes à la tête d'une société puissante et redoutable, et ce Ping-si a entrepris de nous perdre. Pour atteindre son but, toute calomnie lui est bonne; il a semé le trouble dans votre esprit et la méfiance dans votre cœur et à cette heure, c'est à peine si vous osez lever vers moi votre regard que la haine éclaire. As-say! As-say! songez-y. Si vous vous abandonnez vous-même, nous sommes perdus, nos ennemis triompheront, et toutes nos tentatives, tous nos travaux tourneront contre nous.

Fo-hi parlait avec chaleur, et As-say l'écoutait. Peu à peu la confiance rentrait dans son cœur, et ses soupçons s'apaisaient à la voix de son amant.

— Notre ennemi, poursuivit-il ardemment, c'est ce Ping-si que nul ne connaît, et dont moi seul peut-être ai deviné les ténébreuses machinations.

— Vous! fit As-say.

— C'est lui qu'il faut frapper! lui seul, entendez-vous; tant que cet homme vivra, il se dressera incessamment comme un obstacle sur notre route.

— Il est plus puissant que nous.

— Ce sont vos hésitations qui font sa force, et si depuis quinze jours nous avions poursuivi notre but avec la même persévérance que par le passé, peut-être le Tao-sze et sa fille seraient-ils en ce moment entre nos mains.

— N'avez-vous pas pris des mesures pour qu'il en soit ainsi?

— Tout est préparé.

— Qu'attendez-vous donc?

— Avant peu Ping-si sera éloigné, il ne restera auprès de Li-tsi que les deux Fan-kouei dont nous aurons facilement raison, et rien ne s'opposera plus dès lors au succès de notre entreprise.

6.

As-say se tut un moment, pendant lequel Fo-hi reprit sa promenade à travers la chambre.

La pluie tombait au dehors avec plus d'intensité, et le vent redoublait de violence en secouant la cabane.

— C'est singulier, dit tout à coup la femme avec un frisson, je ne sais quel sentiment s'est emparé de moi depuis quelques jours, mais je n'ai jamais éprouvé une pareille hésitation.

— Et cependant il faut agir, insista Fo-hi.

— Sans doute.

— Les retards que nous apportons à l'entreprise étonnent à bon droit nos amis et peuvent les refroidir.

— Je le comprends.

— Ce Tao-sze d'ailleurs nous hait plus que nous ne le haïssons nous-mêmes... C'est lui qui a détaché de notre association les plus fanatiques et les plus audacieux ; partout où il a passé nos rangs se sont éclaircis. Voulez-vous qu'il ne nous reste bientôt plus de partisans ?

— Mais sa fille ! dit As-say.

— Li-tsi ?

— Qu'en comptez-vous faire ?

— Le sang des *étrangers-démons* est agréable à Bouddha.

— Voulez-vous donc la tuer aussi ?

Fo-hi ne répondit pas. Son visage avait tout à coup changé d'expression ; d'un geste vif et prompt il imposa silence à As-say et courut vers la porte, contre laquelle il appliqua son oreille.

A tort ou à raison, il avait cru entendre un bruit de pas au dehors, et craignant d'être découvert, il avait peur.

— Qu'y a-t-il ? demanda vivement As-say.

— Chut ! fit l'inconnu à voix basse.

— Est-ce que l'on nous épie ?

— Je le crains...

— Ouvrez la porte alors, repartit As-say, et si c'est un ennemi, puisque vous êtes armé, recevez-le comme il convient...

Fo-hi allait obéir à cette injonction, quand la porte s'ouvrit d'elle-même.

Un homme entra. C'était Coupoutaï.

Le philosophe était trempé jusqu'aux os ; on voyait sans peine qu'il était accablé de fatigue et cependant son visage rayonnait de belle humeur.

As-say sourit, pendant que Fo-hi laissait échapper un mouvement de contrariété.

— Ah! ah! fit Coupoutaï, en remarquant le mouvement de ce dernier, il paraît que j'arrive mal à propos.

— Qui dit cela? demanda As-say.

— Personne, repartit le philosophe, mais mon ami Fo-hi ne dit pas toujours tout ce qu'il pense.

— Nos amis sont les bien-venus, insista la femme.

— Merci! fit Coupoutaï.

Puis, se tournant vers Fo-hi:

— Eh bien, lui dit-il avec ironie, que se passe-t-il ici, et pourquoi cet air sombre dont tu m'accueilles?

— Que t'importe! répondit brusquement Fo-hi.

— Tu as donc des secrets?

— Si cela me plaît.

— Avec Coupoutaï?

Fo-hi ne répondit pas.

— Soit! poursuivit le philosophe, mais quand on fait le discret avec ses amis, on s'expose à voir ses amis deviner ce que l'on voudrait cacher.

— Quoi donc? fit l'amant d'As-say.

— Ah! je sais bien des choses, moi.

— Trop, peut-être.

— Trop, si tu veux... c'est un des bénéfices de mon métier d'aventurier.

— Et un des dangers aussi, dit Fo-hi.

Coupoutaï le regarda malicieusement.

— Est-ce que tu voudrais me tuer, comme le Tao-sze? dit-il, en scandant chacune de ses paroles.

— Pourquoi pas? repartit Fo-hi en le regardant en face.

— C'est qu'on ne me tue pas facilement, moi, poursuivit le philosophe.

Fo-hi haussa les épaules et alla s'asseoir sur un banc placé à l'autre extrémité de la chambre. Coupoutaï le laissa faire et se rapprocha un moment d'As-say.

— As-say, lui dit-il d'une voix presque grave, vous n'étiez pas d'accord avec Fo-hi quand je suis entré tout à l'heure?

— En effet, répondit As-say.

— Vous lui demandiez s'il voulait tuer aussi la fille du Tao-sze chrétien, et Fo-hi n'a pas répondu à cette question qui l'embarrassait...

— Comment cela?

Coupoutaï remua la tête avec importance.

— Eh bien! reprit-il presque aussitôt, ce que Fo-hi a hésité à vous dire, moi je puis vous l'apprendre.

— Toi! dit As-say intriguée.

— Ah! c'est toute une histoire, mais nous n'avons pas le temps de la raconter. Vous craignez pour les jours de Li-tsi, et Li-tsi ne court en ce moment aucun danger.

— Où est-elle donc?

— Je n'en sais rien

— Mais Fo-hi a pris des mesures...

Fo-hi a tout préparé pour que le Tao-sze meure, et pour que Li-tsi tombe entre ses mains.

— Eh bien?

— Eh bien! Li-tsi est jeune, As-say... elle est belle, elle a dix-huit ans à peine... elle n'a jamais aimé, elle s'ignore elle-même... comprenez-vous?

— J'ai peur de te comprendre.

As-say s'était levée avec des mouvements de panthère blessée, et elle s'était élancée d'un bond vers Fo-hi.

— As-tu entendu ce qu'il vient de dire? murmura-t-elle, les lèvres serrées, le geste violent, et les joues pâles.

— J'ai entendu, répondit Fo-hi.

— Réponds.

— Il ment!

Un petit ricanement de Coupoutaï vint glacer le sang dans les veines jalouses d'As-say.

— Non! reprit-elle, non, Coupoutaï a dit vrai; je le sens aux battements de mon cœur, au frémissement de mon corps, c'est toi qui mens, Fo-hi; tu aimes cette femme, tu l'aimes, avoue-le...

En parlant ainsi, As-say jetait à son amant un regard fulgurant dont celui-ci eut toutes les peines du monde à soutenir l'éclat.

— Parle! répéta-t-elle avec une violence qui l'enivrait elle-même.

— C'est faux! balbutia Fo-hi.

— Avoue!

— Je n'ai jamais vu cette femme.

— Tu l'aimes!...

— Il a menti!...

As-say passa à plusieurs reprises ses deux mains crispées dans ses cheveux et sur son front, frappa du pied avec violence, et secoua énergiquement le bras de Fo-hi.

— Soit! dit-elle enfin, tu es trop lâche pour employer d'autres armes que la ruse et le mensonge; mais ton infamie te coûtera cher, et je saurai t'atteindre dans ce que tu veux posséder. Tu aimes cette femme, tu l'aimes, te dis-je, et cette femme mourra, et je la poursuivrai, et quoi que tu fasses, souviens-toi que tu me trouveras toujours entre elle et toi!

As-say regagna sa place sur ces mots, et, sans faire plus d'attention à Coupoutaï et à Fo-hi, elle laissa sa tête tomber dans ses mains et se mit à rêver profondément.

Coupoutaï se trouva un moment assez embarrassé de son rôle; mais il n'était pas homme à se laisser intimider longtemps par une situation, quelque critique qu'elle fût, et il eut bien vite pris son parti. Il se rapprocha de Fo-hi:

— Eh bien! lui dit-il à voix basse et en ricanant, commences-tu à comprendre qu'il est quelquefois dangereux de maltraiter son meilleur ami?

Fo-hi ne répondit pas.

— Oh! oh! poursuivit le philosophe, on nous garde rancune, à ce que je vois.

Même silence de la part de son adversaire.

— Allons! ajouta Coupoutaï, la plaie est vive encore, mais la douleur se calmera, et demain la fleur de l'amitié relèvera ses corolles parfumées.

Fo-hi venait de se lever; il se pencha à l'oreille du philosophe, et, lui montrant un pistolet qu'il avait tiré de sa ceinture:

— Coupoutaï, lui dit-il d'un accent sauvage, le jour où tu recevras une balle en pleine poitrine, si tu veux savoir le nom de celui qui te l'aura envoyée, rappelle-toi cette soirée, et songe à Fo-hi...

Et il passa, marcha vers la porte, qu'il ouvrit, et disparut bientôt au dehors, malgré la tempête violente qui y grondait.

C'est à la suite de cette scène que Coupoutaï avait été chargé par As-say de suivre les traces du Tao-sze et de Li-tsi; mais le philosophe était, avant tout, l'homme de la fantaisie et de l'imprévu, et nous avons vu comment il s'était acquitté de la mission qui lui était confiée.

Or, pendant qu'il s'oubliait dans les montagnes du Fo-kien avec ses deux nouveaux amis, Pinson et Tittmarsh, et s'y livrait à toutes les excentricités de la chasse, Fo-hi poursuivait ardemment son but, et suivait pas à pas le Tao-sze, épiant l'occasion favorable avec l'instinct patient et cruel de la bête fauve.

Mais n'anticipons pas sur les événements, comme l'on disait au beau temps des romans d'Anne Radcliff ou de madame de Genlis.

Nous avons laissé Pinson et Tittmarsh au moment où Coupoutaï venait de les rejoindre, savourant déjà en idée les animaux qu'il venait de tuer.

Les deux pauvres bêtes avaient déjà été immolées aux dieux impitoyables de la faim, et nos héros ne songeaient plus qu'à presser le pas pour regagner l'endroit où ils avaient laissé le missionnaire et sa fille.

Les premiers moments d'ardeur passés, Pinson avait réfléchi plus sérieusement à son escapade, et maintenant il n'était pas tout à fait sans inquiétude sur le sort de ceux qu'ils avaient si légèrement abandonnés.

La nuit était venue, une nuit sans lune; ils marchaient un peu à l'aventure, et malgré l'assurance de Coupoutaï, qui prétendait connaître le Fo-kien comme Pinson lui-même pouvait connaître Paris, ce dernier remarquait que le philosophe s'orientait avec une certaine difficulté. Il ne put s'empêcher de lui faire part de ses réflexions, et crut même devoir l'entretenir de ses craintes sur le Tao-sze.

— Soyez sans inquiétude, répondit Coupoutaï avec le même aplomb, cette partie du pays m'est particulièrement familière, et avant quelques heures nous aurons rejoint le Tao-sze.

— En être-vous bien sûr ?

— N'en doutez pas.

— C'est que, sans vous offenser, vous me paraissez doué d'une assurance un peu exagérée... Si vous étiez Français, je vous croirais Gascon.

Coupoutaï haussa les épaules.

— J'ignore ce que vous appelez Gascon, répondit-il, et je ne puis apprécier le sel de votre plaisanterie ; mais j'ai promis de vous servir de guide, et soyez certain que vous ne pouviez pas en rencontrer de plus sûr que moi.

Ils se remirent à marcher de plus belle. Pinson était tourmenté. à mesure que l'heure s'écoulait, ses appréhensions prenaient plus de force : la nuit était profonde et noire ; on ne distinguait pas les objets placés à dix pas, et il était évident qu'ils ne suivaient aucune route tracée.

Au bout de deux heures, Pinson s'arrêta de nouveau :

— Eh bien ! dit-il à Coupoutaï, avez-vous toujours la même assurance ?

— Toujours ! répondit le philosophe.

— Cependant, voilà déjà pas mal de temps que nous errons sans trouver le moindre Tao-sze... J'avoue que ma confiance commence à diminuer.

— Tous les hommes sont les mêmes, repartit Coupoutaï, je n'y puis rien faire.

— Mais où sommes-nous, enfin ?

— A deux pas de la route de Shang-hae et à une demi-heure de l'endroit où le Tao-sze nous attend.

Pinson ne répondit pas, et reprit sa course ; mais la demi-heure passée aucune amélioration ne s'était manifestée dans la position des voyageurs.

Toutefois, comme une bonne partie de la nuit s'était écoulée au milieu de ces allées et de ces venues, quand ils s'arrêtèrent pour la troisième fois, l'aube commençait à blanchir à l'horizon, et l'on allait pouvoir reconnaître plus facilement son chemin.

Peu à peu les premières lueurs du jour jetèrent comme un voile de lumière sur la campagne ; les sommets des montagnes s'éclairèrent d'abord, puis les vallées, puis les plaines ; bientôt le paysage sortit tout entier des ombres de la nuit, et nos trois amis purent interroger avidement l'horizon.

Mais à peine leur regard eut-il plongé alentour que trois cris de surprise s'échappèrent en même temps de leur poitrine :

— Eh bien, je la trouve bonne! s'écria Pinson en se tournant vers Coupoutaï... et le diable m'enlève si j'ai jamais vu un aplomb pareil au vôtre!

L'endroit où ils venaient de s'arrêter était distant d'environ cinq cents pas de l'arbre sur lequel, la veille, Coupoutaï avait tué les deux chats sauvages. Ils avaient marché toute la nuit pour revenir aux lieux d'où ils étaient partis.

Coupoutaï était sérieusement stupéfait.

— C'est étrange, dit-il avec conviction, voilà la première fois qu'il m'arrive de me tromper.

— Espérons que ce ne sera pas la dernière, repartit Pinson ; mais, en attendant, il s'agit de rattraper le temps perdu, et, si vous le voulez bien, nous allons partir du pied gauche.

Et, ajoutant l'exemple au précepte, Pinson exécuta un demi-tour sur lui-même, et s'éloigna avec rapidité.

Mais il n'eut pas plus tôt fait cent pas dans cette nouvelle direction, qu'il prit tout à coup son élan et se mit à courir avec une telle célérité que ses compagnons eurent beaucoup de peine à le suivre.

Pinson venait d'apercevoir à quelque distance un cavalier qu'à son costume et à son air il avait pris pour Ping-si.

Il n'en fallait pas davantage... le cavalier devait couper perpendiculairement le chemin que Pinson suivait, et ce dernier allait l'attendre à l'intersection des deux routes.

Les dangers de Li-tsi.

Ainsi que l'avait pensé notre Parisien, c'était bien Ping si qui arrivait, et quand il atteignit le lieu où les trois amis l'attendaient, il sauta vivement à bas de son cheval, et courut à Pinson.

— Je n'espérais pas vous trouver ici, dit-il à voix rapide ; que faites-vous donc dans ces parages, et pourquoi avez-vous quitté le Tao-sze et sa fille ?

Ces paroles avaient été prononcées d'un ton légèrement impérieux, qui déplut tout d'abord à Pinson, mais il n'en fit rien paraître, et crut devoir attendre pour lui adresser ses observations à ce sujet.

— Ma foi ! répondit-il, avec une pointe de malice, l'étonnement est partagé, et j'avoue que je ne m'attendais pas à vous revoir si tôt.

— Pourquoi cela ?

— On ne sait pas.

— Mais le Tao-sze ?...

— Chaque chose viendra en son temps.

— Il ne lui est rien arrivé, au moins ?

— Je l'ignore.

— Mais pourquoi l'avoir quitté ?

— Pardon, répliqua Pinson, je vous trouve naïf sans vous faire tort. Comment, au lieu de nous mener à Shang-hae, vous nous dirigez sur Nan-king ; après deux jours de marche, vous nous abandonnez au milieu d'un pays inconnu, sans guide et sans muni-

7

tions, et vous voulez que nous restions là, au port d'armes, sans chercher à nous procurer une pâture honorable.

Le visage de Ping-si s'éclaira d'un sourire.

— Enfin, reprit-il, le Tao-sze ne court aucun danger.

— Je l'espère, répondit Pinson.

— Y a-t-il donc longtemps que vous l'avez quitté?

— Depuis hier soir.

— Dites-vous vrai?

— Cette bêtise.

Une ombre passa sur le front de Ping-si, et ses deux poings se crispèrent.

— Depuis hier, répéta-t-il avec une colère sourde, qu'il avait peine à contenir, et vous n'avez pas songé que vous les laissiez exposés à toutes les tentatives de leurs ennemis!

— Bah! ils n'oseraient pas.

— Les malheureux!

— Mais qu'y a-t-il donc?

— Oh! il y a que depuis le moment où je vous ai quittés, Fo-hi vous suit pas à pas, comme une bête fauve; qu'il épie vos moindres mouvements, et qu'hier, à l'heure où vous vous éloigniez, il a dû se rendre maître du Tao-sze et de sa fille.

En parlant ainsi, Ping-si s'abandonnait aux emportements du plus violent désespoir; il allait et venait, frappait du pied avec impatience, et plusieurs fois son regard irrité se tourna vers le groupe des trois amis.

— Allons! allons! fit Pinson, en se rapprochant de lui, il ne faut pas s'abandonner ainsi sans réflexion à sa colère; d'abord ce n'est pas sain, et puis, ça ne prouve rien... Voyons, vous tenez donc bien à ce Tao-sze?

— Je tiens à sa fille.

— Vous la connaissez?

— Je l'aime.

— Diable! c'est différent... et je comprends que si elle est entre les mains de ce Fo-hi qui m'a l'air d'un gaillard...

— Je le tuerai!

— Si vous mettez la main dessus.

— Je l'atteindrai.

— Je n'en doute pas... d'autant que vous me paraissez taillé pour la course... mais ça peut être long...

Ping-si regarda Pinson avec attention. Pour la première fois, l'ironie de ses paroles le frappait ; il lui trouvait une attitude qu'il ne lui avait pas vue encore, et il se demandait vainement ce que voulait dire ce changement.

Il fronça le sourcil.

— Ne comptez-vous pas m'accompagner dans les nouvelles recherches que je veux tenter ? dit-il à voix lente.

— C'est selon, répondit Pinson.

— Auriez-vous peur ?...

— Allons donc !... c'est un mot que l'on ne connaît pas chez nous.

— Qu'est-ce donc alors ?

— Une idée.

— Mais quoi enfin !...

— Ma foi ! s'écria Pinson, il ne faut rien garder sur le cœur... vous m'avez l'air d'un bon *zig*, mais il n'y a rien de trompeur comme l'air... et j'ai conçu des doutes.

— Sur moi ?

— Vous l'avez dit.

— Expliquez-vous.

— Ce ne sera pas long... La première fois que je vous ai rencontré, vous m'avez dit que vous étiez étudiant, et je vous ai cru... j'aime assez les étudiants... c'est drôle, c'est jeune, c'est quelquefois spirituel, et c'est presque toujours flâneur, ça m'allait... mais huit jours ne s'étaient pas écoulés, que tout d'un coup, je vous vois quitter la vieille peau pour prendre celle d'un officier.

— Eh bien ?...

— Eh bien, c'était déjà suspect... mais ce n'est pas tout... vous nous proposez d'aller à Shang-hae, et nous acceptons ; nous marchons un jour, et voilà que vous recevez au milieu de la route un courrier extraordinaire, un *cheval fuyant*, comme ils appellent ça ici, et vous n'avez pas plus tôt lu le parchemin qu'il vous présente, que vous nous brûlez la politesse, et que vous filez comme si le diable vous emportait.

— Que trouvez-vous de mal dans tout ceci ?

— Je trouve tout ceci fort suspect, et depuis que vous nous avez quittés, je me suis demandé plus de cent fois, à moi-même, quel métier mystérieux vous faisiez.

— Et que vous êtes-vous répondu ?

— Rien...

— Mais que voulez-vous que je vous réponde ?

— Tout !

Ping-si frappa sur l'épaule de son interlocuteur :

— Allons, dit-il familièrement, je gage que vous ne dites pas là toute votre pensée ?

— Peut-être bien, répondit Pinson.

— Vous avez eu d'autres soupçons ?

— En effet.

— Pourquoi ne les exprimez-vous pas ?

— Dame, parce que ces choses-là ne sont pas toujours agréables à entendre.

— Qu'importe !

— Et puis, je peux me tromper.

— Vous me mettrez à même de vous le prouver.

— Eh bien ! dit Pinson avec effort, comme si cet aveu lui eût beaucoup coûté, vous me pardonnerez d'être si franc, mais...

— Achevez.

— J'ai cru un instant que vous étiez de la *rousse*.

— Qu'est-ce à dire ?

— Ah ! c'est juste... vous ne comprenez pas... c'est une manière en France de désigner ceux qui appartiennent à la police, et je vous avoue que je n'aimerai pas plus ces gens-là à Pékin qu'à Paris.

Ping-si se prit à rire.

— Vos scrupules sont honorables, mon ami, répondit-il avec franchise et en serrant les mains de son interlocuteur, et peut-être avez-vous pu, en effet, être un instant trompé par les apparences... mais je ne veux pas qu'il reste le moindre doute à ce sujet dans votre esprit, et avant peu, vous apprendrez à me connaître tout entier... d'ici là, cependant, voulez-vous continuer d'être encore mon ami ?

— De tout cœur... répondit Pinson.

— Vous m'accompagnerez partout où j'irai?

— Et je partagerai tous vos dangers, s'il faut...

— A la bonne heure, vous voilà redevenu comme je vous aime... courageux et dévoué!... Eh bien! ne perdons pas davantage notre temps... la position du Tao-sze est très critique, et Dieu veuille que nous arrivions encore à temps pour le sauver.

Ils allaient se remettre en route quand Pinson fit remarquer, à quelque distance, une petite troupe de Chinois armés qui s'avançait à leur rencontre.

—Ce sont des amis, se hâta de répondre Ping-si, ils ont dû fouiller les environs, où mes renseignements m'assuraient que Fo-hi devait se tenir caché..... nous allons apprendre ce qu'ils auront découvert.

Mais ce n'étaient pas des renseignements seulement que les Chinois apportaient, c'était Fo-hi lui-même dont ils s'étaient emparés, et qu'ils amenaient à leur maître.

Fo-hi ignorait entre les mains de qui il était tombé, seulement un vague instinct lui avait déjà dit à quel homme il avait affaire. Quand il arriva près de Ping-si il lui lança un regard farouche et chargé de haine; mais Ping-si était trop heureux de cette capture pour remarquer l'attitude de son ennemi, et d'un geste impérieux il lui ordonna d'avancer.

Fo-hi s'approcha.

— Je t'avais fait grâce, dit aussitôt le jeune homme d'une voix sévère, et tu n'as tenu compte ni de ma générosité, ni de l'indulgence que je t'avais témoignée... au lieu de disparaître et de te faire oublier, tu as poursuivi, avec la même haine aveugle et sauvage, ceux que mon affection aurait dû protéger près de toi... Je sais tes tentatives infâmes, et maintenant, je serai impitoyable envers toi, comme tu l'as été envers les autres.

Fo-hi fit entendre un ricanement ironique.

— Je suis entre tes mains, répondit-il avec une indifférence apparente, ma vie t'appartient, tu peux en disposer à ton gré...

— C'est le seul moyen de mettre fin à tes crimes.

— Bouddha nous jugera.

— Espères-tu donc te justifier?

— A quoi bon? Nous servons deux causes différentes.

— Tu n'appartiens qu'à la cause du mensonge et du désordre.. ta main est teinte du sang humain, et tes passions sauvages ont depuis longtemps étouffé tous les bons sentiments dans ton cœur.

— Un seul survit, dit Fo-hi avec orgueil.

— Tu n'as plus rien d'humain.

— Un seul, te dis-je, et c'est la haine de l'étranger-démon.

—Ah! vous êtes tous les mêmes, repartit Ping-si avec énergie, la brutalité de vos instincts vous empêche d'élever votre esprit jusqu'à l'amour de l'humanité; c'est une race maudite, et avec l'aide du ciel, je l'exterminerai...

Fo-hi haussa les épaules.

— On ne tue pas ce qui est éternel, répondit-il avec une certaine solennité, et qui es-tu donc pour parler ainsi?

— Vos crimes m'ont fait votre ennemi!...

— Nous ne te craignons pas.

— Eh bien! c'est ce que je saurai bientôt, car avant une heure, toi, leur chef le plus redoutable, tu auras cessé de vivre.

Ping-si fit un geste aux soldats rangés à quelques pas, et ceux-ci s'emparèrent de nouveau de Fo-hi.

Mais avant de s'éloigner, ce dernier eut le temps de s'approcher de Ping-si, et de lui dire quelques mots à voix basse, qui le firent frissonner et pâlir.

— Que dis-tu?... balbutia le jeune homme en écartant vivement les hommes qui allaient entraîner son prisonnier.

Fo-hi resta seul une seconde fois près de lui.

—Tu as parlé de Li-tsi, poursuivit Ping-si, eh bien! réponds... où est-elle?... où est le Tao-sze?

— Tous les deux sont entre nos mains, répondit Fo-hi.

— C'est une ruse.

— Tu le sauras bientôt.

— Tu mens, te dis-je!..

— J'ai dit la vérité!... et n'est-ce pas moi qui t'ai envoyé le *cheval fuyant* pour t'éloigner d'elle?... ne la suivais-je pas depuis Quan-tong, épiant toujours l'heure favorable? eh bien! l'heure favorable est venue cette nuit, et nous en avons profité.

— Misérables!

— N'est-ce pas une lutte que nous soutenons?.. n'avons-nous pas juré haine et mort aux étrangers?'

— Mais où est-elle?...

— Li-tsi est au pouvoir de nos amis, ils sauront bientôt que je suis entre tes mains, et si je meurs elle mourra.

— Tu veux m'intimider.

— Essaie...

Ping-si eut un mouvement de violente irritation : il ne savait plus à quel parti s'arrêter. Fo-hi l'avait dit : la vie de Li-tsi se trouvait étroitement liée à la sienne, et s'il attentait à ses jours, c'en était fait de la fille du Tao-sze.

Il eut bien vite pris son parti, et aima mieux retarder le châtiment que d'exposer une minute seulement la belle chrétienne aux violences des compagnons de Fo-hi.

Il se tourna donc vers ce dernier, et délia lui-même les liens qui retenaient ses mains.

— Li-tsi te sauvera encore une fois, lui dit-il à voix rapide; pour elle, entends-tu bien, je consens à te rendre la liberté.

— Voilà une générosité dont je n'aurai pas à t'être reconnaissant, dit Fo-hi.

— Hâte-toi d'en profiter... ajouta Ping-si, mais avant de t'éloigner écoute bien encore ce que j'ai à te dire; tu es libre, tu vas retrouver Li-tsi, eh bien, prends-y garde; si tu exerces sur elle la moindre violence, si tu attentes à sa vie, souviens-toi que Ping-si veille sur toi, et que, cette fois, aucune considération ne le retiendrait plus, et qu'il serait sans pitié pour toi!

Fo-hi jeta à Ping-si un regard ironique, et ne daigna même pas répondre. — Il était resté impassible et froid devant toutes les menaces, la certitude même d'une mort prochaine ne l'avait pas fait pâlir; il traversa d'un pas ferme le cercle des Chinois, et gagna ainsi la campagne, sans s'inquiéter de savoir si on le suivait.

— Eh bien, c'est égal, dit Pinson quand il l'eut vu s'éloigner, en voilà un qui a de la chance tout de même, et s'il avait eu affaire à moi, je lui aurais fait passer un mauvais quart d'heure.

— Mais c'était tuer Li-tsi!..., s'écria Ping-si.

— Bah! qui vous dit qu'il ne vous a pas *monté le coup*, repartit le Parisien, dans son langage pittoresque, et puis, la situation n'est-elle pas toujours la même, et ne peut-il pas maintenant faire de Li-tsi tout ce qu'il voudra?

Ping-si fit un geste énergique.

— Maintenant, répondit-il, rien ne nous arrête plus, mes hommes sont répandus de tous côtés, dans la campagne, et avant la fin de cette journée, nous saurons sûrement dans quel sens il nous faudra diriger nos recherches.

— Ce sera comme vous voudrez, dit Pinson, mais n'attendons pas davantage, et puisque nous voici réunis, commençons nos opérations.

Pendant qu'ils vont s'organiser pour atteindre plus sûrement le but qu'ils poursuivaient, il n'est pas sans intérêt de suivre Fo-hi, et de gagner avec lui la partie aride et sauvage des montagnes où ses affidés se sont retirés.

Bien qu'il ne parût pas prendre garde à ce qui se passait autour de lui, cependant Fo-hi s'était bien douté qu'il serait épié, et pour dérouter toute poursuite, il effectua de fréquents détours, traversa de nombreux canaux, et gagna finalement une forêt immense, au sortir de laquelle il put espérer que ses traces devaient avoir été perdues.

Nous avons vu que Ping-si n'avait pas même songé à le suivre, se reposant de ce soin sur les hommes qu'il avait répandus dans la campagne.

Quand Fo-hi sortit de la forêt, la nuit commençait à jeter ses voiles à l'horizon; il avait marché toute la journée, et il se trouvait dans une sorte de désert, près de hautes montagnes, à quelque distance d'un canal important, qui, après avoir arrosé les environs, allait s'engouffrer et disparaître sous une voûte naturelle creusée au pied même des montagnes.

C'est vers cette voûte que se dirigea Fo-hi. Une fois arrivé à cet endroit, il se dépouilla vivement de ses vêtements, regarda avec inquiétude si personne ne le pouvait voir, et finit par se jeter dans les flots sans plus hésiter.

Deux secondes après, il disparaissait sous la voûte, et s'abandonnait nonchalamment au courant du canal. A mesure qu'il avançait, la voûte allait s'élargissant; une nuit profonde régnait de toutes parts, et l'on n'y entendait, mêlés au clapotement de l'eau

contre les parois des rochers, que les cris effarés des oiseaux qui
y avaient fait élection de domicile. C'était une sorte de gouffre où
nul être humain n'avait jamais pénétré, et dont Fo-hi seul, peut-
être, connaissait les détours et l'issue.

Au bout d'un quart d'heure il s'arrêta.

Il était arrivé à une rotonde souterraine où les derniers rayons
du jour, filtrant à travers les fentes des rochers, jetaient, à cette
heure, une faible et indécise clarté. Il s'approcha aussitôt du bord,
et ayant sondé un moment le rocher, il poussa de la main une
énorme pierre qui se mit à tourner sur elle-même, et pénétra aussitôt dans une grotte où quelques-uns de ses amis veillaient en l'attendant.

Son arrivée fit sensation : on le croyait prisonnier de Ping-si,
et l'on avait des inquiétudes sérieuses sur son sort. Fo-hi mit immédiatement fin aux démonstrations dont son retour allait devenir
le signal, et gagna une seconde salle, dans laquelle un seul de ses
compagnons le suivit.

Fo-hi s'habilla à la hâte, mais tout en choisissant les diverses
parties de son costume, il questionnait avidement son affidé.

— Et Li-tsi ! dit-il, avec deux regards ardents, et le Tao-sze...
où sont-ils ?

— Ils sont ici ! répondit le Chinois.

— Qu'a-t-on fait du Tao-sze ?

— On l'a séparé de sa fille, et dès que vous aurez prononcé sur
son sort, on le décapitera, et on jettera son corps au canal.

— C'est bien... mais elle ! sa fille... Li-tsi !

— Elle devait périr si vous n'étiez pas revenu...

— Mais qu'a-t-elle dit ?...

— Elle a demandé son père.

— Paraît-elle triste ?

— Non.

— Elle a pleuré sans doute... elle a maudit ses ravisseurs, elle a
eu peur de la mort.

— La belle chrétienne a beaucoup prié, mais son visage est
resté calme, et elle a répondu à toutes les questions qu'elle était
prête à mourir, et qu'elle pardonnait à ses bourreaux !

Fo-hi regarda son interlocuteur avec stupéfaction. Ce qu'il en-

7.

tendait lui semblait si étrange qu'il avait peine à y ajouter foi...
Il ne comprenait rien au sentiment qui soutenait Li-tsi, et quand
il s'attendait à la trouver faible et abattue, il s'inquiétait de l'entendre parler de force et de courage...

— Soit, dit-il brusquement au Chinois, mais nous verrons si
elle conservera jusqu'à la fin cette attitude arrogante ; va, et quand
tu me l'auras amenée, veille à ce que personne, personne, entends-tu bien, ne puisse pénétrer près de moi !

Dix minutes après Li-tsi était conduite à Fo hi, et elle restait
seule en présence de son plus cruel ennemi.

Li-tsi était pâle, mais aucun abattement ne se manifestait sur
son visage. Elle n'ignorait pas que ses ennemis seraient sans pitié
et qu'elle devait mourir, mais cette perspective n'avait pu altérer
la sérénité de son visage, et elle était belle et calme, et son regard
resplendissait de foi sainte et pure !

Fo-hi se sentit, en la voyant, frissonner dans tout son être, et,
malgré lui, il fit quelques pas à sa rencontre.

Fo-hi n'avait que des instincts grossiers et brutaux ; c'est la
beauté plastique qui le séduisait surtout chez Li-tsi, et jamais
encore il n'avait rêvé la possession d'une femme aussi belle ni
aussi chaste.

— Li-tsi, lui dit-il, s'emparant de sa main, Li-tsi, ne craignez
rien... Vos jours ne courent aucun danger, et je suis venu vers
vous pour vous protéger et vous défendre.

La jeune fille leva sur son interlocuteur son beau regard limpide
et le considéra un moment avec attention.

— Qui êtes-vous donc, dit-elle d'une voix timide, vous qui me
parlez ainsi, ne suis-je pas ici au milieu de mes ennemis, et ne
suis-je pas vouée déjà au martyre ?

— Vous avez peur de la mort ?

— Non, car Dieu est avec moi.

— Mais vous ne mourrez pas.

— Pourquoi cela ?

— Parce que quelqu'un veille sur vous.

— Quelqu'un, dites-vous ?

Et sans savoir pourquoi, la jeune fille se sentit rougir, et son
cœur se prit à battre violemment.

— Oui, poursuivit Fo-hi en se rapprochant d'elle, oui, un homme vous a vue et vous a trouvée belle, et malgré les dangers auxquels il devra s'exposer, cet homme a juré de vous sauver, et il vous sauvera.

— Mais quel est donc cet homme?

— Ne le devinez-vous pas?

Li-tsi baissa les yeux par un sentiment de naïve et sainte pudeur.

— C'est à peine si j'ose regarder autour de moi, dit-elle avec embarras.

— Cherchez bien.

— Je suis étrangère à ce pays.

— Cherchez encore.

— Une seule personne s'intéressait à moi, mais elle est partie et je ne l'ai plus revue.

— Mais vous savez son nom?

— On l'appelait Ping-si.

— Ping-si! répondit Fo-hi en fronçant les sourcils.

— Vous le connaissez?

— Je viens de le voir.

— Et il vous a parlé de moi... n'est-ce pas?... dit Li-tsi avec joie, je ne m'étais pas trompée. C'est lui qui vous envoie, lui qui a entrepris de me délivrer. Ah! je ne doutais pas de son courage, mais je suis heureuse d'apprendre qu'il ne nous avait pas abandonnés.

Fo-hi écoutait d'un air sombre; sa respiration était devenue pénible, ses regards courroucés se promenaient autour de la salle avec de farouches éclairs:

— Assez! dit-il enfin d'une voix rude et en serrant énergiquement le bras de la jeune fille qui poussa un cri de douleur. Ping-si ignore en quels lieux vous avez été conduite, et si jamais il poussait l'imprudence jusqu'à venir vous chercher ici, ce serait fait de lui et de vous... N'espérez donc plus le revoir, et n'oubliez pas que votre vie et celle de votre père sont entre nos mains.

— Mon père! balbutia Li-tsi en tombant à genoux.

— Le Tao-sze va mourir.

— Vous n'aurez pas ce cruel courage.

— Dans une heure il aura cessé de vivre.

—Dieu le sauvera.

—Dieu ne le sauvera pas, repartit brutalement Fo-hi, et vous seule, dans ce moment, pourriez le rendre à la liberté.

Li-tsi se releva avec un cri :

— Moi ! dit-elle presque effrayée.

— Le voulez-vous ?

—Ah !... parlez parlez ! Pour l'arracher à la mort, lui, mais il n'est rien que je ne fasse.

Fo-hi se pencha vers la jeune fille et ses lèvres effleurèrent presque son front :

— Écoute, dit-il alors d'une voix ardente et basse, écoute, tu es belle et je t'aime. Jamais encore je n'ai vu de créature plus parfaite, et pour le bonheur de ta possession j'affronterais tous les dangers et je vaincrais tous les obstacles ; parle donc, Li-tsi, dis un mot, exprime un désir, et à l'instant même le Tao-sze sera libre et tu vivras toi-même pour être la plus aimée de toutes les femmes.

A mesure que Fo-hi parlait, Li-tsi s'était dégagée de ses mains et avait reculé vers la porte de la grotte ; une terreur indicible s'était emparée d'elle, ses tempes battaient avec force, ses oreilles bourdonnaient ; pour la première fois, elle comprenait ce qu'on voulait d'elle, et elle avait peur, et elle tremblait à se voir si faible et si seule.

—Tu ne réponds pas ? insista Fo-hi.

— Taisez-vous ! murmura la jeune fille.

— Songe que ton refus peut coûter la vie à ton père.

— Vous me faites horreur.

— Songe encore que ce que tu refuses à ma prière, la violence peut te l'arracher, que tu es seule, sans défense ; que les murs sont sourds et que les hommes qui veillent ici près n'obéissent qu'à ma voix !...

Et en parlant ainsi, Fo-hi entourait déjà la taille de la jeune fille de ses deux bras vigoureux et ses lèvres cherchaient avidement son front, et une suprême et aveugle ardeur éclatait dans son regard.

Li-tsi se sentit défaillir ! Elle n'avait pas eu peur de la mort ; elle avait peur du déshonneur.

Cependant, elle ne voulut pas succomber sans avoir lutté, et après s'être énergiquement débattue, elle parvint enfin à se soustraire et courut vers la porte, où elle arriva haletante, échevelée, éperdue!

Si la lutte avait dû recommencer, elle était perdue; mais heureusement la porte venait de s'ouvrir et un troisième personnage était entré.

Fo-hi poussa un cri de rage en l'apercevant.

C'était As-say.

Le canal souterrain.

La femme de When-ti considéra un moment Li-tsi, agenouillée, tremblante et accablée, auprès de la porte, et reporta son regard plein de mépris sur son amant.

— Ce n'est pas moi que tu attendais, dit-elle d'un accent mordant, je suis arrivée trop tôt, n'est-ce pas ? et tu avais bien choisi le lieu et l'heure pour tes lâches et criminelles violences.

Et elle fit quelques pas vers Fo-hi... Elle était pâle, impérieuse, le sein gonflé d'une colère mal contenue; elle avait souffert peut-être, mais rien dans son attitude n'annonçait la tempête violente qui grondait dans sa poitrine.

Fo-hi s'était assis dans un coin de la grotte, et là, sombre, silencieux, le front dans les mains, il écoutait la rage au cœur et l'éclair dans les yeux.

— Pauvre sot!.. poursuivit As-say, avec une humiliante pitié, qui as cru que l'on pouvait impunément se jouer de moi, qui t'entourais de mystères, et qui appelais la nuit à ton aide... mais je veillais, moi aussi, et maintenant nous verrons jusqu'où tu pousseras l'audace.

— C'est une lutte que tu veux tenter... dit Fo-hi en relevant la tête.

— Une lutte ! repartit As-say... Oh ! non pas... on ne lutte pas avec le sanglier... on le tue...

— Des menaces!...

— Tu ne me connais pas, Fo-hi... et tu n'as jamais éprouvé la haine d'As-say.

— Crois-tu donc m'effrayer?

— Non!... mais tu as voulu me tromper, et je saurai t'empêcher d'atteindre ton but infâme.

Fo-hi sourit.

— La jalousie t'égare, répondit-il avec ironie, mais toutes mes mesures sont prises, et Li-tsi sera à moi.

— Tu l'espères?

— J'en suis sûr.

— Eh bien, c'est As-say qui te le dit, avant une heure, Li-tsi sera livrée à la justice...

Fo-hi fit un bond et se rapprocha d'As-say.

— Tu ferais cela! dit-il, en tourmentant le manche de son poignard.

— C'est fait, répondit As-say.

— Et tu n'as pas pensé à la vengeance que je pourrais tirer d'une pareille action?

— On ne redoute pas ce que l'on méprise.

— As-say!

Fo-hi avait tiré son poignard de sa ceinture, et peut-être allait-il frapper, quand Li-tsi se leva tout à coup, et vint se jeter entre eux.

— Arrêtez! dit-elle à Fo-hi, en retenant son bras.

Puis, se tournant vers As-say:

— Pourquoi l'irriter ainsi? poursuivit-elle, d'un ton de doux reproche et avec des larmes dans les yeux; cet homme est cruel... il n'obéit qu'à ses passions aveugles... il vous tuerait...

— Et que vous importe! répliqua brusquement As-say, en la repoussant; d'où vous vient cette audace à vous-même, de vous jeter ainsi entre nous... qui vous a appelée, qui vous a autorisée à venir? Ah! il vous avait promis la vie, n'est-ce pas?... il devait vous rendre à la liberté, et le prix de cette liberté, qui sait, peut-être regrettez-vous déjà de ne l'avoir pas donné.

— Moi! dit Li-tsi, en frissonnant.

— Fo-hi vous aime.

— Il me fait horreur.

— Il vous a offert la vie,

— Mais je préfère la mort !...

As-say fit entendre un petit ricanement, et se tourna vers Fo-hi.

— Tu l'entends, dit-elle ironiquement, tes violences n'ont servi qu'à inspirer le mépris.

— Tais-toi.

— Ce n'est pas toi qu'elle aime.

— Assez !

— Et cet amour qu'elle te refuse avec tant de dédain, elle le donnerait avec joie à un autre.

— C'est faux !

— Elle aime.

— Qui te l'a dit ?

— Ah ! je le sais.

— Son nom... le nom de cet homme ?...

As-say fit un geste de pitié.

— La jalousie t'égare à ton tour, pauvre Fo-hi, dit-elle, mais tu n'atteindras pas plus Ping-si que tu ne triompheras de cette jeune fille.

— Ping-si !... répéta Fo-hi.

Et comme si ce nom lui eût rendu tout à coup le courage que la présence d'As-say semblait lui avoir enlevé, il tira une seconde fois son poignard, et saisissant énergiquement le bras de sa maîtresse :

— As-say, lui dit-il d'une voix ferme, c'est en vain que tu veux opposer ta volonté à la mienne ; j'ai résolu que cette femme m'appartiendrait, et il faut qu'elle soit à moi !

— Même au prix d'un crime, répondit As-say.

— C'est toi qui l'auras voulu.

— Et ton bras ne tremblera pas ?

— Ne m'irrite pas davantage !

— Est-ce ton dernier mot ?

— Arrière !

— Fo-hi, souviens-toi de cette nuit.

— Ah ! je m'en souviendrai pour te maudire, et regretter à jamais le jour où je t'ai connue.

As-say n'en entendit pas davantage, et s'élançant vers la porte,

elle fit entendre un signal, auquel accoururent aussitôt une ving
taine de Chinois armés.

D'un geste prompt comme la pensée, elle désigna Li-tsi aux
Chinois.

— Cette femme est la fille du Tao-sze chrétien, dit-elle alors à
voix ardente et haute, c'est une Fan-kouei, une chrétienne elle-
même, et je veux qu'avant l'aube du jour elle soit livrée au mandarin When-ti...

La voix d'As-say était habituée au commandement; les Chinois
n'eurent pas une seconde d'hésitation, et malgré la présence de
Fo-hi, quelques minutes après, ils entraînaient la jeune fille loin
de la grotte.

Fo-hi était resté abattu, indécis, ne sachant plus à quelles
colères se livrer, et tout près à se jeter sur As-say, et à la frapper.

Mais celle-ci connaissait depuis longtemps celui qu'elle accablait, et bien qu'il fût d'un caractère violent et emporté, elle savait jusqu'à quel point elle pouvait le braver.

Quand elle se trouva seule avec son amant, elle se rapprocha
donc de lui, et lui montrant la salle vide.

— Fo-hi, lui dit-elle, d'un ton où ne tremblait aucune émotion,
nous voici seuls maintenant, je suis sans armes, sans défense, tu
es le plus fort et le plus irrité; tu as parlé de vengeance tout à
l'heure, eh bien, rien ne s'oppose plus à la tienne, voici ma poitrine, frappe, si tu l'oses.

Fo-hi se mit à marcher à travers la salle, avec des mouvements
de bête fauve prise au piége.

— Laisse-moi, répondit-il, d'une voix rude et brutale, pars...
ta présence m'irrite, j'ai du sang devant les yeux... je te tuerai,
si tu restes plus longtemps.

— Tu es trop lâche pour frapper, même une femme, repartit
As-say.

— Pars, te dis-je.

— Ton esprit ne comprend que les actions sans dangers; tu n'as
que de l'audace, mais le courage te manque.

— Tu veux donc me pousser à bout?

As-say haussa les épaules.

— Fou!... répondit-elle, mais je veux te dire une fois au moins ce que ta pusillanimité nous prépare de jours mauvais...

— Je n'ai plus rien de commun avec vous, mais malheur à ceux qui m'ont trahi, et qui t'ont découvert le secret de ma retraite.

— Ceux-là ne te craignent point, parce que je les défendrai.

— Tu n'oses pas cependant me dire leurs noms.

— L'un est Ping-si...

— Et l'autre?

— L'autre s'appelle Coupoutaï.

— Le philosophe!...

As-say fit un signe affirmatif.

Le lecteur a pu, en effet, se demander, au commencement de ce chapitre, par quel concours de circonstances As-say était parvenue à apprendre l'enlèvement de Li-tsi, et les projets de Fo-hi sur la fille du Tao-sze. Ces explications sont trop importantes pour que nous cherchions à les éviter, et elles serviront d'ailleurs à préparer les scènes qui vont suivre.

Ping-si n'avait pu voir s'éloigner Fo-hi sans songer aux dangers qu'allait courir Li-tsi, et tout en marchant, il avait fait part de ses craintes à Pinson... Pinson n'était pas lui-même très satisfait du dénoûment de cette affaire, et plus de vingt fois déjà, il avait voulu s'élancer à la poursuite du fugitif, ne fût-ce que pour l'épier, et savoir vers quels lieux il se dirigeait.

C'est alors que Coupoutaï intervint. Jusqu'à ce moment, Ping-si n'avait pas pris grande attention à lui; ce n'était pas la première fois que dans sa vie d'aventures il avait eu occasion de se trouver en compagnie de lettrés mendiants et déguenillés, et bien que celui-ci se présentât d'une façon peut-être plus avantageuse que les autres, il ne lui avait fait aucun accueil.

Coupoutaï ne fut pas sans remarquer l'impression qu'il produisait, mais il était vraisemblablement habitué à de pareils effets, et l'idée ne lui vint pas même de s'en blesser : seulement, il prit une attitude réservée et discrète, et ne se mêla à la conversation que lorsqu'il crut réellement pouvoir intervenir utilement dans l'intérêt de ses compagnons :

— Vous êtes inquiet, dit-il à Ping-si, et je le comprends, parce que le danger est imminent, et qu'il est difficile de le conjurer;

cependant il y a un moyen de tout empêcher, et c'est ce moyen que je viens vous proposer.

— Parlez ! dit Ping-si, en considérant Coupoutaï avec intérêt.

— Une seule personne peut à cette heure sauver la fille du Tao-sze.

— Qui cela ?

— As-say !

— Mais elle ne le voudra pas.

— Qui sait !... le cœur est profond, et la femme y cache bien des secrets. As-say a un vague soupçon de l'amour de Fo-hi pour Li-tsi...

— Eh bien ?

— Eh bien, il faut que ce soupçon se change en certitude.

— Comment ?

— En lui racontant ce qui se passe.

— Mais qui nous dira où trouver As-say ?

— Moi ! répondit Coupoutaï.

— Et qui osera lui faire connaître la vérité ?

— Moi encore ! ajouta le philosophe, si vous le voulez bien... Je fréquente As-say depuis longues années, je sais quelle corde il faut toucher dans son cœur pour éveiller sa colère ou sa pitié, et je jure qu'avant deux heures elle sera près de Fo-hi...

Ping-si réfléchit une seconde.

— Vous avez raison ! dit-il presque aussitôt, c'est le seul moyen, la seule chance de salut, et si vous faites cela, vous acquerrez des droits éternels à ma reconnaissance.

— Eternels !... repartit Coupoutaï en riant, ce serait trop long... Je me contenterai de droits viagers.

— Soit ! dit Ping-si, sur le même ton, mais vous allez partir.

— A l'instant même.

— Et moi, s'écria Pinson... comme pris d'une idée subite, je vous accompagnerai... décidément, j'ai ce Fo-hi sur le cœur, et je regrette de l'avoir laissé partir, il faut que je le repince !...

— Vous voulez me quitter ?.. dit Ping-si.

— Pour revenir...

— Mais ce voyage peut être dangereux.

— Je l'espère bien.

— Et si vous trouvez Fo-hi...

— Ah! si je le trouve, interrompit le Parisien... j'ai un compte ouvert avec lui depuis la *ruelle aux Porcs*, et j'entends bien le réaliser d'une seule fois.

Pinson et Coupoutaï étaient partis sur ces mots, et pendant quelques heures, ils avaient marché de conserve sur les traces de leur ennemi.

Vers le milieu de la journée, Coupoutaï conduisit son compagnon sur le sommet d'une petite colline, et après l'avoir fait asseoir à ses côtés, il lui montra le pays que l'on découvrait de là.

— A l'horizon, lui dit-il, vous apercevez de hautes montagnes, au pied desquelles s'étend une plaine aride et sauvage; à peu de distance, remarquez également une vaste forêt, autour de laquelle tourne un canal large et profond.

— J'y suis, répondit Pinson.

— Eh bien, poursuivit le philosophe, vous n'avez pas de longue-vue ni moi non plus, mais vous avez de bons yeux, ce qui vaut mieux, et vous pouvez suivre avec moi le cours de ce canal; y êtes-vous?

— Parfaitement.

— Après avoir tourné autour de la forêt, il serpente quelque temps à travers la plaine, et gagne, après plusieurs détours, le pied de la même montagne.

— C'est comme si j'y étais, il y a même là un grand trou noir qui ressemble à un gouffre.

— A merveille, ce trou est une voûte sous laquelle le canal disparaît.

— Fort bien.

— Il n'en faut pas davantage. Vous allez rester ici pendant que je vais me diriger vers la retraite d'As-say; vous avez du tabac et une pipe, vous fumerez, l'œil toujours au guet, jusqu'à ce que vous aperceviez notre homme.

— Par où viendra-t-il?

— Il sortira de la forêt, traversera plusieurs fois le canal, et s'arrêtera près de la voûte que je vous ai indiquée.

— Et après?

— Après, vous verrez ce qu'il fera, et vous déciderez alors ce que vous devrez faire vous-même.

Les deux amis se serrèrent la main, et Coupoutaï, pressant le pas, ne tarda point à disparaître.

— Pinson bourra aussitôt une pipe, et l'ayant allumée il s'installa de son mieux dans son poste d'observation.

— Encore, se disait-il, si j'avais ici la petite Pé-tchi-li, on pourrait se distraire et passer le temps agréablement ; hélas! elle s'est évanouie comme une ombre chinoise, et Dieu sait maintenant quand je la reverrai !

Le regret de Pinson était sincère, mais il savait prendre son parti ; d'ailleurs, quel chagrin d'amour ne s'apaise pas avec une pipe ou un cigare? Pinson avait en outre une autre mission à remplir, et tenait à honneur de ne pas manquer le passage de Fo-hi.

Le reste de la journée se passa de la sorte, et ce fut seulement lorsque le soleil commença à incliner à l'horizon que notre sentinelle aperçut enfin son homme sortant du bois.

C'était le moment.

Pinson se leva, bourra une pipe nouvelle, et sans quitter maître Fo-hi du regard, il descendit doucement la pente de la colline, et gagna les bords de la forêt.

Ainsi que l'avait annoncé Coupoutaï, et comme nous le savons déjà nous-mêmes, Fo-hi traversa plusieurs fois le canal, et s'arrêta enfin près de la voûte.

Puis il se débarrassa de ses vêtements et disparut dans l'eau.

— Oh! oh! fit Pinson qui, caché derrière les derniers arbres, suivait avec intérêt les moindres mouvements de son homme, le voilà qui pique une tête à présent... eh bien, ça me va... on a été le roi des bains à quatre sous, et l'on se rappelle encore comment on exécute une coupe et un plongeon; si je le pince, ça ne sera pas long.

En un quart d'heure au plus, il eut enjambé la distance qui le séparait de son ennemi, et quand il atteignit la voûte, la nuit n'était pas encore venue.

Les vêtements de Fo-hi avaient été placés dans une anfractuosité du rocher, rien n'y manquait, pas même le poignard que le Chinois n'avait pas cru devoir emporter avec lui.

Pinson ajouta ses vêtements à ceux de Fo-hi, passa la ceinture de ce dernier autour de ses reins, et prit le poignard oublié en échange de ses pistolets dont il n'avait que faire.

Ainsi affublé, il plongea un regard sous la voûte, mais au moment de se jeter à l'eau, il éprouva une sorte d'hésitation.

— Diable! murmura-t-il, en se parlant à lui-même, il fait noir là-dedans comme chez le diable... et puis, sait-on seulement s'il y a une issue à ce gouffre... c'est peut-être un labyrinthe... Ce gredin de Coupoutaï ne m'avait pas prévenu et je ne sais...

Un éclat de rire strident et moqueur vint l'interrompre au milieu de ses réflexions, il se retourna vivement, et aperçut le philosophe à dix pas derrière lui.

Coupoutaï avait vu As-say, et il était revenu vers son ami le Fan-kouei.

— Eh bien! dit-il à Pinson, vous hésitez?

— Moi! fit Pinson avec aplomb.

— Allons, le voyage ne paraît pas de votre goût.

— Voulez-vous que nous le fassions ensemble?

— Du tout.

— Vous avez donc peur?

— Je ne sais pas nager.

— Alors, je pars seul.

— Êtes-vous donc bien décidé?

— Pardieu!

— Eh bien, allez, mon jeune ami, et pendant votre absence, je veillerai sur vos vêtements.

Pinson se jeta à l'eau, et s'éloigna aussitôt pendant que Coupoutaï, resté seul, se mettait à examiner les diverses parties du costume laissé par Fo-hi.

Une inspection sommaire lui suffit pour le convaincre que ces vêtements étaient en meilleur état que les siens, et cette conviction une fois établie, il fit un choix intelligent de ce qui pouvait aller à sa taille, et troqua sa vieille défroque contre celle de l'amant d'As-say.

Cependant Pinson continuait ses exercices de natation; à mesure qu'il avançait, l'ombre s'était faite plus épaisse autour de lui, et ce n'est qu'avec mille précautions qu'il gagnait du terrain. Il craignait à chaque instant de se briser le front contre les saillies des rochers, et profitait des faibles lueurs qui filtraient des fentes pour s'orienter de son mieux; il espérait d'ailleurs arriver bientôt à l'autre extrémité de la voûte, et prêta l'oreille, pour saisir au passage quelque bruit qui pût le guider plus sûrement.

Pinson était aventureux, mais comme toutes les natures courageuses, il professait une horreur profonde pour les embuscades, et repoussait comme indignes et déloyales toutes les ruses de guerre.

Enfin, après bien des tâtonnements, il arriva à cette sorte d'hémicycle dont nous avons parlé, et, croyant avoir atteint le but de sa course, il en fit deux fois le tour, dans l'espoir d'y trouver une issue.

Mais le rocher opposait de tous côtés une barrière infranchissable, et force lui fut de revenir sur ses pas.

Il s'accrocha alors, tant bien que mal, à une énorme pierre qui formait saillie, et se prit à réfléchir.

— Fo-hi est cependant venu de ce côté, se dit-il à lui-même, il n'a pas pu prendre d'autre direction; il doit donc y avoir ici une issue secrète, que les affiliés seuls connaissent, et c'est cette issue que j'aurais besoin de trouver.

Pinson écouta, mais le silence le plus profond régnait de tous côtés, et l'on n'entendait que le clapotement de l'eau contre les parois du mur, ou les cris des oiseaux sauvages qui passaient, en frôlant leurs ailes contre les rochers.

Quelques minutes s'écoulèrent sans que rien vînt révéler la présence d'aucun être humain. Pinson avait beau écouter et regarder, il ne voyait et n'entendait rien.

— Allons, se dit-il, je ferai mieux de m'en retourner comme je suis venu... il faudra toujours bien qu'il sorte, et je l'attendrai plus agréablement en compagnie de Coupoutaï.

Et il allait s'exécuter de bonne grâce quand un bruit singulier se fit entendre.

Pinson prêta de nouveau l'oreille et ouvrit les yeux.

Une lueur rouge dansait à ce moment sur l'eau, et en suivant la direction de cette lueur, le regard arrivait à une ouverture, sur le seuil de laquelle se dressait nettement la silhouette d'un homme, dépouillé de ses vêtements.

Pinson le reconnut de suite.

C'était Fo-hi.

Ce n'avait été qu'un éclair, la lueur rouge s'éteignit presque aussitôt, mais Pinson avait l'œil vif et prompt, et il ne pouvait se tromper.

Une seconde après un corps tombait dans l'eau, et il entendait distinctement le bruit d'un nageur qui fend l'onde avec vigueur.

Le moment était critique.

Pinson se tenait accroupi à cinq pieds environ au-dessus du canal; Fo-hi devait passer à peu de distance; il s'agissait donc d'épier le moment favorable, et de ne pas lui laisser le temps de se reconnaître.

Pinson prit son poignard entre les dents, s'allongea sur le rocher de manière à n'avoir plus qu'à se laisser glisser, et l'œil ardent, le souffle contenu, il attendit.

Fo-hi avançait; on entendait déjà le bruit pénible de sa respiration, les oiseaux voltigeaient effarés au-dessus de sa tête, l'eau clapotait avec force autour de lui; encore quelques brasses, et il allait passer.

Pinson sauta dans l'eau, en jetant un cri terrible que la voûte répéta plusieurs fois.

Fo-hi s'était arrêté à ce cri, et il se demandait avec inquiétude, mais sans terreur, s'il devait avancer ou reculer.

— Qui es-tu? dit-il enfin d'une voix qui ne tremblait pas.

— Fan-kouei! répondit le Parisien.

— Un traître?

— Non, un ennemi.

— Mais que veux-tu?

— Ah! tu le demandes... s'écria Pinson, eh bien! tu vas le savoir...

Et se guidant sur la voix de son adversaire, il plongea aussi adroitement que possible, et s'armant en même temps de son poignard, il alla donner de la tête et de la lame dans la poitrine de Fo-hi.

Celui-ci poussa un cri de rage autant que de douleur.

Pinson croyait l'avoir tué; il reparut à quelques brasses, ricanant et prêt à recommencer.

Mais le poignard avait porté sur une côte; la blessure était insignifiante, le combat allait devenir terrible...

Les deux adversaires se mesurèrent au milieu de la nuit; Fo-hi avait, lui aussi, tiré son poignard de sa ceinture; et son regard, plus habitué aux sombres profondeurs de la voûte, savait plus sûrement découvrir son ennemi à travers l'ombre.

Il ne le laissa pas attendre; il craignait d'ailleurs une nouvelle attaque de la part de Pinson, et mesurant justement la distance qui le séparait de ce dernier, il fendit les flots avec énergie, et arriva sur lui le bras levé et menaçant.

Mais Pinson l'avait vu venir, les deux bras se rencontrèrent à la même hauteur, et les deux poignards ne firent qu'effleurer l'épaule de chacun d'eux.

C'était à recommencer, Fo-hi était furieux, et Pinson commençait à sentir l'enivrement de la lutte.

Ce combat au milieu des ténèbres, sur un élément qui déroutait facilement toute tactique, présentait d'ailleurs un âpre attrait et empruntait une couleur sinistre aux lieux où il se passait, tout enfin, jusqu'aux cris lugubres des hôtes effrayés de ces cavernes, ajoutait encore à l'horreur d'un pareil spectacle, dont les acteurs seuls ne songeaient pas à s'épouvanter.

Tout à coup, deux cris partirent en même temps, et un silence profond et funèbre lui succéda.

Les deux adversaires venaient de se rencontrer une seconde fois, et aussi désireux l'un que l'autre d'en finir, ils avaient remis leur poignard dans leur ceinture, et s'étaient pris à bras le corps.

Ils pouvaient périr tous deux dans cette lutte suprême et dans le premier moment, étroitement serrés l'un contre l'autre, poitrine contre poitrine, essoufflés, haletants, la rage au cœur et l'injure à la bouche, ils avaient disparu sous l'eau, sans songer au danger que, la lutte finie, le vainqueur allait courir aussi bien que le vaincu...

Quelques secondes se passèrent ainsi, l'eau bouillonnait à la surface, les oiseaux continuaient à tournoyer sous la voûte sonore, et rien ne reparaissait.

Qui pourrait dire le drame déchirant qui se passait sous ce

linceul muet et sourd ? — La mort seule ! — la mort qui, penchée sur le gouffre, regardait et riait...

Enfin, un mouvement plus violent se fit sous l'eau, un murmure étouffé vint mourir à la surface, et un homme reparut...

Cet homme était seul, — ce n'était pas Pinson...

Les Trois Unis.

Une heure après la scène que nous venons de raconter, dans une grotte contiguë à celle de Fo-hi, une trentaine de Chinois, armés de poignards et munis de lanternes, étaient rangés circulairement, impassibles et silencieux, et paraissant attendre l'arrivée de quelqu'un.

La grotte était spacieuse et profonde ; quelques lampes suspendues au plafond y jetaient une lumière douteuse, et l'on n'entendait que les pas réguliers de deux sentinelles placées à la porte principale.

De temps en temps, les sentinelles s'arrêtaient, le mot de *Ko, frère,* passait alors de bouche en bouche, et un nouveau personnage pénétrait dans la salle.

Dans aucun pays du monde, les sociétés secrètes ne sont aussi nombreuses qu'en Chine, et il faut dire que les bonzes sont, d'ordinaire, les actifs recruteurs de ces associations. Cette particularité tient à une cause qu'il est facile d'expliquer.

« Soit dédain, soit crainte, dit Old-Nick, le gouvernement a toujours refusé le concours des prêtres, qu'il s'attache à rendre méprisables. S'ils prennent quelque part une influence qui attire l'attention des mandarins, si les pèlerins à tel ou tel temple deviennent plus nombreux, si certaines formes de culte prennent de la vogue, le fait est signalé à Pé-king, et tout aussitôt un édit arrive, enjoignant aux populations de rester dans leurs districts, sous prétexte que les assemblées religieuses, occasionnant

8₂

une grande perte de temps et d'argent, sont contraires à la morale, et favorisent les associations proscrites par la loi.

« De là vient que le peuple, exclu de la religion de l'Etat, rattache à toutes ses idées d'opposition politique une idée d'association religieuse. Le nénuphar est devenu un symbole de conspiration, parce qu'il est la plante sacrée. La doctrine du Thépur (*Tsin tcha mun Keaou*) a d'innombrables adeptes, ses principes sont ceux de plusieurs autres conspirations du même genre : à demi politiques, à demi religieux. Le 1er et le 15 de chaque mois, les associés se réunissent pour brûler de l'encens. Ils offrent, et c'est de là qu'ils tirent leur nom, ils offrent du thé pur à leurs divinités. Ils s'inclinent pour honorer les cieux, la terre, le soleil, la lune, le feu, l'eau, leurs ancêtres défunts, Bouddha lui-même, et de plus, le fondateur de l'association. Enfin, la société des *Trois-Unis*, la plus nombreuse, la plus active, et la plus puissante, est ainsi désignée comme devant centraliser les trois grands pouvoirs, le ciel, la terre et l'homme (*Tien-ti-jin*), placés en première ligne dans la composition de l'univers.

« Les adeptes de la société des Trois-Unis se cotisent quelquefois pour de simples entreprises commerciales, profitant des ramifications qu'elle a jusque dans les pays étrangers, à Batavia, Singapore, Malacca. Mais plus fréquemment encore, ils organisent un système complet de résistance aux lois, de secours mutuel contre la justice, et de vengeance contre quiconque s'est attiré leur haine. » Comme les francs-maçons européens, ils cachent avec soin ces voies coupables ; ils se traitent de *frères*, et lors de l'initiation seulement, ils jurent de poursuivre les Fan-kouci, et tous ceux qui seraient tentés de les défendre.

Dans le sein de cette association redoutable, l'horreur de l'étranger-dénom a été érigée en vertu politique, et le nombre de victimes qu'ils immolent pour la satisfaction d'un faux sentiment national dépasse tout calcul.

Ce sont donc les membres de l'association des *Trois-Unis* qui viennent se grouper peu à peu dans la grotte dont nous avons parlé. Cette réunion offre un pêle-mêle assez curieux, et où l'on peut retrouver les divers types de ce peuple spirituel.

Il y a de tout un peu, des jeunes gens et des vieillards, des bonzes et des mandarins, des agriculteurs et des officiers de l'Empire, tous les mécontents, tous les ambitieux, tous les croyants naïfs qui s'immoleraient eux-mêmes pour le triomphe de leurs idées, si l'association réclamait d'eux ce sacrifice suprême.

A mesure que la salle s'emplit, les conversations s'engagent à droite et à gauche; les groupes se forment, obéissant instinctivement aux diverses nuances de leurs sentiments; les jeunes avec les jeunes, les ambitieux avec les fous, les mécontents avec les vieillards. On parle de réformes, chacun a sa haine à satisfaire, sa vengeance à exercer, c'est un chœur d'imprécations contre les tendances des mandarins qui protègent les étrangers, et de temps à autre, l'injure monte jusqu'au FILS DU CIEL lui-même!

Cependant, l'impatience semble bientôt gagner tous les rangs; on s'est réuni pour brûler l'encens en l'honneur des trois grands pouvoirs, et le *Ye-ko* (le principal frère) n'est point encore arrivé.

Ce retard a paru inquiétant à quelques-uns, et déjà des murmures circulent, et la peur pâlit les visages.

Un traître se glisse si facilement au milieu des hommes de cœur! la police veille incessamment autour des associations secrètes, peut-être écoute-t-elle en ce moment même aux portes de la grotte, et compte-t-elle ses victimes.

Ces réflexions que chacun se communiquait tout bas avec vivacité n'étaient pas faites pour ramener la confiance; plusieurs songeaient même à fuir des lieux menacés, où ils ne se croyaient plus en sûreté, quand un grand bruit se fit entendre dans le corridor qui conduisait à la grille.

Les voix des sentinelles se répondirent à plusieurs reprises dans les profondeurs des souterrains contigus, et un instant après, Fo-hi apparut sur le seuil de la porte.

Cent cris partirent à la fois, quand on l'eut reconnu.

Fo-hi était pâle, l'eau ruisselait de ses cheveux et de ses vêtements, et de sa main levée il tenait un poignard d'où coulaient quelques gouttes de sang.

Un mouvement s'opéra dans l'assemblée, et un cercle de curieux se rapprocha du *Ye-ko*.

— Parle! frère, qu'y a-t-il? dit un vieillard d'une voix tremblante.

— Sommes-nous menacés? demanda un jeune homme.

— Faut-il frapper, faut-il punir? ajouta un bonze, en promenant autour de lui un regard étincelant.

Pour toute réponse, Fo-hi entr'ouvrit sa robe, et montra aux affidés sa poitrine labourée par une large blessure.

Le sang, en se mêlant à l'eau, avait fait tout autour une énorme tache rouge.

— On t'a frappé!... dit le vieillard, en se voilant la face avec horreur.

— Nomme-nous l'assassin, continua le bonze, et nos poignards en feront prompte justice.

Fo-hi remua la tête, et un sourire où il y avait plus de douleur encore que d'ironie vint plisser ses lèvres.

— L'assassin est un Fan-kouei, répondit-il à voix lente, il a osé franchir le canal souterrain, et si Bouddha ne m'avait protégé, je serais mort à cette heure.

— Mais lui! lui! où est-il?

Fo-hi se tourna alors vers la porte, et sur un signe de sa main, quatre Chinois pénétrèrent dans la grotte, et déposèrent sur un quartier de rocher un énorme sac, sous la toile duquel se dessinait comme une forme humaine.

On coupa le sac, et un cadavre en sortit.

C'était Pinson!...

Pinson, le teint livide, les lèvres blêmes, les yeux éteints et morts, le crâne ouvert et ruisselant d'eau et de sang...

Dans sa lutte avec Fo-hi, il avait donné de la tête sur l'angle d'un rocher, et la violence du coup l'avait mis hors de combat.

Il n'était pas mort pourtant, et à travers ses lèvres entr'ouvertes, passait encore un souffle léger et presque imperceptible.

Le cercle des Chinois se resserra à cette vue, les poignards se levèrent, et chacun voulut avoir l'honneur et la joie de le frapper.

— A mort! à mort! le Fan-kouei, s'écrièrent-ils d'une commune voix.

Mais Fo-hi les contint.

— Cet homme m'appartient, dit-il d'une voix énergique, et nul n'a le droit d'y toucher que le *Ye-ho*...mais ne craignez rien, et vous me connaissez d'ailleurs ; avant que nous nous séparions, le Fan-kouei aura cessé de vivre.

Il y eut alors un moment de silence, pendant lequel Fo-hi fit quelques pas au milieu du groupe principal.

— Tous nos frères sont-ils présents ? dit-il avec un accent d'autorité.

— Tous ! répondit le bonze, qui avait déjà pris la parole.

— Et chacun apporte-t-il son contingent ?

— Chacun de nous a immolé une victime.

— C'est bien ! poursuivit Fo-hi, et j'en remercie la divinité, car le temps est venu où nous aurons besoin du concours énergique de tous les membres de l'association ; les symptômes deviennent de plus en plus menaçants ; les Fan-kouei se montrent chaque jour plus audacieux ; ils ne se contentent plus de Quan-tong, et voilà qu'ils marchent maintenant sur Nan-king, et nous poursuivent nous-mêmes jusque dans nos retraites les plus cachées… Le FILS DU CIEL les couvre, dit-on, de sa protection, les mandarins leur ouvrent eux-mêmes les portes de nos villes… eh bien, c'est à nous, frères, qu'il appartient de veiller sur les traditions du passé, et de repousser par tous les moyens possibles l'invasion des barbares. Êtes-vous bien décidés ?

— Oui ! oui ! dirent cent voix en même temps.

— Et vos bras ne trembleront pas ?

— Non !… jamais !… périssent les Fan-kouei !…

Fo-hi approuva du geste.

— Le Ye-ko sait ce qui se passe au fond des cœurs, et il est content de vous !… continuons donc notre œuvre avec courage, à travers l'ombre, en dépit des obstacles, et un jour, croyez-le bien, frères, le *Royaume du Milieu* reprendra sa splendeur d'autrefois, et la société des TROIS-UNIS centralisera les trois grands pouvoirs.

— Nous le voulons ainsi.

— J'y compte… et maintenant la nuit va disparaître bientôt : séparons-nous, nous nous réunirons de nouveau, le septième jour de la présente lune.

— Mais n'immolerons-nous pas le Fan-kouei avant de partir ? objecta un des assistants.

Fo hi fit un signe affirmatif :

— Vous avez raison... dit-il ; ce sacrifice ne peut que nous rendre Bouddha plus propice ; que chacun s'arme donc de son poignard, et qu'il vienne, à son tour, frapper la poitrine de l'étranger-démon !

L'ordre ne fut pas plus tôt donné, que la procession commença : procession lugubre, où chaque assistant n'avait d'autre désir que de sacrifier à une divinité de sang et de meurtre.

Jamais peut-être Pinson n'avait couru de plus grands dangers... et c'en était fait de lui, si la Providence n'avait eu pitié de son état, et n'avait fait naître un miracle !...

Le premier affidé venait, en effet, de lever sa main armée sur la poitrine nue de la victime, quand un mouvement inattendu s'opéra au dehors ; les voix des sentinelles retentirent sous les voûtes, avec des cris effrayés, on entendit des pas courir sous les corridors sonores, et finalement, un homme entra dans la salle, se précipita sur le Chinois prêt à frapper, et lui arracha son poignard qu'il jeta à terre.

Cet acte inouï d'audace répandit un moment l'étonnement et la stupéfaction parmi les assistants, mais quand on eut reconnu l'homme qui s'en était rendu coupable, des murmures pleins de menaces s'élevèrent de tous les rangs, et quelques-uns des affidés s'approchèrent avec des intentions évidentes de le châtier énergiquement de son insolence.

Cet homme était Coupoutaï.

Malgré l'imminence du danger, le philosophe n'avait pas pâli une minute, son regard conservait la même placidité souriante, et il semblait chercher même, par son attitude dédaigneuse et ironique, à provoquer les injures et les violences.

— Coupoutaï est un faux frère... dit enfin celui qu'il venait de désarmer.

— C'est un traître, ajouta un second Chinois.

— Il faut le punir !... conclut un troisième.

Et à chacune de ces paroles qui s'élevait au milieu du silence général, l'exaspération se développait davantage, et des grondements menaçants parcouraient l'assemblée.

Le philosophe souriait.

— Coupoutaï n'est ni un faux frère, ni un traître, répondit-il d'une voix ferme, et avec un geste éloquent, mais il a le sentiment de sa force, il n'est l'esclave que de la vérité, et il saurait mourir au besoin pour combattre l'erreur et le mensonge...

Et en parlant ainsi, il écarta brusquement les affidés qui l'entouraient de trop près, et marcha vers Fo-hi :

— D'ailleurs, ajouta-t-il d'un ton sévère, qui donc ose ici élever la voix quand le Ye-ko se tait... qui donc ne craint pas de proférer des menaces quand il ne s'est pas prononcé lui-même?... Est-ce ainsi que l'on observe les lois de l'association, et que deviendra la société des Trois-Unis, si chacun peut y commander à son tour, et décréter la mort ou la trahison?...

Les murmures s'apaisèrent comme par enchantement, à ces paroles ; mais l'irritation était aussi profonde, et Coupoutaï n'avait convaincu personne... les mains étaient toujours armées, les regards toujours menaçants.

Le philosophe se pencha vers Fo-hi.

— Fo-hi... lui dit-il alors à voix basse et rapide, il faut que je te parle.

— Que me veux-tu? répondit Fo-hi.

— Je veux la vie de cet homme.

— De l'étranger-démon?

— Je la veux.

— Et tu as cru que je consentirais...

— Je le crois encore.

— Tu es fou... cela ne sera pas.

Coupoutaï lui prit le bras, et l'attira à l'écart :

— Fo-hi, ajouta-t-il d'un ton plus rapide encore et plus bas, tu aimes Li-tsi, n'est-ce pas?

Fo-hi tressaillit :

— Que t'importe? répondit-il.

— Elle est pure comme l'aube d'une belle matinée, elle n'a point aimé encore... son cœur est fermé comme une fleur qui n'a point répandu son parfum... Fo-hi, veux-tu posséder la fille du Tao-sze?

Le Ye-ko se tourna brusquement vers Coupoutaï, et plongea ses deux regards dans ses yeux :

— Quelle est cette nouvelle folie? demanda-t-il, avec un frisson de volupté.

— Réponds! dit Coupoutaï.

— Si je le veux... mais ce désir est insensé désormais, et à cette heure As-say a dû livrer le Tao-sze et sa fille à la justice du mandarin When-ti, son époux.

Coupoutaï fit un signe affirmatif.

— Je sais tout cela, poursuivit-il; seulement, pour une raison que j'ignore, As-say a suspendu provisoirement l'exécution de ses menaces.

— Eh bien?...

— Eh bien, Li-tsi est encore auprès d'elle.

— Mais on ne la quitte pas... on veille sur elle.

— Sans doute.

— Quel moyen alors?

— Un moyen fort simple... puisque c'est As-say elle-même qui te la livrera.

— Li-tsi!

— Je m'y engage.

Fo-hi ne savait plus s'il devait croire à la parole de son interlocuteur, ou s'il devait le prendre pour un fou... cependant, il parlait avec tant d'assurance, toute sa personne respirait un tel air de franchise, que l'espoir était entré dans son cœur, et que le doute était impuissant à l'en arracher.

— Voyons, dit enfin Fo-hi, parle, explique-toi... car tout ce que tu me dis me paraît incompréhensible, et je veux savoir...

Coupoutaï sourit.

— Je m'en doutais, répondit-il avec enjoûment... c'était la seule corde que l'on pût faire vibrer dans ton cœur endurci et je l'ai trouvée...

— Parle! parle! interrompit Fo-hi avec impatience.

Coupoutaï le calma du geste:

— Soit! dit-il, mais tu m'abandonnes le Fan-kouei.

— Je te l'abandonne.

— Tu le jures...

— Sur mes ancêtres!

Coupoutaï s'inclina:

— Bien! poursuivit-il, à mon tour maintenant... As-say a arraché
tout à l'heure de tes mains la fille du Tao-sze...

— C'est vrai.

— Elle t'a menacé... elle t'a chassé de sa présence... elle a
rompu des liens qui vous réunissaient depuis dix années.

— Je ne les regrette pas.

— As-say est jalouse... jalouse de la jeunesse... jalouse de la
beauté... si elle avait pu rire de ton amour, elle ne s'en fût point
irritée...

— Peut-être!

— Eh bien, ce que la maîtresse t'a refusé, Fo-hi, il faut le demander à la mère.

— Que veux-tu dire?

— C'est une vieille histoire.

— Poursuis.

— As-say était alors auprès de When-ti, et elle avait une jolie
enfant qu'elle berçait dans ses bras, et qu'elle aimait, et pour laquelle elle aurait donné toute sa vie, jour à jour, tout son sang,
goutte à goutte.

— Quel rapport? balbutia le Ye-ko, qui commençait malgré lui
à prêter une attention haletante aux paroles du philosophe.

— N'as-tu pas déjà entendu raconter cette histoire? dit ce
dernier.

— Continue.

— C'était la vie d'As-say, et si elle avait conservé cette enfant
que le ciel lui avait donnée, peut-être serait-elle encore aujourd'hui
une épouse heureuse et respectée; mais un jour, cette enfant disparut tout à coup, et on lui fit croire qu'elle avait été enlevée par
des missionnaires, qui l'avaient offerte en sacrifice à leur dieu de
sang et de vengeance.

Pendant que le philosophe parlait, Fo-hi était devenu tout à
coup sombre et taciturne; sa tête s'était penchée sur sa poitrine,
et des rides profondes sillonnaient maintenant son front basané:

— Après? après? dit-il tout à coup d'une voix saccadée, qu'est
devenue cette enfant?

— Par Bouddha! repartit Coupoutaï, la pauvre créature est devenue ce que deviennent tous les enfants perdus.

— Quoi donc?

— Des enfants trouvés.

— Elle n'est donc pas morte?

— Elle vit!

— Mais où est-elle?

Le philosophe leva l'index de la main droite à la hauteur de son nez, et l'agita plusieurs fois de droite à gauche :

— Ceci est mon secret, répondit-il, et je le garde.

— Mais tu avais promis...

— J'avais promis de te fournir le moyen de posséder Li-tsi, et ce moyen, je te le donne; As-say ne refusera rien à celui qui lui parlera de sa fille vivante.

— Mais si elle veut savoir ?

— Invente!

— Tu as raison... elle oubliera tout pour ne songer qu'à sa fille...

— Ainsi tu acceptes?

— J'accepte.

— Et le Fan-kouei m'appartient.

Le Ye-ko remua la tête d'un air soucieux.

— Une chose m'inquiète, répondit-il.

— Laquelle ?

— Nos affidés.

— A quel propos?

— Cette vengeance leur avait été promise.

— Et tu ne sais comment la leur reprendre? eh bien, laisse-moi faire, ne me démens pas, et avant quelques minutes, ils ne demanderont pas même où est l'étranger-démon.

Et sans attendre l'assentiment de Fo-hi, Coupoutaï se tourna vivement vers les assistants, qui attendaient avec patience le résultat de leur entretien :

— Frères, dit-il aussitôt, le Ye-ko m'a expliqué les motifs grave qui ont appelé votre vengeance sur la tête de cet étranger. Tout ce que fait la société des *Trois-Unis* est juste, et Bouddha lui-même bénit vos poignards, seulement, laissez-moi vous apprendre auparavant les nouvelles que j'apportais quand j'ai si maladroitement interrompu vos sacrifices.

— Quelles nouvelles ? hasardèrent plusieurs voix.

— Elles sont importantes.

— Dites-les.

— Depuis plusieurs jours, l'association est surveillée par les envoyés du FILS DU CIEL. Vous avez entendu parler de Ping-si, c'est un homme audacieux, entreprenant, redoutable ; ses espions le servent avec zèle, et il n'ignore rien de ce qui se passe dans tout l'empire.

— Eh bien ?

— Eh bien, j'ai laissé Ping-si et ses hommes à peu de distance du canal.

— Il sait donc que nous nous réunissons ?

— Il le sait, il a pris toutes ses mesures, d'un moment à l'autre il peut paraître parmi nous ; mais qu'importe, ne nous laissons pas intimider par de pareilles appréhensions, bravons courageusement les dangers dont on nous menace, et continuons notre œuvre sous les fusils mêmes de nos ennemis.

Ce petit discours avait été prononcé avec une emphase parfaitement en situation ; mais il ne produisit pas l'effet qu'on aurait pu en attendre ; les lanternes s'éteignirent tout à coup, une à une, comme d'un commun accord, et peu après, on entendit tous les membres de l'assemblée glisser dans l'ombre, et gagner les corridors à pas rapides.

Les sentinelles avaient commencé, et les autres les avaient suivies ; cinq minutes après, il ne restait plus dans la salle que le philosophe et Pinson.

Fo-hi lui-même avait disparu, c'est ce que voulait Coupoutaï ; sa ruse avait été couronnée d'un plein succès.

Dès qu'il se trouva seul, le philosophe ne perdit pas de temps, et il se mit aussitôt en devoir de rendre à Pinson les soins que réclamait son état.

Le pauvre jeune homme avait été fort maltraité, et un rapide examen convainquit Coupoutaï que les blessures de son ami étaient des plus dangereuses.

Pinson n'avait pas rouvert les yeux, il n'était pas sorti de son évanouissement, et continuait à perdre beaucoup de sang.

Cependant le cœur battait encore. Coupoutaï étancha le sang

qui coulait de son front, banda tant bien que mal sa blessure, et
cherncha enfin, par tous les moyens connus, à le rappeler à la vie.

Mais il n'était pas médecin, il prenait d'habitude si peu de
soin de sa personne, qu'il se trouvait inhabile à rendre des soins
aux autres. L'état de Pinson était cependant fort grave, chaque
minute de retard pouvait l'aggraver encore ; Coupoutaï ne savait
plus à quelle divinité se vouer.

Tout à coup, il se frappa le front avec vivacité, une idée lui était
venue, et il allait se hâter de la mettre à exécution.

Il prit aussitôt le blessé dans ses bras, le posa à terre le plus
doucement possible, et lui fit un oreiller du sac roulé en deux.

Puis, après avoir une fois encore écouté son cœur battre dans
sa poitrine, il s'empara de sa lanterne, et gagna la porte de la
grotte.

— Allons! murmura-t-il en s'éloignant, l'idée est bonne, je ne
suis, moi, qu'un fort méchant médecin, et je sais bien celui qu'il
lui faut.

Et il disparut.

Son absence ne fut, au surplus, que de très courte durée, car
un quart d'heure plus tard, tout au plus, il reparaissait avec sa
lanterne d'une main, et conduisant de l'autre la petite Pé-tchi-li.

C'était là le médecin qu'il amenait à Pinson.

Pour un philosophe, l'idée n'était, en effet, pas trop mauvaise.

Les Amours de Pinson.

A peine entré dans la grotte, Coupoutaï tira la bougie de sa lanterne, et en approcha la lumière du blessé.

Pé-tchi-li le suivait avec curiosité ; le philosophe l'avait entraînée sans lui dire de quoi il s'agissait, et elle était vivement intriguée du mystère dont il s'entourait.

— Enfin, où me conduisez-vous ? lui dit-elle, avec un commencement d'impatience.

— Tu vas le savoir, répondit Coupoutaï.

— Pourquoi ne me l'avoir pas dit tout de suite ?

— J'ai craint que l'émotion ne ralentît ta marche.

— Que se passe-t-il donc ?

— Un malheur, qui est arrivé à un de tes amis.

— Un malheur ?

— Une blessure, du moins.

— Mais de qui voulez-vous parler ?

— Du Fan-kouei.

Pé-tchi-li poussa un cri, écarta vivement le philosophe, et se précipita vers Pinson.

— Lui ! s'écria-t-elle, en joignant les mains, et en tombant à genoux près du Parisien.

Puis, apercevant le sang qui coulait de son front :

— Mais il est blessé, ajouta-t-elle avec effroi, ses joues sont pâles ; voyez, Coupoutaï, la sueur perle sur ses joues... Ah ! il est mort peut-être...

Coupoutaï chercha à la calmer du geste.

— Pour cela, répondit-il, je n'en crois rien.

— Mais voyez donc!...

— Je vois qu'il est dans un triste état ; mais je connais les natures, Pé-tchi-li ; l'âme est saine et le corps robuste, ça décourage vingt fois la mort avant de se laisser emporter.

— Vous croyez alors qu'on peut le sauver?

— Non-seulement je le crois, mais j'ajouterai que toi seule peux le rappeler à la vie.

— Comment?...

Le philosophe hocha la tête :

— A ton âge, Pé-tchi-li, répondit-il, une femme a beau cacher son secret au plus profond de son petit cœur, le secret déborde bientôt, et éclate dans toute sa physionomie ; tout parle en elle de ce qu'elle voudrait dissimuler, et elle continue de le cacher encore, que tout le monde l'a depuis longtemps deviné dans sa voix, dans ses gestes, dans ses regards.

Pé-tchi-li fit un triste sourire.

— Et qu'avez-vous deviné?... murmura-t-elle, en devenant rêveuse.

— Ce que je savais depuis que j'ai l'âge de raison.

— Quoi donc?

— Qu'une femme doit toujours aimer quelque chose ou quelqu'un.

— Et vous croyez...

— Je crois que cet homme souffre, Pé-tchi-li, qu'il attend tes soins, et que chaque minute de retard peut lui être fatale... Or, tu es habile, dit-on, dans l'art de guérir... Eh bien, ne perds pas de temps, et sauve-le si tu le peux encore...

Pé-tchi-li se tourna vivement du côté de Pinson, se prit à l'examiner plus attentivement, et écouta son cœur battre.

— Il vivra, dit-elle un instant après.

— Tu en es sûr?

— Je le sauverai.

— Mais que faut-il faire?...

— Rien... dans quelques secondes il va revenir à lui, il a perdu beaucoup de sang, mais ses blessures sont moins graves qu'on ne pourrait le croire, et j'ai sur moi un élixir qui lui rendra la force qu'il a perdue...

Seulement, ajouta la jolie fille, l'air que l'on respire ici est trop lourd pour sa poitrine ; à tout prix, il faudra le transporter dehors.

— N'est-ce que cela ? repartit Coupoutaï, je m'en charge, mais faisons silence. — Il me semble qu'il vient de rouvrir les yeux. — Approchons-nous de lui, et ne le quittons plus.

Pinson venait, en effet, de faire un mouvement, le sang commençait à circuler dans ses veines ; la pâleur livide de ses lèvres avait disparu peu à peu, les pommettes de ses joues s'étaient colorées, et il avait rouvert les yeux.

Mais dans le premier moment, son regard, trop faible encore, ne put percer l'obscurité qui régnait dans la grotte, il ne se rappelait d'ailleurs que confusément ce qui s'était passé, et il ne reconnut pas tout de suite l'homme et la femme agenouillés près de lui...

Mais insensiblement il s'habitua à cette obscurité, et à l'aide de la faible lumière que répandait la bougie, son regard s'attacha avec une fixité obstinée sur Coupoutaï d'abord, puis enfin sur la petite Chinoise.

Il leur tendit les mains à tous deux.

La voix manquait encore, mais le sentiment était revenu.

— Ne remuez pas, dit vivement Pé-tchi-li, en posant doucement son doigt blanc sur ses lèvres roses, nous sommes vos médecins, et vous nous devez obéissance ; Coupoutaï et moi, nous resterons auprès de vous, et nous ne vous quitterons que lorsque vous serez tout à fait guéri ; mais d'ici là il faut être sage, et nous promettre de ne pas faire d'imprudence.

Pinson fit un signe de tête qui équivalait à une promesse, et serra une seconde fois les jolies mains de la petite Chinoise dans les siennes. — Puis, comme son regard se tournait avec inquiétude et curiosité vers le fond de la salle :

— Est-ce Fo-hi que vous cherchez ? demanda Coupoutaï avec un sourire.

Pinson fit un signe négatif.

— Au fait, poursuivit le philosophe, vous n'y tenez pas, et

vous avez bien raison, c'est de nos amis plutôt que vous désirez avoir des nouvelles...

Pinson approuva du geste.

— Quant à ceux-là, dit le philosophe, on n'a jamais pu savoir ce qu'ils sont devenus... Le Tao-sze a disparu, Ping-si est parti, et Tittmarsh, qui a retrouvé la parole, a probablement suivi le mystérieux étudiant. Mais soyez sans inquiétude... Ping-si est un homme adroit, puissant, énergique, et il sait se tirer d'un mauvais pas... quand vous serez sur pied, nous le retrouverons facilement.

Cependant Pé-tchi-li avait déchiré son écharpe, et en avait bandé le front de Pinson; ses autres blessures étaient peu graves, elle étancha le sang avec soin, et versa sur ses lèvres quelques gouttes d'un flacon qu'elle portait sur elle.

Ce breuvage parut reconforter le blessé, qui essaya de se soulever et de se placer sur son séant.

— Que vous êtes bonne et combien je vous aime, dit-il alors à Pé-tchi-li, d'une voix émue et faible... et tenez, je suis presque heureux du malheur qui m'arrive, puisqu'il va me permettre de vivre quelque temps près de vous.

— Vous voyez! repartit Pé-tchi-li, d'un air mutin, et avec une petite moue qui lui allait à ravir, voilà déjà que vous désobéissez.

— Aussi, pourquoi demander à un amoureux d'être sage, objecta Coupoutaï.

— Ne me grondez pas!... fit Pinson.

— Il faut vous taire, interrompit le philosophe.

— Et dormir!... ajouta la petite Chinoise.

— Ah! vous êtes cruels.

— Non, le repos peut seul vous rendre les forces que vous avez perdues... et d'ailleurs, s'il faut tout vous dire, je déclare que si vous n'êtes pas sage, je ne resterai pas un instant de plus près de vous!

Pinson se tut. Il était si faible encore, qu'il n'avait pas même de volonté; d'ailleurs, il comprenait lui-même que le sommeil devait, ainsi qu'on le lui disait, réparer ses forces; en outre, il était très fatigué; sa lutte avec Fo-hi l'avait brisé, ses yeux ne tardèrent pas à se fermer d'eux-mêmes, et quelques minutes après, il s'endormit paisiblement sous les regards attentifs de ses deux amis.

Quand il se réveilla le lendemain, il était déjà plus dispos que la veille; sa fièvre s'était apaisée, il demanda de lui-même à respirer un peu d'air pur, et sentit les premiers aiguillons de la faim.

— Nous avons avisé à tout cela, dit Coupoutaï, dans quelques instants, nous sortirons de la grotte pour n'y plus revenir. C'est l'ordonnance du médecin...

Et en parlant ainsi, le philosophe regardait Pé-tchi-li du coin de l'œil.

— Mais pour ce qui est de manger, ajouta-t-il, nous le défendons absolument; vous avez un reste de fièvre, nous manquons de vivres; j'espère que vous trouverez ces deux raisons suffisantes.

— Alors, nous allons partir.

— Dans un instant.

— Et vous m'accompagnerez tous les deux ?...

— Jusqu'en France, s'il le faut.

Ils partirent.

Pinson se soutenait assez bien, et s'aidait tantôt du bras de Coupoutaï, tantôt de celui de Pé-tchi-li.

Le premier jour, le trajet ne fut pas long, il fallait ménager les forces du blessé, et l'on s'arrêta avant la fin de la journée au milieu d'une campagne ravissante, semée çà et là de petites maisonnettes où Pé-tchi-li, pour quelque menue monnaie, trouva un dîner passable à offrir à ses compagnons.

La jolie enfant se multipliait pour plaire au Fan-kouei; elle avait si peu fait encore usage de son cœur, qu'elle ignorait ce qui s'y passait. — C'était un monde nouveau pour elle, et vingt fois, elle s'était surprise à rougir et à tressaillir, sans qu'elle eût pu dire à quelle cause attribuer de pareils symptômes.

Le lendemain, le paysage changea tout à coup d'aspect, et ils se trouvèrent, au bout d'une heure de marche, transportés, comme par enchantement, dans un pays aride, coupé de montagnes nues et déchirées à leur cime par des pointes de rochers volcaniques.

Pinson allait de mieux en mieux; l'air pénétrant et vif de la campagne avait activé le sang dans ses veines, les couleurs étaient

9.

revenues à ses joues, et son pas s'appuyait maintenant plus ferme sur le sol.

Quand vint l'heure du déjeuner, il se rapprocha de Pé-tchi-li, et, tout en lui faisant observer qu'il ne voulait en aucune façon que sa présence lui devînt onéreuse, il lui remit quelques pièces pour subvenir aux dépenses de la journée.

Coupoutaï avait suivi ce détail de ménage avec un vif intérêt, et quand il vit Pinson se disposer à remettre son argent à la petite Chinoise, il l'arrêta :

— Qu'allez-vous faire? dit-il d'un air mécontent.

— Mais vous le voyez bien, répondit Pinson.

— Et vous comptez employer votre argent à payer notre dîner?

— Pardieu!...

Le philosophe haussa les épaules.

— Je vous croyais plus ingénieux, dit-il avec une pointe de malice.

Pinson le regarda.

— Que voulez-vous dire?... murmura-t-il d'un ton douteux.

— Je veux dire que j'avais plus de confiance dans votre imagination, répondit Coupoutaï.

— Je ne vous comprends pas.

— C'est clair pourtant.

— Expliquez-vous.

— Eh bien! il me semble qu'il est peu spirituel de jeter ainsi son argent par les fenêtres, quand on peut le garder pour des besoins plus urgents...

— Vous avez donc un autre moyen?

— Dieu n'abandonne jamais sa créature.

— Enfin, vous avez l'espoir de vous procurer des vivres sans délier les cordons de votre bourse?

— Et où serait le mérite, si nous offrions en échange un métal qui vaut vingt fois davantage?

Pinson opina du bonnet.

— Ce que vous dites ne manque pas de justesse, répondit-il et je ne demande pas mieux que de vous seconder.

— Les imbéciles ont été créés pour nourrir les gens d'esprit.

— Soit! mais il faut trouver des imbéciles.

Coupoutaï l'interrompit par un éclat de rire.

— Oh! ce n'est pas cela qui manque en Chine, répliqua-t-il, et je croirais faire tort à votre pays, si je pensais qu'il n'en est pas de même en France.

Pinson ne put s'empêcher de sourire lui-même à cette repartie.

— Au fait! dit-il, votre raisonnement me plaît; vous êtes un homme de ressources, et, quoique votre morale me paraisse un peu légère, j'aurais mauvaise grâce à vous contrarier en ce moment.

Tout en causant de la sorte, nos trois personnages marchaient avec ardeur à travers un pays aride, couvert d'une végétation souffreteuse, et où rien ne révélait la présence de l'homme.

— Voilà qui est singulier! fit tout à coup Coupoutaï, comme se parlant à lui-même.

— Nous sommes refaits... compléta Pinson.

— Cependant, j'ai traversé souvent ces montagnes.

— On les aura changées de place.

Coupoutaï ne prit pas garde au ton railleur de son interlocuteur, et jeta un œil perçant autour de lui.

Ils venaient de s'arrêter sur un plateau d'où l'on dominait tout le pays dans un rayon de deux lieues: le philosophe y plongea son regard à plusieurs reprises, mais sans obtenir d'abord un résultat satisfaisant.

Tout à coup cependant, il poussa un cri, et saisit le bras de Pinson.

— Qu'y a-t-il? dit ce dernier.

— Là-bas! voyez, répondit le philosophe en étendant la main vers l'horizon.

— Je ne distingue rien.

— Une fumée blanche s'élève d'une petite maison cachée derrière des citronniers... voyez-vous?

— J'y suis.

— Eh bien, c'est là qu'il nous faut aller.

La maison que désignait Coupoutaï était située à une petite lieue environ de l'endroit où ils se trouvaient. — Pinson et Péchi-li étaient déjà bien fatigués de leur première course, mais l'espoir de trouver enfin ce qu'ils cherchaient ranima leurs

´orces, et ils suivirent le philosophe, quand il se remit en marche.

Ce dernier trajet s'effectua d'ailleurs en fort peu de temps, et trois quarts d'heure après, ils atteignaient le but.

Le jour n'avait pas complétement disparu ; seulement le soleil descendait lentement à l'horizon, et la nuit allait bientôt répandre ses voiles sur la campagne.

Il était temps qu'ils arrivassent.

— Laissez-moi faire, dit alors Coupoutaï à ses compagnons, d'une voix rapide et basse, contentez-vous de me regarder, et prenez garde seulement à ne pas me trahir.

Puis, ces recommandations faites, il marcha vers la maison, et frappa à la porte.

La porte s'ouvrit aussitôt, et une tête regarda curieusement au dehors.

— Que voulez-vous?... dit la tête, en fixant Coupoutaï, qui était en évidence.

— Nous sommes de pauvres étudiants, répondit le philosophe, de son air le plus humble, et nous nous rendons à Pé-king, pour y passer nos examens... Nous nous sommes trouvés égarés dans ces montagnes, et nous venons vous demander l'hospitalité pour quelques heures.

— Notre maison n'est point une auberge, repartit l'hôte.

— Je le sais...

— Nous n'avons pas l'habitude de recevoir les vagabonds.

— Nous ne sommes point des vagabonds, objecta Coupoutaï, si nous vous demandons de nous laisser passer la nuit sous votre toit, c'est que nous avons l'intention de reconnaître cette hospitalité autrement qu'avec des prières et des remercîments.

En parlant ainsi, le philosophe adressa un signe à Pinson, et ce dernier fit sonner adroitement les quelques pièces de monnaie qu'il avait dans la poche.

Le Chinois ouvrit l'oreille à cette musique, et entrebâilla la porte.

— Entrez donc, dit-il, puisqu'il en est ainsi, et soyez les bien-venus, si vous venez avec des intentions honnêtes.

— Coupoutaï, Pinson et Pé-tchi-li entrèrent sur cette invitation, et le philosophe se confondit en un déluge de paroles d'une reconnaissance exagérée.

— Vous êtes pour nous, lui dit-il avec emphase, comme un vaisseau bienfaisant ; les étudiants ne sont pas riches, mais ils ont un cœur reconnaissant, et jamais, dussions-nous vivre cent ans, nous n'oublierons les bienfaits dont vous nous accablez... -

Le Chinois ne parut pas s'étonner de l'exagération de ces paroles, et comme il se disposait à sortir, pour appeler quelques-uns de ses serviteurs, le philosophe le suivit, en renouvelant toujours ses formules de politesse.

Toutefois, ce manége, dont Pinson cherchait en vain à pénétrer le mystère, avait vraisemblablement un but secret, car Coupoutaï n'eut pas plus tôt atteint la porte qui communiquait à la basse-cour, qu'on le vit s'élancer plus rapidement sur les pas de son hôte, et pousser bientôt un cri, en levant les bras au ciel.

Pinson se demanda un moment si le philosophe n'était pas devenu fou, et il se hâta de le suivre, pour éclairer ses soupçons.

Mais ce fut bien un autre spectacle, quand ils furent arrivés sur le seuil de la basse-cour, et qu'ils aperçurent leur compagnon, agenouillé sur le sol, et tenant dans ses bras une énorme poule à laquelle il prodiguait les caresses les plus étranges.

— Cet homme est stupide!... s'écria Pinson avec mauvaise humeur.

— Silence! fit Pé-tchi-li, qui commençait à avoir un vague instinct de la vérité.

— Mais il va nous compromettre.

— Il est trop adroit...

— Enfin, où veut-il en venir, avec sa pantomime ridicule ?

Cependant l'hôte de la ferme et ses serviteurs étaient accourus se ranger autour de Coupoutaï, et les serviteurs montraient le philosophe à leur maître, avec des gestes empruntés à la plus profonde stupéfaction.

L'hôte regardait d'un air hébété. Moins subtil que Pé-tchi-li, ou moins rompu à toutes les ruses de la vie d'aventures, l'honnête Chinois ne comprenait rien encore à l'attitude de Coupoutaï, qu'il prenait pour un fou.

Enfin ce dernier releva la tête, et tourna vers les assistants son visage contristé et joyeux à la fois, laissant voir ainsi deux vraies larmes qui coulaient le long de ses joues.

L'hôte se sentit ému à ce spectacle, et fit quelques pas vers le philosophe.

— Qu'avez-vous, mon ami, lui dit-il avec intérêt, et d'où vous vient cette douleur?

Coupoutaï ne se relevait pas encore; la poule continuait à se débattre dans ses bras, et il l'accablait de caresses, tout en la serrant énergiquement contre sa poitrine, pour l'empêcher de prendre la fuite.

— Mais vous allez la rendre furieuse! objecta le Chinois.

— Elle! dit Coupoutaï, en la considérant d'un œil attendri.

— Elle roule déjà des yeux égarés.

— C'est qu'elle m'a reconnu.

— Que dites-vous!...

Il y eut un silence. — Coupoutaï venait de se lever; il se rapprocha de son hôte.

— Tenez, lui dit-il, d'une voix grave et presque solennelle, croyez-vous à la métempsychose?

— Oui, certes...

— Vous êtes persuadé, n'est-ce pas, que l'âme de la créature ne meurt pas, et qu'après notre mort, elle va habiter le corps d'autres animaux, plus ou moins élevés dans l'ordre de la création?

— C'est ce que nos bonzes nous enseignent.

— Et ils ont raison.

— Je le crois.

— Eh bien! mon ami, jugez quelles ont été tout à l'heure ma joie et ma douleur... quand, en pénétrant dans votre cour, j'ai reconnu dans cet animal inférieur...

— Qui donc?

— Une de mes plus proches parentes.

— Est-ce possible?

— La tante de ma seconde femme...

Le Chinois leva les mains au ciel comme pour le prendre à témoin de sa stupéfaction, et la poule effrayée poussa en même temps un cri plaintif.

— Vous l'entendez! fit Coupoutaï avec un sanglot.

— Cela fend le cœur... répondit le Chinois.

— Que vais-je devenir, quand il faudra m'en séparer tout à l'heure?

— Le pauvre homme!...

— Ah! c'est maintenant surtout que je regrette de n'être qu'un pauvre étudiant... je vous aurais payé ma tante au poids de l'or.

— Y pensez-vous!...

— Que la déesse Merci me prenne en pitié... je vais travailler... je deviendrai riche aussi, et quand j'aurai amassé assez de *taels*, soyez certain que vous me verrez revenir près de vous.

Le Chinois hésitait... un combat solennel se livrait dans son cœur, entre sa pitié et son avarice. La poule était superbe, et elle rendait de grands services à la ferme; mais, d'un autre côté, comment rester insensible à la douleur d'un neveu si désolé.

Enfin, il fit un suprême effort sur lui-même, et prit les mains de Coupoutaï qu'il serra avec effusion dans les siennes.

— Eh bien! non, s'écria-t-il avec élan, il ne sera pas dit que j'aurai vu couler vos larmes sans m'en sentir touché... Bouddha me saura gré de ce sacrifice, et je n'aurai pas le remords d'avoir séparé deux parents si heureux de se revoir... allez donc, mon ami, je n'ai pas besoin de vos taels, et Taï-kung est assez riche pour vous rendre votre tante sans vous la faire payer.

Taï-kung achevait à peine ces paroles, que Coupoutaï, ayant passé la bête à Pinson, s'agenouillait aux pieds de son hôte, et renouvelait ses remercîments emphatiques.

— Allez, dit-il alors à Pinson, prenez les devants, je vous rejoindrai dans quelques minutes... en attendant, le vertueux Taï-kung ne refusera pas de me laisser visiter les lieux témoins de la captivité de ma tante...

Ce souhait paraissait trop naturel pour que le Chinois, qui avait déjà tant fait, se refusât à le satisfaire.

Pinson et Pé-tchi-li prirent donc congé de leur hôte, et se hâtèrent de gagner la campagne.

Coupoutaï ne les fit pas d'ailleurs longtemps attendre, et un quart d'heure après, ils le virent accourir en toute hâte de leur côté.

— Eh bien! dit le philosophe dès qu'il les eut rejoints, ne vous avais-je pas dit que nous n'aurions pas besoin de l'argent du Tao-sze?...

— C'est vrai ! fit Pinson... mais avec une poule, le dîner sera maigre.

— Bah ! nous l'accompagnerons d'un poulet.

— Et où le trouverons-nous ?

Pour toute réponse, Coupoutaï tira prestement de sa poche un objet qu'il présenta à son interlocuteur.

— Un poulet ! s'écria Pinson, Taï-kung vous l'a donné ?

— Non pas.

— Mais c'est un vol.

— Voilà un vilain mot.

— Cependant, il n'est pas venu de lui-même.

— Non... dit Coupoutaï, mais je lui ai trouvé un air de famille.

— Toujours votre métempsychose.

— N'en dites pas de mal... puisque c'est elle qui nous permettra de faire ce soir un bon dîner...

Pinson fit un geste insouciant.

— Au fait ! dit-il, vous avez raison ; à la guerre comme à la guerre, et d'ailleurs, ce qui est fait est bien fait.

Où Fo-hi montre son savoir-faire

Li-tsi, arrachée par miracle aux violences de Fo-hi, avait été conduite dans la retraite occupée par As-say, et cette dernière n'avait pas tardé à l'y rejoindre, après avoir rompu avec son amant.

Elle était sourdement irritée, et contre elle-même, et contre Fo-hi, et contre cette jeune fille, cette chrétienne, qui était venue se jeter à l'encontre de tous ses projets. Une amertume sans nom emplissait son cœur, elle sentait un cruel désespoir troubler son esprit, elle avait besoin de vengeance.

Elle trouva Li-tsi, seule, agenouillée, et priant Dieu avec ferveur.

La jeune fille avait eu peur ; les tentatives de Fo-hi lui avaient jeté au cœur une épouvante indicible, et chaque bruit qu'elle entendait la faisait tressaillir, et elle s'attendait à chaque instant à le voir reparaître.

Elle priait Dieu !

C'était sa suprême consolation ; son père n'était plus auprès d'elle, elle ne savait ce qu'il était devenu, elle avait mille inquiétudes, et personne n'était auprès d'elle pour relever son courage et lui rendre la force de supporter les terribles épreuves dont elle était menacée.

Et puis, il y avait autre chose encore.

Un souvenir bien triste, une illusion perdue, un sentiment auquel elle n'aurait pas su donner un nom, mais qui s'était emparé de tout son être avec une puissance inouïe et sans partage.

Ping-si avait disparu ; il avait promis cependant de la protéger et de la défendre, il n'était plus là, on ne l'avait plus revu, son dévoûment s'était lassé, il avait oublié sans doute.

Singulière inconséquence du cœur de la femme.

La veille encore, la pauvre enfant n'osait songer à son mysté-rieux protecteur ; chaque fois que son image se présentait à son souvenir, elle cherchait à étouffer les battements de son cœur ; elle regardait comme un crime cette tendresse ineffable qu'elle ressen-tait en elle, au seul nom de Ping-si, et cette coupable rougeur qui montait à son front chaque fois que le nom était prononcé devant elle.

Et pourtant, depuis qu'il avait disparu, elle aimait à se rappe-ler ses traits, elle écoutait le son de sa voix, elle adorait son port altier, et les lignes si pures et si loyales de son visage ; son trou-ble ne l'effrayait plus, et elle trouvait même un amer plaisir à re-passer un à un tous les souvenirs de son dévoûment chevaleresque.

Qu'était-il devenu cependant ? Li-tsi ne pouvait penser qu'il l'eût voulu tromper. Plus que jamais, elle avait besoin de croire à la sincérité de son amour, et elle se perdait en mille conjectures, qui toutes contribuaient à augmenter ses inquiétudes.

La vue d'As-say la rappela pour un instant à la réalité, et dès qu'elle la vit entrer, elle se leva vivement et courut à elle, les bras tendus.

— Ah ! vous m'avez sauvée de la honte !... lui dit-elle, en cher-chant à baiser ses mains dont elle s'était emparée, et si Dieu écoute ma prière, il vous bénira.

— Ton Dieu n'est pas le mien, répondit As-say, en retirant brusquement ses mains, et le mien n'écoute pas les Fan-kouei.

— Vous me repoussez !...

— Relève-toi.

— Pourquoi ne voulez-vous pas que je vous témoigne la re-connaissance que je vous ai vouée ?

— La reconnaissance des Fan-kouei est un poison subtil.

— Mais je ne demande qu'à vous aimer.

— Moi, je te hais, et te méprise.

Li-tsi cacha un moment sa tête dans ses mains, et quand elle la releva, deux larmes coulaient le long de ses joues.

— Ah ! je le vois bien, dit-elle, d'un accent brisé, vous êtes
irritée contre moi, parce que votre époux m'aime.

— Je n'ai plus d'époux, répondit As-say, d'une voix sombre.

— Mais je l'ai repoussé cependant.

— Qui me l'assure ?

— Vous ne me croyez pas ?

— Tais-toi.

— Je vous irrite encore.

— Tais-toi, te dis-je.

Et As-say se mit à parcourir la chambre à pas rapides : mille
sentiments pénibles l'agitaient ; ses tempes battaient avec force,
un voile de sang obscurcissait ses yeux.

Li-tsi la regardait passer et repasser, sans mot dire ; l'irritation
de cette femme l'intéressait plus qu'elle ne l'eût voulu peut-être ;
elle s'étonnait elle-même de l'émotion qu'elle éprouvait, et une
profonde pitié s'élevait de son cœur à la vue de cette douleur
étrange.

Elle voulut tenter un dernier effort, et courut une seconde fois
vers elle.

— Ah ! tenez, dit-elle, comme éclairée par une idée soudaine,
il se passe en vous quelque chose d'extraordinaire, et l'action de
Fo-hi n'est pas la seule dont le souvenir torture et déchire votre
cœur.

As-say s'arrêta tout à coup à ces paroles, et fixa un moment la
jeune fille.

C'était la première fois peut-être qu'elle la regardait ainsi, et
elle tressaillit.

— Que me veux-tu encore ? dit-elle, avec un dernier reste de
brusquerie, et tout en continuant de la regarder avec une profonde
attention.

— Ce que je veux, répliqua la jeune fille, je veux vous rendre
le calme.

— Que t'importe ?

— Vous souffrez.

— Qui te l'a dit ?

— Oh ! je le sais.

— Quand cela serait ?

Li-tsi eut un triste sourire, elle baisa les mains d'As-say, qui la laissa faire :

— Tenez, poursuivit-elle aussitôt, et en levant vers elle ses yeux où tremblaient deux belles larmes éloquentes, vous n'avez jamais eu d'enfant sans doute ?

— Moi ! fit la malheureuse mère, en frissonnant de tous ses membres.

— Qu'avez-vous ? dit Li-tsi.

Puis, comme As-say se taisait sombre et oppressée :

— J'ai évoqué peut-être un souvenir douloureux, ajouta-t-elle.

— Je n'ai plus de fille, répondit As-say.

— Elle est morte !...

Il y eut un silence. On entendait le cœur d'As-say battre dans sa poitrine, Li-tsi n'avait pas quitté ses mains ; les deux femmes étaient en proie à une agitation violente.

— Pauvre femme ! reprit Li-tsi un instant après, cet amour a manqué à votre vie... Si vous saviez, je ne suis qu'une étrangère auprès de vous, et pourtant je me sens le cœur plein de larmes...

— Moi, je n'ai plus de cœur ! dit As-say.

— Pourquoi ne pleurez-vous pas ?

— Je n'ai plus de larmes... ils m'ont tout pris... tout enlevé, et je suis restée seule au monde, avec ma douleur et ma haine...

— Ah !... vous avez souffert ! s'écria Li-tsi, en se relevant, la vie a été cruelle pour vous, et Dieu vous tiendra compte des douleurs dont vous avez été abreuvée.

— Le ciel n'a pas eu pitié de moi.

— Vous ne l'avez pas prié.

— Je l'ai maudit.

— Oh ! ne blasphémez pas !... Voyez... ma vie a été triste, aussi, je n'ai jamais reçu les baisers de ma mère ; elle est morte en me donnant le jour, et je l'ai pleurée sans la connaître...

— Pourquoi cela ? dit As-say, qui, malgré elle, prenait un intérêt singulier à cet entretien.

— Pourquoi ? repartit Li-tsi, parce que dans l'isolement où je me trouvais, après mon père, je n'avais qu'elle à aimer... c'est alors que l'on m'a appris à prier Dieu... et chaque soir, quand ma prière tombe de mes lèvres, il me semble que je ne suis plus seule... qu'elle me regarde... et j'entends sa voix, et soit illusion, soit réalité, quelquefois j'ai cru sentir son baiser se poser sur mon front...

— Mais votre père...

— Oh! il est bon et je l'aime...

— Il ne vous quitte pas.

— Sans doute.

— Et il vous aime aussi.

— Je suis tout son amour... mais quel sentiment peut remplacer l'amour d'une mère... je l'aurais tant aimée, si je l'avais connue... si elle avait été malheureuse, comme vous voilà, je l'aurais consolée, j'aurais prié Dieu avec elle, nous aurions pleuré ensemble.

— Pauvre enfant! murmura As-say.

— Ah! je vous attendris... s'écria Li-tsi.

As-say pressa son front de ses deux mains brûlantes.

— Je pense à ma fille... dit-elle avec émotion, elle aurait votre âge, et elle m'aimerait sans doute, comme vous aimeriez votre mère... c'est affreux.

— C'était une enfant encore...

— Elle avait trois ans...

— Et elle est morte.

— Qui sait!...

Li-tsi regarda à son tour As-say avec une curiosité étonnée :

— Qui sait! dites-vous, répondit-elle, mais vous n'en êtes pas sûre alors ?...

— Non...

— Vous ne l'avez donc pas vue mourir...

— Je serais morte avec elle... ou je serais folle.

— Mais quel espoir est le vôtre?

As-say réprima un mouvement violent, passa à plusieurs reprises sa main sur son front, et repoussant Li-tsi :

— Rien! dit-elle d'une voix sèche qui témoignait d'une irritation nouvelle; rien, je n'espère rien .. le ciel m'a punie, il n'y aura plus de joies pour moi en ce monde; mais j'ai voué ma vie à la haine, et malheur à ceux qui m'ont trahie.

— Et quels sont ceux-là? insista la jeune fille.

— Les Fan-kouei...

— Qui vous l'a dit?

— Fo-hi.

— Il vous trompait peut-être.

— Lui!

— Du moins, avait-il quelque intér vous e aire croire.

— Mais lequel?

— Celui de distraire vos recherches, et de donner un aliment à votre douleur.

As-say saisit le bras de Li-tsi :

— Malheureuse!... s'écria-t-elle d'un ton frémissant, c'est la seconde fois qu'une pareille insinuation m'est faite.

— Cette supposition est naturelle.

— Tu mens... tous les Fan-kouei sont vendus au mensonge et à l'imposture... Fo-hi ne m'aurait pas trahie!

— Qui parle de trahison?...

— Il ne se serait pas joué de mes tortures, il m'aurait dit la vérité...

— Cependant...

— Tais-toi!

En ce moment, quelques coups frappés à la porte détournèrent tout à coup l'attention des deux femmes, et As-say prêta l'oreille :

— Ecoute, dit-elle d'une voix impérieuse à Li-tsi.

Et la jeune fille, dont un vague espoir venait de traverser l'esprit, se prit à écouter avidement.

On frappa de nouveau.

— Qui cela peut-il être? se demanda As-say, avec inquiétude; la nuit est sombre, je n'attends personne...

Et elle s'avança à pas prudents vers la porte dont elle fit jouer sans bruit le vasistas... mais à peine eut-elle jeté un regard à l'extérieur, qu'elle poussa un cri de surprise.

— Fo-hi!... s'écria-t-elle.

— Fo-hi! répéta Li-tsi, avec un frisson d'épouvante.

La porte s'ouvrit aussitôt, et le Ye-ko entra.

Fo-hi avait trouvé l'idée de Coupoutaï excellente, et il s'était hâté de la mettre à exécution. — En quittant le philosophe, il avait donc pris la direction de la retraite d'As-say, et il arrivait à temps, puisque cette dernière n'avait pas encore livré la fille du Tao-sze au mandarin, son époux.

Fo-hi jeta, en entrant, à Li-tsi, un regard qui apprit à la jeune fille que tous les dangers auxquels elle avait cru échapper allaient renaître; puis, il marcha vers As-say, qui le regardait de plus en plus étonnée.

— Que me veux-tu, lui dit-elle brusquement, et pourquoi me viens-tu chercher jusque dans ma retraite?

— J'avais à te parler, répondit Fo-hi.

— A moi!

— A As-say!...

Cette dernière sourit ironiquement :

— Quel nouveau mystère veux-tu me révéler, reprit-elle aussitôt, et pourquoi cet air de bonze cherchant des tombeaux?

— C'est un mystère en effet, répondit Fo-hi, et j'avais hâte de te l'apprendre.

— Il m'intéresse donc?

— Il n'intéresse que toi.

— Et tu es accouru, la nuit, malgré les dangers auxquels tu savais t'exposer.

— Tu vois que je n'ai pas hésité.

As-say remua la tête en signe d'incrédulité :

— Eh bien, je ne te crois pas, Fo-hi, dit-elle d'un ton ferme.

— Tu doutes!...

— Je suis certaine qu'un autre sentiment t'a poussé, et que ce n'est pas moi qui t'attirais ici.

— Qu'importe, si le secret que j'apporte doit réjouir ton cœur, et tarir la source de tes larmes.

— Que dis-tu?

— La vérité.

— Parle alors, hâte-toi, Fo-hi, mais prends garde, si tu me trompes, et si tu éveilles dans mon cœur un espoir que tu ne devrais pas satisfaire...

Fo-hi se rapprocha d'As-say.

— Écoute, lui dit-il alors à voix rapide et basse, ton esprit a encore présents tous les souvenirs du passé, et tu n'as pas oublié cette nuit où des Fan-kouei sont venus traîtreusement enlever de ta demeure le seul fruit de ton amour pour When-ti.

— Après !... après !... dit As-say, en regardant soupçonneusement autour d'elle.

— Ce fut une nuit terrible.

— Nuit de malheur.

— Tu étais absente.

— Pour des amours adultères.

— Les Fan-kouei le savaient.

— C'est le ciel qui m'a punie.

— Et pendant ton absence, ils ont emporté ta fille.

— Après... après ?

As-say écoutait avidement ; sans qu'elle eût pu dire pourquoi, tout son être frémissait à ce souvenir subitement évoqué, et la haine battait sa poitrine, et ses mains crispées passaient sur son front avec une fureur mal contenue :

— Après, continua Fo-hi, les recherches obstinées auxquelles je me suis livré sont restées infructueuses ; les Fan-kouei avaient disparu, on n'entendait plus parler d'eux, et jusqu'aujourd'hui, j'avais pu croire qu'ils avaient sacrifié l'enfant ravie à leur Dieu de sang et de vengeance.

— Eh bien ?

— Eh bien... j'ai été trompé.

— Que dis-tu ?

— On a retrouvé les traces des Fan-kouei.

— Mais où sont-ils ?

— Dans les environs de Nan-king.

— Et ma fille !

— Elle vit !...

As-say poussa un cri éclatant, et s'empara avec violence des mains de Fo-hi.

— Voyons, lui dit-elle, d'un accent fiévreux, tu ne me trompes pas, n'est-ce pas ? ce serait horrible ! ce que tu me dis, tu en es certain ?

— On me l'a assuré, du moins...

— Le ciel a donc eu pitié de moi... Ah ! je pourrai donc embrasser mon enfant ! elle est grande maintenant, elle a dix-huit ans, Fo hi... Mon Dieu, je sens que je pourrai pleurer à présent...

Et deux larmes coulèrent, en effet, le long de ses joues creuses et pâles; elle pleurait, elle ne doutait pas, elle était heureuse...

— Je vais partir! dit-elle tout à coup, je vais aller à Nan-king... Mais, qui me conduira vers les Fan-kouei, qui me dira où je les trouverai?...

— Un juif, répondit Fo-hi.

— Comment s'appelle-t-il?

— Siméon.

— Et où demeure-t-il.

— Rues des Lanternes...

— Bien! je le verrai... Tout ce qu'il demandera d'or et d'étoffes, il l'aura... ma fille! vivante!... ma fille, que je croyais morte! c'est un rêve... Ah! qu'il dure longtemps, ou que je ne me réveille jamais... Adieu, adieu, je pars... Fo-hi, tout est effacé... je te pardonne... à bientôt.

Et sans attendre davantage, sans même jeter un regard à la pauvre Li-tsi qui pleurait, tremblante et glacée, dans un coin de la chambre, As-say marcha vers la porte, en franchit le seuil, et disparut dans la campagne.

Il faisait nuit noire, mais que lui importait? les voleurs infestaient les environs, mais que lui faisaient les voleurs? elle pouvait être poursuivie et trahie, mais elle se riait de ses ennemis; elle n'avait peur ni de la trahison ni de la violence; elle n'avait plus qu'un sentiment au cœur, qu'un nom dans l'esprit, sa fille! sa fille!

Et comme son cœur battait, comme la joie inondait bien son âme tout entière; elle ne se rappelait plus rien; rien du passé, rien du présent... Avait-elle souffert seulement... elle l'avait oublié!... Elle était heureuse, tout chantait en elle; elle allait revoir sa fille!...

Et que lui faisaient les ténèbres épaisses de la nuit, et les canaux et les torrents... elle allait droit devant elle, guidée par son seul instinct; et les obstacles s'aplanissaient d'eux-mêmes sous les pas de cette mère inspirée, et les ténèbres s'éclairaient; elle marchait sans crainte, sans hésitation, comme aux rayons éclatants d'un soleil de midi, et dans l'enivrement de sa joie nouvelle, elle semblait dire à tout : Place! laissez-moi passer, car je vais revoir ma fille!...

10

Cependant, à peine eut-elle passé le seuil de la chambre, que Fo-hi se précipita vers la porte, et en poussa les verrous.

Il avait réussi à éloigner As-say, il voulait profiter de son absence, et se hâtait de mettre ses projets à exécution.

Il marcha rapidement vers Li-tsi, qui se leva, pâle et effarée, à son approche.

— Li-tsi, lui dit-il d'une voix ardente et l'œil enflammé, voici qu'As-say s'éloigne, et pour la seconde fois, tu es entre mes mains.

— Tuez-moi ! s'écria Li-tsi.

— Tu m'appartiens, poursuivit Fo-hi, tu es belle et je t'aime.

— Vous me faites horreur.

— Li-tsi !

— Laissez-moi.

Fo-hi avait voulu l'entourer de ses bras, mais elle lui était échappée et venait de s'élancer vers la porte.

Malheureusement la porte était fermée, et c'est en vain qu'elle chercha à l'ébranler de ses bras délicats et frêles.

Elle retomba à genoux, et leva ses mains tremblantes vers Fo-hi.

— Oh! par pitié ! par pitié !... tuez-moi, dit-elle d'une voix mourante.

Fo-hi se prit à rire :

— Te tuer ! répondit-il avec passion... tu n'y songes pas, folle enfant que tu es, mais je tuerais sans pitié celui qui attenterait à tes jours ; non, non, Li-tsi, écoute ; nous sommes seuls, tu m'appartiens, nul ne viendra cette fois t'arracher de mes bras, écoute, je t'aime... Si tu le veux, tu auras ces mille parures qui plaisent aux femmes, et à l'aide desquelles tu serais belle entre les plus belles ; écoute encore, tous tes désirs seront devinés et satisfaits, tu auras autour de toi des hommes qui te serviront comme des esclaves, tu seras riche, heureuse ; aime-moi, le veux-tu ?

Mais Li-tsi n'écoutait même pas ; agenouillée, les mains jointes, les yeux au ciel, elle priait :

— Mon Dieu ! dit-elle, mon Dieu, ayez pitié de moi... cet homme est frappé de vertige... mon Dieu... faites-moi mourir.

Fo-hi la prit dans ses bras.

— Non ! tu ne mourras pas, lui dit-il, en effleurant de ses lèvres brûlantes la soie de ses longs cheveux, les femmes belles comme te voilà ont été créées par Bouddha pour l'amour et la volupté... Li-tsi, tu m'appartiendras.

— Jamais ! répondit la jeune fille, en se débattant.

— Je t'aime !...

— Et moi, je vous méprise.

Fo-hi haussa les épaules :

— C'est en vain, dit-il en souriant, que tu cherches à éveiller ma colère... mon cœur n'a pour toi que de l'amour... Li-tsi, Li-tsi, sois à moi !...

Jamais encore la pauvre enfant n'avait couru d'aussi grands dangers : Fo-hi s'exaltait à parler, et son sang commençait à s'allumer dans ses veines ; c'était, en outre, une nature sauvage, peu accessible à la pitié, il ne devait se laisser toucher par aucune considération.

Et puis, Li-tsi était faible, un quart d'heure de lutte devait épuiser ses forces, c'était une victime vouée d'avance à la honte, entre les mains de Fo-hi.

Toutefois, elle essaya de lutter ; elle puisa même pour un instant, dans sa propre épouvante, la force qui lui manquait, et se dégageant énergiquement de l'étreinte passionnée du Ye-ko, elle courut vers la fenêtre qu'elle tenta vainement, comme la porte, d'ouvrir ou d'ébranler.

Fo-hi l'avait suivie :

— Tu le vois, lui dit-il, avec une pointe d'ironie, et peut-être un commencement d'irritation, toute fuite est impossible...

— Ah! vous êtes lâche...

— Tu t'obstines cependant à me repousser.

— Je vous hais.

— Tu refuses d'être à moi ?

— Plutôt mourir !

Fo-hi frappa du pied avec colère, et son œil s'injecta de sang : la colère avait rapproché ses sourcils, et ses dents mordaient sa lèvre avec violence.

— Prends garde, dit-il à la jeune fille, ton obstination pourrait coûter cher à ceux que tu aimes...

— Je ne crains que la honte, répondit Li-tsi.

— Fo-hi est puissant.

— Il n'a de courage que contre les femmes !...

Cette insulte frappa le Ye-ko en plein visage; un cri de rage s'échappa de sa poitrine, il tira son poignard de sa ceinture.

Mais ce n'était là qu'un mouvement de colère irréfléchi; il comprit tout de suite, au sourire radieux de Li-tsi, qu'il allait faire fausse route, et rejeta son arme loin de lui.

Alors, et d'un coup de poing vigoureusement appliqué, il fit sauter les ais mal joints des volets, et saisissant brutalement les bras de la jeune fille, il la força de regarder à vingt pas environ de la cabane.

Il y avait là une vingtaine d'hommes, munis de lanternes, et armés, les uns de poignards, les autres de sabres et de piques.

Au milieu du cercle formé par les Chinois, un homme était agenouillé.

Il avait la tête et le col nus, et dans cette attitude résignée, il priait.

La lumière que projetaient les lanternes était faible et incertaine, mais il suffit à Li-tsi d'un seul regard pour reconnaître cet homme.

C'était le Tao-sze chrétien!...

Elle poussa un cri d'horreur, pendant que Fo-hi faisait entendre un ricanement.

— Li-tsi, dit-il d'une voix sardonique, il suffit d'un geste de ma main pour que cet homme meure.

— Mais vous ne le ferez pas!... s'écria la jeune fille...

— C'est toi qui décideras de son sort!...

Li-tsi se cacha la tête dans ses mains, et se prit à sangloter pendant que Fo-hi refermait la fenêtre.

L'amour de Li-tsi.

Qui pourrait dire ce qui se passa dans le cœur de la pauvre Li-tsi, pendant les quelques minutes qui suivirent? Dieu seul sans doute !...

Une pâleur mortelle s'était répandue sur ses traits, des sanglots déchirants soulevaient sa poitrine, elle était folle de douleur et d'épouvante.

Que devait-elle faire cependant... pouvait-elle laisser égorger son père sous ses yeux? l'infortuné Tao-sze semblait attendre la mort avec résignation ; immobile et calme sous le sabre de ses bourreaux, il promenait autour de lui un regard sans terreur... Mais quoi !... ce spectacle avait brisé la pauvre enfant ; en songeant que son père allait mourir, et qu'elle pouvait le sauver, et qu'elle n'avait pour cela qu'un mot à dire... elle sentit un déchirement affreux se faire en elle, et tous les souvenirs de son amour filial passèrent en une seconde devant ses yeux.

Le Tao-sze avait toujours été si bon et si dévoué pour elle ; il avait veillé sur son enfance avec une tendresse ineffable, comme un père et une mère peuvent seuls en trouver dans leur cœur ; il était vieux déjà, il n'avait plus qu'elle dans la vie, et c'est elle qui allait donner le signal de sa mort.

Les assassins étaient prêts, et Fo-hi attendait.

Li-tsi eut un frisson : chaque fois que le souvenir de cet homme se présentait à son esprit, son cœur, jusque-là si calme et si pur, s'ouvrait à tous les tourments de la haine, et elle sentait son

10,

sang brûler ses veines, et un voile passait devant ses yeux.

Enfin, elle se releva, et marcha vers Fo-hi, qui la regardait d'un œil ironique.

— Ce que vous voulez faire est affreux, dit-elle, d'une voix déchirante, cette épreuve est impie, et Dieu vous punira.

Fo-hi fit entendre une seconde fois ce ricanement sardonique qui lui était familier.

— Le Tao-sze mourra, répondit-il, si vous ne consentez vous-même à le sauver.

— Ah! vous êtes cruel.

— Je vous aime.

— Taisez-vous, interrompit Li-tsi, ne blasphémez pas un sentiment que vous êtes indigne de comprendre.

Fo-hi fit quelques pas vers la fenêtre.

Mais Li-tsi ne le quittait pas des yeux, elle remarqua ce mouvement, et saisie d'épouvante à la pensée qu'il allait peut-être ordonner le supplice de son père, elle se précipita vers la fenêtre, contre laquelle elle s'adossa énergiquement.

A ce moment suprême, elle avait trouvé la force qui lui manquait; ce n'était plus la jeune fille timide et peureuse de tout à l'heure; l'imminence du péril avait tout à coup élevé son courage à la hauteur de la situation, et elle osa regarder son terrible adversaire en face et sans pâlir.

— Arrêtez! s'écria t-elle, d'une voix moitié suppliante et moitié impérieuse.

— Que me voulez-vous?... dit Fo-hi, étonné de la nouvelle attitude de la jeune fille.

— Mon refus vous a irrité, répondit Li-tsi, et vous allez mettre à exécution vos menaces de tout à l'heure.

— En)doutez-vous?

— Ils vont l'assassiner, n'est-ce pas?

— C'est vous qui l'aurez voulu.

— Non!... Mais tout ceci me semble un rêve affreux, et ''espère toujours me réveiller...

— Reviendriez-vous à des résolutions plus sages?

— Je ne sais...

— Vous hésitez cependant...

— Je suis seule ici, et avant de prendre aucune détermination, j'aurais désiré...

— Expliquez-vous.

Li-tsi se prit à pleurer.

— Si vous saviez... dit-elle en sanglotant, je n'ai jamais quitté mon père. — C'est la seule personne que je connaisse au monde... il m'aime et je l'aime, et dans l'extrémité où me voilà réduite... j'aurais voulu le voir.

— Le Tao-sze.

— Il m'aurait conseillée...

— Mais quel intérêt?

La jeune fille eut la force de sourire à travers ses larmes.

— Croyez-vous donc, dit-elle, que je puisse consentir à laisser mourir mon père?

— Dites un mot, et il vivra.

— Mais, je veux qu'il vive.

Fo-hi tressaillit : le sourire de Li-tsi avait pénétré jusqu'à son cœur, et un nouvel espoir y était entré en même temps.

— Soit! répondit-il après une courte hésitation, il va être fait comme vous le désirez, le Tao-sze va venir, vous pourrez lui parler, mais rappelez-vous que son sort est entre vos mains, et n'oubliez pas surtout les conditions auxquelles je lui accorde la vie.

Et en parlant ainsi, il ouvrit la fenêtre, fit un signal, et quelques secondes après, le Tao-sze, escorté des Chinois, entra dans la chambre.

Sur un geste de Fo-hi, les Chinois se retirèrent aussitôt.

Dans le premier moment, le missionnaire ne comprit rien à ce sursis qui lui était accordé; il s'attendait à être tué sans pitié, et il était prêt à mourir. Il connaissait les hommes auxquels il avait affaire, et il n'ignorait pas que tout Fan-kouei est considéré par eux comme un ennemi. Que pouvait-on donc lui vouloir encore, et pourquoi ce retard à une exécution qui répondait si bien au sentiment national?

Mais cet embarras dura peu, et comme il allait demander des explications à Fo-hi, son regard rencontra celui de Li-tsi, qui, retirée dans un coin de la chambre, attendait le moment d'aller à lui.

— Li-tsi! s'écria le missionnaire en courant à sa fille et en la pressant contre sa poitrine.

— Mon père! mon père! dit la jeune fille, en présentant son front pur aux baisers émus du vieillard.

— Toi! ici... vivante... ah! Dieu est bon, il a eu pitié de mes larmes, puisqu'il m'accorde la consolation de te voir avant de mourir.

— Mais vous ne mourrez pas.

— Tu as peur de la mort?

— Non! j'ai peur de la honte.

— Que dis-tu?

Li-tsi cacha un moment sa tête rougissante sur la poitrine du missionnaire.

— Ecoutez-moi, mon père, dit-elle aussitôt d'un accent fébrile, cet homme qui est là, et qui nous regarde, m'a dit tout à l'heure des paroles infâmes.

— Lui!

— Il est leur chef.

— Je le sais.

— Il peut vous faire grâce, il me l'a offert, comprenez-vous; mais il a mis à votre liberté une condition horrible.

Le missionnaire posa vivement sa main sur les lèvres de Li-tsi : il avait pâli tout à coup, et un éclair indigné avait jailli de ses yeux :

— Tais-toi! tais-toi! enfant, dit-il en la repoussant doucement, cet homme est vil et méprisable; il suffirait d'une seule parole de ses lèvres impies pour ternir la pureté des anges. Tais-toi.

— Mon père! dit Li-tsi suppliante.

Le missionnaire leva vers le ciel une main inspirée, et de l'autre il invita la jeune fille à s'agenouiller.

Li-tsi obéit.

— Dieu nous voit! dit alors le père André d'un ton solennel, et il nous écoute; la vie commence à peine pour toi, et cependant tu vas mourir!

— Je suis prête, murmura la jeune fille.

— Tu ne crains pas la mort, n'est-ce pas?

— Je ne crains que la honte.

— Pauvre enfant! j'avais pourtant rêvé pour toi une longue existence de paix et de bonheur.

Li-tsi commença un sourire radieux.

— Vous m'avez donné la vie, mon père, répondit-elle, cette vie vous appartient, et je vous l'offre avec joie.

D'ailleurs, ajouta-t-elle, d'un accent plus triste, que ferais-je dans ce monde, où nul ne s'intéresse à moi, que vous; j'y resterais seule, abandonnée, sans amis; ma mère est morte, m'avez-vous dit, en me donnant le jour, et je n'emporterais pas même dans mon isolement le pieux et doux souvenir de ses premiers baisers.

Le missionnaire se prit à regarder Li-tsi avec une singulière attention : une émotion puissante s'empara de tout son être, et il laissa retomber ses mains le long de son corps.

— Qu'avez-vous? dit Li-tsi qui s'aperçut aussitôt de ce changement.

— Rien, répondit le père André, dont le front se rembrunit.

— Je vous ai attristé en vous parlant de ma mère?

— Non, mon enfant.

— Mais qu'est-ce alors?

— Un souvenir pénible, un devoir que j'ai à remplir, et dont Dieu peut-être me demanderait compte.

— Je ne vous comprends pas.

Le missionnaire passa sa main sur son front, il essuya furtivement une larme qui coulait de ses yeux.

— Vous pleurez! s'écria Li-tsi.

— Je pleure, répondit le père André, parce que cette séparation est cruelle.

— Mais nous ne nous séparerons pas.

— Qui sait!

— La mort réunit.

— Ai-je bien le droit de t'imposer un tel sacrifice?

— Et croyez-vous que je veuille vivre, moi, quand ils vous auront assassiné... ah! si cruels qu'ils soient, ils ne refuseront pas à une fille la consolation de reposer près de son père.

Le missionnaire fit un triste sourire, et attira Li-tsi dans ses bras:

— Et si je n'étais pas ton père, répliqua-t-il d'un accent que l'émotion brisait.

— Que dites-vous? s'écria la jeune fille, presque épouvantée.

— Réponds.

— Ah! cela n'est pas, vous voulez m'éprouver, ou peut-être n'inventez-vous ce pieux mensonge que pour donner à ma faiblesse le droit de se rattacher à la vie.

— Je n'en aurais pas eu le courage.

— Mais c'est donc vrai?

— J'avais gardé ce secret jusqu'aujourd'hui, mon enfant, et peut-être n'aurais-je pas eu la force de te le révéler, sans le danger terrible qui nous menace; mais en face de la mort, à l'heure solennelle où je vais paraître devant Dieu, ce secret doit enfin sortir de mon cœur, et mon devoir m'ordonne de t'éclairer.

— Mais qui suis-je donc? quelle est ma mère?

— Je l'ignore.

— Ah! elle vit sans doute! s'écria Li-tsi, avec un éclair de joie; mais non! je suis folle, si elle vivait elle m'aurait cherchée, elle m'aurait découverte, pauvre mère! je l'aurais tant aimée, je vous l'ai dit souvent, et ç'a été le plus cruel chagrin de toute ma vie.

Le missionnaire regardait la jeune fille avec une douce pitié : l'aveu qu'il venait de faire lui avait beaucoup coûté, mais à ce moment suprême, c'était pour lui un devoir sacré auquel il n'eût point voulu faillir. Cependant, l'heure passait rapide, et Fo-hi attendait; il fallait prendre une détermination, et choisir entre les deux issues qui se présentaient. Le père André ne voulut pas tarder davantage à solliciter une résolution de la part de Li-tsi, et quoiqu'il ne doutât pas de son courage, ce n'est qu'en tremblant qu'il se rapprocha d'elle :

— Li-tsi, lui dit-il d'une voix émue, l'heure s'écoule, et cet homme attend votre réponse.

Li-tsi regarda le missionnaire avec étonnement.

— Vous ne me tutoyez plus! répondit-elle d'un ton de doux reproche.

— Pardon!

— Ne suis-je donc plus votre fille?

— Toujours ! toujours !

— Est-ce que je vous aime moins, et n'est-ce pas vous qui m'avez faite chrétienne !

— Que dis-tu ?

— Bénissez donc votre enfant, ô mon père, et priez Dieu de vouloir bien l'accueillir près de lui.

En parlant ainsi, Li-tsi s'agenouilla silencieusement aux pieds du missionnaire, et celui-ci lui imposa les mains.

Cela dura une minute à peine ; puis, la jeune fille se releva comme transfigurée, et entraînant le père André sur ses pas, elle marcha courageusement à Fo-hi.

— Fo-hi, dit-elle alors, le front altier et la parole ferme, tes victimes sont prêtes à mourir.

— Qu'est-ce que cela signifie ? demanda Fo-hi, en lançant un regard fulgurant au missionnaire.

— Nous sommes prêts, répondit ce dernier.

— Ah ! c'était donc un piège que tu me tendais, poursuivit le Ye-ko, en s'emparant des mains de Li-tsi, et tu as cru que je m'y laisserais prendre ; eh bien, tu t'es trompée.

— Que veux-tu faire ?

— Le Tao-sze mourra.

— Et je partagerai son sort.

— Ne l'espère pas.

— J'en suis sûre.

— Tu veux me braver.

— C'est toi-même qui me frapperas.

— Moi !

Li-tsi eut un sourire céleste :

— Ecoute ! dit-elle d'un accent inspiré, les chrétiens ne redoutent pas la mort, et ils ne craignent pas de regarder leur bourreau en face... Fo-hi, je te hais et te méprise !

— Tu m'appartiendras cependant.

— Jamais !

— C'est vainement que tu cherches à exciter ma colère.

— Peut-être.

— Je resterai calme devant tes injures.

— Ecoute donc, je t'ai dit la haine profonde dont mon cœur

est plein, et le mépris que je ressens pour toi, mais ce n'est pas tout.

— Qu'y a-t-il encore ?

— Il y a l'amour que j'éprouve pour un autre.

— Tu mens !

Li-tsi avait rougi et hésité en prononçant cet aveu, mais elle surmonta presque aussitôt cette impression, et se rapprocha de Fo-hi :

— Je ne mens pas, poursuivit-elle, et tu le sais bien toi-même, car si je pouvais jamais oublier son nom, c'est toi qui me le dirais.

— Ping-si ? dit Fo-hi.

— Ping-si, répéta la jeune fille.

Et à ce nom, par un geste de naïve et sainte pudeur, elle croisa ses deux bras sur sa poitrine qui battait avec force.

— Je l'aime, poursuivit-elle avec un oubli plein d'enivrement, et je te hais de tout l'amour que je ressens pour lui. Il est noble, il est généreux... et je n'ai pas une pensée qui ne soit à lui, pas un battement de mon cœur pas un tressaillement qui ne s'adresse à lui. Ah! tu comprends maintenant, n'est-ce pas, pourquoi je ne veux pas être à toi, pourquoi je préfère la mort à la honte de t'appartenir ?

— Tais-toi, malheureuse ! interrompit violemment Fo-hi.

— Je l'aime ! insista Li-tsi.

— Tu pousses le fanatisme jusqu'au mensonge.

— Je l'aime !

Fo-hi avait tiré son couteau de sa ceinture, ses yeux s'étaient injectés de sang, des grondements pleins de rage soulevaient sa poitrine irritée. Il ne se possédait plus. Li-tsi eut peur, et fit quelques pas vers le missionnaire.

— Mon père ! s'écria-t-elle, mon père, je vais mourir, bénissez-moi.

— Dieu t'a entendue, mon enfant, dit le père André.

— Me pardonnera-t-il ?

— Sa bonté est infinie.

— Prions-le ensemble.

— Prions !

Cependant, Fo-hi avait eu le temps de revenir à lui; son sang s'était calmé, et il repoussa son couteau dans sa ceinture.

Il avait repris possession de lui-même; son accès de fureur s'était apaisé, il marcha vers la fenêtre qu'il ouvrit.

Li-tsi suivait chacun de ses mouvements avec anxiété; elle s'attendait à mourir, et elle était prête; mais en voyant son bourreau revenir à d'autres sentiments, une épouvante glacée s'empara une seconde fois de toutes ses facultés.

— Que va-t-il faire? murmura-t-elle, en levant son regard atterré vers le père André.

— Attendons! répondit le missionnaire.

— Voyez! son visage a changé d'expression.

— En effet.

— Il a pâli.

— Ecoutons.

— Mon père! s'écria Li-tsi avec un frémissement, c'est lui peut-être, c'est Ping-si!

— Silence! mon enfant, dit le père André, d'une voix austère, et ne mêlons pas une pensée profane à nos prières.

Malgré cette invitation, Li-tsi se sentit envahir tout entière par une émotion sans seconde, — par une sorte de divination magnétique; elle comprenait qu'un événement inattendu venait l'arracher à la mort, et sans pouvoir s'expliquer ce qui se passait dans son cœur, elle sentit la confiance y renaître tout à coup.

Et puis, une douce pensée vint encore se mêler à l'émotion qu'elle éprouvait. Si un secours inespéré lui arrivait, c'est que Dieu avait accueilli ses prières; c'est aussi, sans doute, qu'il ne voulait pas condamner l'amour qu'elle avait voué à Ping-si! L'amour a sa logique comme la raison, et cette pensée ranima le courage de la pauvre enfant et doubla son énergie.

Ainsi qu'elle l'avait remarqué, Fo-hi était en effet resté debout près de la fenêtre qu'il venait d'ouvrir, et en plongeant son regard dans la campagne qui l'environnait, il avait un instant blêmi.

Aux pâles clartés de la lune, il avait cru apercevoir au loin un cavalier dévorant le chemin des quatre pieds de son cheval.

Le cavalier avançait, soulevant autour de lui un tourbillon de poussière, et plus il se rapprochait, plus il devenait évident que le but de sa course était bien la cabane où se trouvait Fo-hi.

Mille inquiétudes traversèrent en une seconde l'esprit de ce dernier ; le cavalier était un des affiliés de la société des Trois-Unis ; il l'avait reconnu à l'écharpe blanche qui flottait autour de sa ceinture ; mais pourquoi accourait-il ainsi au milieu de la nuit et au galop de son cheval ; de quelle nouvelle fâcheuse était-il porteur, quel événement imprévu allait-il annoncer ?

Un quart d'heure après, le cavalier s'arrêtait au seuil de la cabane, jetait la bride de son cheval à un coulie et pénétrait dans la chambre où l'attendait Fo-hi.

Dès qu'il l'eut aperçu, il marcha vivement à lui :

— Frère, lui dit-il à voix rapide et basse, je te cherchais.

— Que se passe-t-il ?

— Il faut fuir.

— Que dis-tu ?

— La campagne est sillonnée de soldats ; la plupart des chemins sont interceptés ; As-say elle-même a dû revenir sur ses pas.

— Elle revient ?

— Elle me suit.

— Mais quelle est la cause de ce déploiement de forces ?

— Je l'ignore.

— Qui commande ce mouvement ?

— Toujours le même homme.

— Ping-si peut-être ? demanda Fo-hi.

— Ping-si, répondit le cavalier.

Fo-hi frappa violemment du pied.

— Soit ! dit-il avec une fureur concentrée, c'est une lutte dans laquelle je ne me laisserai pas vaincre... et cette fois encore il arrivera trop tard. Ecoute :

— Que faut-il faire ?

— Tu vas prendre avec toi la plupart des hommes armés qui sont ici présents.

— Bien.

— Tu emmèneras le Tao-sze et sa fille.

— Après ?..

— Les chemins qui conduisent à Nan-king te sont connus, tu

tromperas facilement la surveillance que l'on exerce autour de nous, et tu iras trouver le mandarin When-ti.

— L'époux d'As-say ?

— Lui-même. Ping-si est puissant sans doute, mais le mandarin l'est plus que lui, et sa haine de l'étranger-démon est au moins égale à la nôtre. Tu lui remettras les prisonniers, la justice est impitoyable envers les chrétiens, et elle nous saura gré de lui avoir livré ceux-ci.

— Mais si l'on nous attaque en chemin, si l'on tente de nous les enlever ?

— Cela peut arriver, en effet, dit Fo-hi.

— Que faudrait-il faire dans ce cas ?

Un sourire cruel effleura les lèvres du Ye-ko.

— Si l'on tente de t'arracher les Fan-kouei, répondit-il avec énergie, tu leur feras justice toi-même.

— Comment !

— Ne comprends-tu pas ?

Le cavalier montra son poignard, Fo-hi fit un signe affirmatif, et tous les deux se dirigèrent vers le Tao-sze et sa fille.

Mais ils avaient compté sans cette dernière ; elle avait tout compris, sinon tout entendu ; elle savait maintenant, à n'en plus douter, que Ping-si venait la délivrer, et elle ne voulait plus mourir, et elle voulait encore moins s'éloigner.

Elle s'échappa d'un bond des bras de Fo-hi, et courut se réfugier à l'autre extrémité de la chambre.

— Tu vas partir ! lui dit Fo-hi.

— Je veux rester, répondit Li-tsi.

— Prends garde.

— Je ne partirai pas.

— Ta résistance est insensée.

— Non !... car il vient !... j'en suis sûre maintenant, puisque voilà que vous tremblez tous. C'est lui ! c'est Ping-si ! osez dire que cela n'est pas.

— Quand cela serait ?

— Il vient m'arracher d'ici.

— Mais il ne t'y trouvera plus.

Li-tsi se cramponna à la fenêtre avec une énergie désespérée.

— Eh bien! venez donc, s'écria-t-elle, employez la violence, car vous n'obtiendrez rien de ma volonté, et vous ne m'emporterez pas vivante de ces lieux.

Fo-hi n'était pas homme à subir longtemps une telle résistance; le côté sauvage de sa nature se révoltait à tant de longanimité; il fronça le sourcil, proféra un jurément terrible, et courut arracher au cavalier l'écharpe blanche qui lui ceignait les reins:

— La violence, soit! répondit-il d'un ton farouche, et c'est toi qui l'auras voulu.

Et prenant la taille de la jeune fille dans ses bras, il lui passa l'écharpe sur les lèvres, et la serra avec force.

Li-tsi se débattait follement, et avec tout le désordre du désespoir; mais la lutte était trop inégale, ses forces étaient déjà épuisées, elle retomba bientôt sans mouvement, aux pieds de son bourreau:

— Et maintenant! dit ce dernier, dès qu'il s'en fut rendu maître, et en se tournant vers le cavalier, pars, ne perds pas une seconde, et n'oublie pas surtout la recommandation que je t'ai faite.

— Soyez sans crainte.

— Quant à moi, je vais attendre As-say, et concerter avec elle les mesures propres à prévenir le retour de pareils dangers.

Quelques minutes après, le cavalier s'éloignait en toute hâte, et As-say entrait dans la chambre, le visage sombre et abattu.

La fille d'As-say

— Je n'ai pu me rendre à Nan-king, dit As-say d'une voix qui tremblait de fureur, et je suis revenue...

— C'est Ping-si encore? dit Fo-hi.

— Toujours!... toujours cet homme... poursuivit As-say, le regard attaché au sol.

— Sa haine nous poursuit sans relâche.

— Ah! quand donc pourrons-nous nous venger?

— Il va venir.

— Oui, mais avec une nombreuse escorte?...

— Qui sait!...

As-say regarda Fo-hi.

— Ping-si est trop adroit, répondit-elle, pour s'exposer seul dans ces lieux où il sait que nous l'attendons.

Fo-hi haussa les épaules.

— Ping-si a l'enivrement de la puissance, dit-il, il raille le danger avec l'orgueil d'un homme à qui tout a réussi jusqu'à ce jour... peut-être poussera-t-il la bravoure jusqu'à l'imprudence.

— Si cela était... murmura As-say.

— Espérons... compléta Fo-hi.

As-say fit quelques pas à travers la chambre, et comme si le sentiment de la réalité lui était revenu plus vivant à l'inspection des lieux :

— Qu'as-tu fait du Tao-sze?... dit-elle avec indifférence,

— Je l'ai livré à la justice de When-ti,

— Il est parti?

— Sous bonne escorte.

Il y eut un silence.

— Et sa fille? reprit As-say presque aussitôt.

— Li-tsi?

— Où est-elle?

— Avec son père.

— Livrée aussi?

— Livrés tous les deux.

As-say frissonna malgré elle.

— La justice est sans pitié pour les chrétiens, dit-elle avec un sourire contraint.

— La mort les attend, ajouta Fo-hi.

— Et tu n'as pas hésité?

— Mon amour a cédé devant ma haine.

— Bien!... Fo-hi, je serai reconnaissante de ce sacrifice... C'est que je les hais, vois-tu, ces Fan-kouei ; et depuis que tu m'as donné l'espoir de retrouver ma fille, chaque minute, chaque seconde qui passe, m'apporte le souvenir plus cruel du passé... Ah! la vengeance est douce et rafraîchit le cœur...

Tout en parlant ainsi As-say eut un éclair.

— Mais tous les chemins sont interceptés, reprit-elle vivement, tes hommes vont donner peut-être dans quelque embuscade de Ping-si.

Fo-hi remua ironiquement la tête.

— J'ai prévu ce cas, répondit-il avec calme; le cavalier qui les commande est un homme sur lequel on peut compter...

— Eh! que veux-tu qu'ils fassent contre des ennemis plus nombreux?

— Tsou-chou a mes instructions.

— Eh bien!...

— Et s'il devait se rendre... le Tao-sze et sa fille ne tomberaient pas vivants entre les mains de Ping-si.

As-say approuva du geste.

— Le sang des étrangers-démons est agréable à Bouddha, dit-elle sentencieusement, et nous atteindrons ainsi deux vengeances à la fois!...

Cependant Fo-hi, debout près de la fenêtre, interrogeait l'horizon d'un regard fiévreux : la lune éclairait au loin le paysage, la nuit était déjà fort avancée, et jusqu'alors aucun indice n'annonçait l'approche de l'ennemi qu'ils attendaient.

L'impatience commençait à le gagner, il repoussa la fenêtre et revint vers As-say.

— Ping-si a eu peur, dit-il avec orgueil, il ne viendra pas...

— Partons alors... répondit As-say.

— Où veux-tu donc aller?...

— A Nan-king...

— Un pareil voyage est imprudent.

— Ah! j'ai hâte d'avoir des nouvelles de ma fille.

— Attendons la nuit prochaine.

— Mais si cet homme venait?...

— Il n'osera pas.

— Il est courageux cependant?

— Il a le courage de son escorte.

— Tu le craignais pourtant?

— Moi!... dit Fo-hi, ah! qu'il vienne donc... et tu verras bien si mon couteau tremble dans ma main, et si mon regard ne fait pas pâlir son regard.

Fo-hi achevait à peine ces paroles quand la porte s'ouvrit et qu'un homme entra.

Cet homme était Ping-si.

Un cri de surprise s'échappa en même temps des lèvres d'As-say et de celles de Fo-hi.

Ping-si était seul; aucune escorte ne l'accompagnait; et rien dans sa physionomie n'annonçait qu'il eût peur, ni qu'il appréhendât même quelque danger.

Fo-hi se précipita vers la porte qu'il ferma violemment et revint vers lui la main armée de son couteau.

Ping-si le regarda faire avec indifférence.

— Enfin, dit Fo-hi l'œil farouche, le hasard t'offre à ma vengeance, et nous voilà seuls, en face l'un de l'autre.

Ping-si fit un geste de mépris.

— Si tu avais eu le courage de ta haine, répondit-il, il y a longtemps que je me suis offert à ton couteau. Qui donc te donne à cette heure l'audace de relever le front, et d'armer ton bras?

— Ton heure est venue.

— Je ne te crains pas.

— Tu vas mourir.

— Frappe donc, si tu l'oses.

Et Ping-si fit quelques pas vers Fo-hi, mais ce dernier avait dépouillé toute pusillanimité, la colère battait sa poitrine, ses oreilles bourdonnaient, il se rua avec fureur sur son ennemi, le couteau levé, et avec des imprécations horribles.

Ping-si avait conservé tout son sang-froid, et ne perdait aucun des mouvements de son adversaire; quand il le vit venir à lui, il saisit adroitement ses deux bras, lui arracha d'une main son poignard, qu'il brisa et rejeta au loin, et de l'autre, il lui serra si énergiquement le poignet, qu'il le força à s'agenouiller.

Fo-hi poussa un cri de rage, en tombant à genoux.

— Misérable assassin, dit alors Ping-si, d'un ton de mâle autorité, le ciel renie les vengeances aveugles; tu le vois, ta vie est encore une fois entre mes mains, et je pourrais te tuer, comme un vil scélérat; mais tes crimes ne lasseront pas ma bonté, et j'ai horreur de répandre un sang comme le tien. Va donc! et puisse ton impuissance éclairer ta haine!

Ping-si lâcha en même temps son adversaire, qui se releva morne et sombre. La présence d'As-say ajoutait encore à sa confusion, et il alla s'asseoir, en grommelant, dans un coin de la chambre.

Ping-si cessa alors de prendre garde à lui, et se tourna vers As-say, qui avait reçu de cette scène des impressions bien diverses.

Quoiqu'elle considérât Ping-si comme l'ennemi de la société des Trois-Unis dont elle était un des membres les plus actifs, elle ne pouvait se dissimuler qu'il y avait chez cet homme une grandeur et une générosité qu'elle n'avait jamais trouvées chez les autres. Chaque fois qu'il lui était apparu, il n'avait eu pour elle que des paroles affectueuses, il avait toujours cherché à adoucir l'amertume de son cœur, il avait su lui parler du passé, sans éveiller la haine dans son esprit, et plus d'une fois elle s'était surprise essuyant une larme, que ses paroles avaient amenée au bord de ses paupières.

As-say avait tout fait pour haïr cet homme, et elle n'avait jamais pu y réussir. Au contraire, elle éprouvait pour lui un sentiment étrange, mais qui ne ressemblait point à de l'aversion, elle se sentait plutôt disposée à l'aimer, et ce n'est que par un effort factice de sa volonté qu'elle arrivait à donner à ce sentiment sans nom toutes les apparences de la haine.

Ping-si la considéra un moment avec une douce pitié, puis, il lui tendit la main.

Machinalement, As-say lui donna la sienne.

— As-say, dit le jeune homme d'une voix émue, te voilà triste et accablée.

— C'est vrai!... répondit la malheureuse mère, qui n'eut pas le courage de cacher ce que son abattement ne décelait que trop.

— Tu as pleuré.

— Je souffre...

— Tout à l'heure, les hommes qui m'accompagnent t'ont rencontrée dans les environs.

— J'allais à Nan-king.

— Tu étais folle de bonheur, tu portais une grande joie dans ton cœur...

— Ma fille! s'écria As-say.

— Oui, poursuivit Ping-si, on te l'avait enlevée ; on t'a même dit que les Fan-kouei l'avaient tuée ; mais tu es mère, toi, et tu conservais toujours au fond du cœur un espoir obstiné.

— Oh! si elle vivait!... interrompit As-say, les mains jointes et avec un accent pénétrant.

— Et pourquoi ne vivrait-elle pas, As-say? le ciel a peut-être ménagé cette joie à ton repentir.

— Oh! c'est impossible!

— Rien n'est impossible.

— Mais tu sais donc quelque chose, toi?

— Je venais pour te parler de ta fille.

— Elle vit donc?

— Elle vit.

As-say se leva en proie à un transport de fol enivrement.

— Voyons! dit-elle, agitée, pleine d'inquiétudes, d'espoir,

d'hésitations, voyons, parle-moi d'elle; elle vit, n'est-ce pas? tu me l'as dit, j'ai bien entendu, tu ne me trompes pas...

— Elle vit! répéta Ping-si.

— Ah! le ciel te protége... pour cette bonne parole. Oui, tu avais raison, ma fille rendue à mon amour, c'est le repentir, c'est le calme dans mon esprit, c'est le bonheur dans ma vie; mais je la verrai, n'est-ce pas?

— Sans doute.

— Bientôt?

— Quand tu voudras.

As-say pressa son front de ses deux mains : elle était tour à tour livrée à toutes les incertitudes de sa joie même, elle voulait croire, et ne pouvait pas. Elle regardait Ping-si d'un œil ardent; elle cherchait sur sa physionomie l'indice d'un mensonge, et n'en trouvait aucun; elle avait peur d'une erreur, et n'osait même pas pousser trop loin ses interrogations, dans la crainte de voir renverser tout ce frêle échafaudage de bonheur.

Or, pendant que ceci se passait, et comme Ping-si et As-say s'abandonnaient tout entiers à la situation, Fo-hi avait quitté la place vers laquelle il s'était retiré, et il venait de se glisser sans bruit vers la fenêtre.

Une fois là, il s'arrêta et prêta l'oreille.

Sa physionomie avait pris une expression terrible à voir, ses sourcils s'étaient rapprochés, et un sourire cruel et sanglant avait entr'ouvert ses lèvres épaisses.

On eût dit que tout ce que Ping-si allait dire lui était déjà connu et qu'il savait d'avance le dénoûment de cette entrevue.

Il avait ramassé sur le sol le tronçon de son couteau, et ainsi armé, il écouta et attendit.

As-say reprit :

— Ping-si, dit-elle d'une voix tremblante, vous savez donc, vous, où je dois retrouver mon enfant?

— Je le sais.

— Vous l'avez vue peut-être?

— Souvent.

— Oh! ne me trompez pas... je deviendrais folle...

— Et pourquoi te tromperais-je, As-say? repartit Ping-si : ta fille a dix-huit ans, et elle est belle, ainsi que l'aurore d'un beau jour... elle est bonne aussi, son âme est pure comme le ciel qui l'a faite, et elle pleure souvent, en songeant que son enfance a été privée des douces caresses d'une mère...

As-say prit vivement les deux mains de Ping-si dans les siennes, et le regarda dans les yeux : un vague soupçon de la vérité avait traversé son esprit.

— Ping-si, dit-elle tout à coup, je t'ai deviné.

— Quoi donc? répondit Ping-si.

— Tu l'aimes, n'est-ce pas?...

— C'est vrai...

— Attends... laisse-moi rassembler mes souvenirs; j'ai tout un monde dans la tête... Attends... oh! je me rappelle... tu l'aimes... il y a longtemps... mais moi aussi, je l'ai vue... elle a passé près de moi sans que je m'en aperçoive... je n'avais qu'à ouvrir les bras... et mon cœur n'a pas battu plus vite, et ma colère ne s'est pas apaisée!...

— La haine t'aveuglait...

— Une haine impie, puisqu'elle a pu empêcher une mère de reconnaître son enfant...

As-say fondit en larmes.

— Pauvre Li-tsi... dit-elle en sanglotant; ah! tu as raison, Ping-si; elle est belle, et rien n'égale la bonté de son cœur... mais je l'aimerai maintenant pour toutes les années que j'ai passées loin d'elle; elle ne me quittera plus, et tous les jours qui me restent à vivre ne suffiront pas à la rendre heureuse, et à lui faire oublier le passé...

As-say s'arrêta court sur ces mots, et un frémissement plein de fièvre circula par tous ses membres.

Son regard s'était tout à coup empreint d'une sorte d'égarement, elle passa convulsivement ses mains crispées sur ses tempes et dans ses cheveux épars, et poussa enfin un cri terrible qui n'avait rien d'humain.

— Mais je suis folle, dit-elle en se cramponnant aux bras de Ping-si, tout ce qui m'arrive en ce moment est une vengeance du ciel... Ping-si... Ping-si... ma fille est perdue...

Un éclat de rire répondit à ce cri suprême, et As-say se tourna épouvantée vers la fenêtre.

Fo-hi venait de l'escalader, et s'apprêtait à fuir.

— Ma fille! s'écria la malheureuse mère en jetant vers lui ses deux bras éperdus.

— Ta fille est en ce moment sur la route de Nan-king, répondit Fo-hi.

— Mais tu me la rendras?

— La justice ne pardonne pas aux chrétiens.

— Mais toi, toi, Fo-hi... tu peux la sauver ; tu peux rejoindre tes hommes avant qu'ils arrivent à Nan-king... Ah! tu feras cela, n'est-ce pas?

Pour toute réponse, Fo-hi montra son poignard brisé.

— Fo-hi ne sait pas pardonner, dit-il d'une voix sombre, et il préfère voir mourir Li-tsi que de la sauver pour la donner à un rival.

Et en parlant ainsi, il repoussa vivement la fenêtre, et s'enfuit en courant vers la campagne.

As-say eut un regard irrité pour Ping-si.

— Sans ton amour, il me l'eût rendue, dit-elle avec amertume.

— Eh! ne pouvons-nous la sauver nous-mêmes, sans le secours de Fo-hi? objecta Ping-si.

— Comment?

— Des chevaux m'attendent ici près... nous pouvons avec quelques hommes déterminés nous mettre sur les traces du Tao-sze, et avant l'aube, nous les atteindrons peut-être.

— Mais s'ils refusent de nous rendre Li-tsi?

— Nous la leur demanderons de manière à ce qu'ils ne puissent pas nous la refuser.

— Une lutte?...

— Un combat, s'il le faut.

As-say eut un geste violent.

— Cette dernière ressource même nous est refusée, dit-elle avec dépit.

— Pourquoi donc?

— Parce qu'il y aurait plus de danger encore pour Li-tsi que pour nous...

— Explique-toi...

Un sourire forcé plissa les lèvres de la mère.

— Ah! tu ne connais pas Fo-hi, répondit-elle; cet homme a toutes les habiletés du crime, et ses mesures sont prises pour que Li-tsi ne puisse plus retomber entre tes mains.

— Mais quelles mesures?...

— Il a tout prévu, te dis-je, et si tes hommes attaquaient les siens, ce serait fait du Tao-sze et de Li-tsi...

Ping-si se tut. Pour la première fois, la situation lui paraissait non-seulement critique, mais, pour ainsi dire, désespérée. Jamais encore il n'avait craint aussi sérieusement pour les jours de celle qu'il aimait, et il cherchait quel moyen pourrait la tirer de ce pas difficile.

De son côté, As-say marchait avec agitation à travers la chambre, et paraissait en proie au désespoir le plus violent. Ainsi, elle n'avait retrouvé sa fille que pour la perdre de nouveau; elle ne l'avait pas même embrassée, et elle se demandait avec amertume s'il n'eût pas mieux valu ne la retrouver jamais.

Ses cheveux pendaient épars sur ses épaules; elle prononçait de temps à autre des mots sans suite, et ses mains crispées déchiraient avec une rage convulsive l'étoffe de ses vêtements.

— Oh! malheur au Tao-sze, dit-elle enfin avec éclat, car c'est lui qui a perdu ma pauvre Li-tsi.

— C'est lui qui l'a sauvée plutôt, interrompit Ping-si.

— Ne l'a-t-il pas faite chrétienne? ne lui a-t-il pas appris à prier un autre Dieu que Bouddha? n'est-elle pas comme une étrangère maintenant, comme une ennemie dans le pays même de ses ancêtres?

— La douleur t'égare, As-say, repartit le jeune homme, sans le Tao-sze tu n'aurais plus de fille.

— Sans lui elle ne mourrait pas.

Ping-si réprima un mouvement d'impatience.

— Voyons, dit-il en se contenant, pourquoi s'abandonner ainsi au désespoir, au lieu de chercher une issue à cette impasse dans laquelle nous sommes acculés.

— Mais quelle issue? fit As-say.

— Je cherche.

— Il n'y en a point.

— Le ciel nous éclairera peut-être.

— Je n'ai plus d'espoir.

— Prends garde de l'irriter, femme. Tout à l'heure le repentir avait touché ton cœur, et la vie te souriait; maintenant la colère t'aveugle de nouveau, et le désespoir redevient ton hôte. Prends garde, As-say, le ciel est juste, et il peut se lasser.

As-say regarda Ping-si d'un air craintif. Depuis qu'elle avait retrouvé sa fille, elle était redevenue superstitieuse, et elle avait peur maintenant du ciel qu'elle bravait naguère avec tant de fureur.

— J'ai tort, répondit-elle avec humilité, mais je suis si cruellement ébranlée, que je ne me sens plus la force d'avoir une volonté.

— C'est cependant à cette heure surtout que nous avons besoin de toutes nos facultés.

— Tu as raison.

— Veux-tu reprendre ta fille à Fo-hi?

— Si je le veux!

— Eh bien, écoute, les hommes auxquels elle a été confiée ont pris, m'as-tu dit, la route de Nan-king.

— Sans doute.

— C'est à When-ti qu'elle sera remise.

— C'était du moins leur intention.

— Alors, il faut aller trouver ton époux.

— Moi!

— Lui seul peut sauver Li-tsi.

— Mais il ne voudra pas.

— N'est-ce pas sa fille aussi?

— Ah! sur mon âme et par le ciel, s'écria As-say, je jure que Li-tsi est bien sa fille.

— Eh bien, pourquoi hésites-tu donc?

— Je n'oserai jamais!

— Tu as peur?

— J'ai honte!

— Préfères-tu la voir mourir?

— Ne me parle pas ainsi.

— C'est la seule chance de salut qui s'offre à toi.

— Que faire ! que faire !

As-say prit sa tête dans ses deux mains. Ping-si se rapprocha d'elle :

— As-say, poursuivit-il, sans lui donner le temps de la réflexion, songe que chaque minute de retard peut perdre à jamais ta fille.

— Je deviendrai folle ! murmura la malheureuse mère.

— Les hommes qui l'entraînent, approchent peut-être de Nan-king ; dans une heure, il sera trop tard.

— Ma pauvre Li-tsi !

— Une démarche auprès de ton époux peut tout sauver. C'est sa fille aussi ; qui sait !... un mot de tes lèvres, un cri de ton cœur, et le père reconnaîtra son enfant.

— Si je le croyais...

— As-say, veux-tu que je t'accompagne ?

— Tu viendrais avec moi !

— Pour sauver Li-tsi, j'irais trouver le FILS DU CIEL !

— Mais ne peux-tu rien toi-même ? dit tout à coup As-say, en fixant un regard profond sur son interlocuteur.

— Je ne puis rien, répondit ce dernier.

— Tu es puissant cependant.

— Je te l'ai prouvé.

— Et tu l'aimes.

— Plus que ma vie.

— Qui t'arrête alors ?

Ping-si fit un triste sourire.

— S'il ne s'agissait que de combattre et d'exposer ses jours, répondit-il, Li-tsi serait à nous avant qu'il soit une heure ; mais, pour l'arracher aux mains de ton époux, il faut heurter de front un sentiment profond de haine nationale, et ma puissance s'y briserait sans résultat...

— Je te crois, dit As-say, j'ai travaillé moi-même à répandre et vivifier ce sentiment, et je sais combien il est profond et redoutable. Soit ! j'irai trouver When-ti.

— Veux-tu que je t'accompagne ?

— J'irai seule, il s'agit de ma fille, et tu as raison, rien ne doit et ne peut m'arrêter; mais si When ti me repousse, s'il reste sourd à mes cris, et insensible à mes prières, c'est au bourreau lui-même que j'irai disputer sa victime.

En parlant de la sorte, As-say serra les mains de Ping-si dans les siennes par une affectueuse étreinte, et elle partit, après avoir demandé en quel endroit elle trouverait le cheval qui lui avait été offert.

Quelques secondes plus tard, Ping-si l'entendait s'éloigner au galop de sa monture.

A peine eut-elle disparu, qu'il se pencha à la fenêtre, et fit entendre un signal.

Un homme accourut, c'était Tittmarsh.

Le vieux loup de mer n'avait pas maigri : depuis que Pinson avait disparu, il ne quittait plus Ping-si, et jusqu'alors, il n'avait pas eu à se plaindre de la table.

— Tittmarsh, dit Ping-si à l'honorable représentant de la Grande-Bretagne, n'a-t-on eu, depuis ce matin, aucune nouvelle de Pinson et de Coupoutaï?

— Aucune, répondit Tittmarsh.

— On a cependant battu les environs dans tous les sens.

— Et avec le plus grand soin, car c'est moi-même qui ai dirigé les recherches.

— Voilà qui est étrange, murmura Ping-si ; votre ami est un garçon adroit, et je m'étonne qu'il se soit laissé prendre.

— Cela m'étonne également, fit observer Tittmarsh, il faut qu'il se soit égaré.

— En compagnie de Coupoutaï, c'est peu probable.

— Eh bien! nous recommencerons nos recherches dès demain...

Ping-si interrompit du geste.

— C'est impossible, répondit-il, dans un instant nous quitterons ce pays.

— Et où irons-nous?

— A Nan-king... mais en partant, nous laisserons derrière nous quelques hommes expérimentés, avec mission de continuer ce que nous avons commencé, et j'espère qu'avant quelques jours nous saurons quelque chose de positif sur vos deux amis.

Pendant que ces quelques mots s'échangeaient entre Ping-si et

Tittmarsh, As-say poursuivait sa route au galop emporté de son cheval.

Le soleil sortait déjà de l'horizon, et une teinte rose se répandait au loin sur les plaines et dans les vallons.

La vie reprenait possession de la nature entière, chaque chose s'éveillait sous les premières caresses du jour, et tout s'animait, et tout chantait.

As-say courait toujours ; courbée sur le col de son cheval, haletante, oppressée, elle semblait vouloir lui communiquer toute l'impatience dont elle était dévorée, et son regard ardent plongeait dans l'horizon que les derniers voiles de la nuit lui dérobaient encore.

C'est sa fille qu'elle allait sauver, et elle ne voulait pas arriver trop tard !...

Mater dolorosa.

Quand As-say atteignit les plaines qui environnent Nan-king, le soleil était au plus haut de sa course.

La campagne s'animait de tout le mouvement qui annonce l'approche d'un grand centre commercial. C'était un va-et-vient inouï de voitures et d'industries ambulantes ; tous les chemins étaient sillonnés de marchands, de soldats, d'ouvriers, de jongleurs, et de loin, sur la grande et large voie tracée par le fleuve, passaient paisiblement les jonques de commerce, et les bateaux-mandarins dont le flanc doré resplendissait au soleil, comme les écailles d'un monstre marin.

As-say continuait de dévorer l'espace ; sa main exercée serrait avec énergie la bride de son cheval, et pour activer encore sa course, à défaut d'éperons, elle s'aidait de son poignard, qu'elle enfonçait de temps à autre dans le poitrail de la bête.

Le pauvre animal se cabrait alors en hennissant, et frappait le sol avec une nouvelle ardeur.

Quand il parvint aux premières maisons des faubourgs de Nan-king, il ruisselait d'écume et de sang.

As-say s'arrêta.

Il y avait là, à quelques pas, une misérable auberge ; elle sauta lestement à terre, y conduisit son cheval, et se disposa à marcher vers la ville.

Mais au moment de s'éloigner, elle revint brusquement sur ses pas, et s'adressant à la première femme qu'elle trouva sur le seuil de l'auberge.

— Il a dû passer par ici, demanda-t-elle, il y a quelques heures, un groupe d'hommes armés, conduisant aux mandarins de Nan-king un *Tao-sze* chrétien et sa fille... ne les auriez-vous pas aperçus?

.La femme à laquelle s'adressait cette question regarda As-say avec étonnement.

— Je n'ai rien vu... répondit-elle à voix lente. .

As-say ne put s'empêcher d'être frappée de l'air singulier de son interlocutrice, et elle lui en demanda la cause.

— Ce n'est rien... répondit la femme.

— Cependant vous paraissez étonnée?

— En effet...

— Qu'avez-vous donc?

La femme sourit.

— C'est que tout à l'heure, dit-elle, un homme est passé qui m'a adressé la même question.

— Un homme! répéta vivement As-say.

— Il ne peut être loin.

— Et il a continué sa route vers Nan-king?...

— Oh! vous ne pouvez tarder de le rejoindre; et en pressant un peu le pas, vous arriverez en même temps que lui aux portes de la ville.

As-say n'en entendit pas davantage; et en quittant l'auberge, elle se mit à courir devant elle.

Cet homme, c'était Fo-hi sans doute, et elle voulait le voir, l'interroger; elle voulait surtout qu'il l'aidât à sauver sa fille.

Au premier détour de rue, elle l'aperçut qui marchait à pas rapides. Elle l'eut bien vite atteint.

— As-say!... s'écria Fo-hi stupéfait de cette rencontre... et que viens-tu faire à Nan-king?

— Je viens sauver ma fille.

— Il est trop tard.

— Qui te l'a dit?

— Ta fille et le Tao-sze sont en ce moment entre les mains de When-ti,

As-say mordit ses lèvres jusqu'au sang, mais elle comprit presque aussitôt que la colère ne pouvait plus rien, au milieu de toutes ces complications ; elle fit un effort sur elle-même, et trouva dans son cœur de mère le courage de sourire à son interlocuteur.

— Fo-hi, lui dit-elle d'un accent plein de caresses, je t'ai connu bon autrefois ; tu m'as aimée, tu me le disais du moins ; nous avons vécu dix années l'un près de l'autre, et jamais, n'est-ce pas, tu n'as eu à te plaindre d'As-say, et tu l'as toujours trouvée dévouée pour toi et pour les tiens ; est-ce vrai ?

— C'est vrai ! répondit Fo-hi.

— Eh bien !... poursuivit As-say, que ce passé soit coupable, et qu'il soit aujourd'hui mon plus cruel remords, qu'importe, le souvenir n'en subsiste pas moins, et c'est en son nom que je m'adresse à toi, comme une sœur à son frère, ou, si tu l'aimes mieux, comme une maîtresse à son amant.

— Que veux-tu ?

— Je veux sauver Li-tsi.

— C'est impossible.

— Tout est possible... si tu le veux aussi.

Le Ye-ko fit un sourire ironique.

— Et qui te dit que je le veuille ? répondit-il d'un ton brusque, et avec deux regards farouches.

— Mais ce serait de la cruauté !...

— Non, c'est de la jalousie.

— Tu aimes Li-tsi, et tu refuses de l'arracher à la mort ?...

Fo-hi serra fortement le bras d'As-say.

— Oui, répondit-il, oui, je préfère la voir marcher au supplice, je préfère la voir morte, dussé-je la tuer moi-même, plutôt que de la livrer à un autre.

— A Ping-si peut-être ?... fit Assay.

— Il l'aime.

— Et tu crois que je la lui donnerais ?...

Fo-hi haussa les épaules.

— Mais elle l'aime... dit-il avec une dédaigneuse pitié.

— C'est faux !

— Elle me l'a avoué... et, si je la sauvais aujourd'hui, le premier usage qu'elle ferait de sa liberté, serait de courir vers son amant.

— Ah! tu la calomnies...

— N'est-elle pas femme?

— Elle est pure, du moins.

— Elle aime, te dis-je, répéta Fo-hi d'une voix sombre, et je frapperai sans pitié ce cœur qui ne doit jamais battre pour moi!...

As-say se dégagea vivement de l'étreinte du Ye-ko.

— Ainsi, c'est ton dernier mot? dit-elle d'une voix brève et sèche.

— Je n'ai rien à ajouter.

— Tu refuses de sauver ma fille?

— J'aurais dû la tuer...

— Alors, c'est une lutte entre nous.

— Comme tu voudras.

— Une lutte à mort, sais-tu cela?

— Qu'importe...

As-say serra les dents, et lança à Fo-hi un regard de hyène.

— Fo-hi, dit-elle encore, tu te souviendras du jour où tu as été sans pitié pour moi... Après dix années tu ne connais pas As-say...

— Des menaces?...

— Prends garde... ma haine est implacable.

— Je ne te crains pas!...

As-say avait beaucoup de peine à se contenir, et pourtant, elle espérait encore, et ne voulait pas s'abandonner à la fureur qui grondait dans sa poitrine.

— Fo-hi, ajouta-t-elle, je vais partir... Ne veux-tu pas me retenir?

— Pars...

— Cette prière est la dernière, — encore une fois, veux-tu sauver Li-tsi?...

Le Ye-ko ne répondit même pas à cette dernière sommation, et adressant un geste de défi à As-say, il salua d'une main dédaigneuse, et disparut rapidement dans les rues tortueuses de Nanking.

As-say poussa un cri de rage, et leva ses deux bras irrités vers le ciel.

— Oh! malheur à toi, s'écria-t-elle, malheur!... Il ne suffira pas de tout ton sang pour éteindre la haine que tu viens d'allumer dans mon cœur... A bientôt, Fo-hi... à bientôt!...

Et en prononçant ces imprécations, elle reprit sa course d'un pas rapide, et la tête perdue de désespoir et de colère, elle se dirigea vers la demeure du mandarin When-ti.

Le mandarin demeurait au milieu de la ville; en un quart d'heure, As-say frappait à la porte.

Un domestique vint ouvrir, et l'introduisit dans le *Thing*, ou salle destinée à recevoir les étrangers; on trouve deux *Thing* dans le palais des princes, dans les hôtels des grands, et dans les maisons des hommes en place, ou d'un rang au-dessus du vulgaire.

L'ameublement de cette salle n'avait pas demandé de grands frais; il se composait d'un sofa, de quelques fauteuils, et de chaises en bambou; dans les coins, étaient placés des tables à thé, au milieu, un paravent de laque, et deux lanternes de corne se balançaient au-dessus d'une corbeille de fleurs; à côté des sièges, avaient été roulés des crachoirs mobiles de formes diverses, et dans le fond, deux bandes de satin, accrochées au mur, laissaient voir, écrites en caractères apparents, des sentences ou maximes que l'on retrouve, en Chine, dans presque tous les endroits publics...

La tranquillité d'un peuple dépend de la fidélité des ministres.

Les enfants des hommes doivent regarder la piété filiale comme le plus saint des devoirs... etc... etc...

Un demi-jour régnait dans la salle, aucun bruit ne montait du dehors; As-say s'assit, en attendant le retour du valet qui l'avait introduite.

Ce ne fut pas long.

Cinq minutes s'étaient à peine écoulées, que le valet revint, et annonça que son maître n'était pas visible.

As-say sentit, à cette réponse, un froid glacial pénétrer jusqu'à son cœur.

Elle se leva...

Elle ne pouvait s'éloigner ainsi; il était impossible que When-ti refusât de la recevoir... à tout prix, elle voulait le voir et lui parler.

Elle se rapprocha du valet.

— Mon ami, lui dit-elle avec douceur, et dans l'espoir de ga-gner ses bonnes grâces, as-tu bien expliqué au mandarin When-ti qu'il s'agissait de moi ?...

— Je lui ai dit votre nom, répondit le valet

— Et il a refusé de me recevoir...

— Il prétend ne pas vous connaître...

As-say se contint ; elle voulait atteindre son but, et pour ne pas compromettre le succès de ses instances, elle buvait jusqu'au fond la coupe des humiliations.

— Cependant, reprit-elle presque aussitôt, je viens de fort loin ; l'affaire qui m'appelle à Nan-king ne peut souffrir aucun retard... il s'agit de la vie de mon enfant, et c'est à l'instant même que je veux voir When-ti.

— L'ordre est formel...

— Pour tous peut-être... mais non pour moi !...

— Pour vous comme pour les autres.

— Voyons... insista As-say, en jetant sa bourse pleine de *taels* au valet étonné, prends, mon ami ; As-say te donne cet ar-gent, entends-tu, mais à la condition que tu l'introduiras à l'instant chez ton maître.

— C'est impossible.

— Il le faut pourtant.

— Personne ne peut pénétrer auprès du mandarin.

— Mais il le faut, te dis-je ; toute minute qui s'écoule peut coûter la vie à mon enfant... Ah !... tiens, je veux rester calme, mais ne sois pas insensible... C'est une mère qui te supplie... tu as une mère, peut-être aussi, eh bien, c'est en son nom que je te demande de me laisser passer.

As-say avait pris les mains du valet, et d'un geste énergique, elle cherchait, tout en parlant, à l'écarter de son chemin.

Le valet voulut résister.

— Mon devoir est de m'opposer à votre désir, répondit-il, avec une velléité de fermeté.

— Ton devoir est cruel.

— Vous ne passerez pas !...

— Ah !... prends garde... malheureux, tu ne sais donc pas

que je me contiens là, depuis un instant, et que ma poitrine hat,
et que je ne puis me laisser arrêter...

As-say était imposante de résolution et d'audace, mais le valet
s'était trop avancé... il ne voulut pas reculer.

— Vous ne passerez pas! répéta-t-il avec entêtement.

As-say tira son poignard.

Elle avait dépouillé toute contrainte; elle ne voyait plus que
le but, et à tout prix, elle voulait l'atteindre.

— Arrière! s'écria-t-elle en levant son poignard.

Le valet tenta encore de se jeter au devant de la porte, mais
As-say le saisit au collet, et le rejeta brusquement de côté.

— Et maintenant, dit-elle, en appuyant la pointe de son poignard sur sa poitrine, si tu fais un mouvement, ou si tu pousses
un cri, tu es un homme mort!...

— Et, ouvrant précipitamment la porte, elle disparut dans les
corridors qui conduisaient à l'appartement de When-ti.

Quand elle entra, When-ti était assis ou plutôt couché sur un
divan; une pipe, tombée de ses mains inertes, reposait à ses pieds,
et à ses côtés, deux ou trois courtisanes richement habillées ber-
çaient de leurs chansons sa torpeur voluptueuse.

As-say était entrée brusquement dans l'appartement; ses cheveux, à moitié dénoués, pendaient en désordre sur ses épaules;
ses vêtements étaient encore couverts de la poussière de la course
qu'elle avait fournie le matin; ses yeux hagards, son attitude effarée, tout en elle contribuait à lui donner l'air d'une folle.

A son aspect, les courtisanes disparurent tout à coup, et When-
ti, soulevant ses paupières appesanties, promena un moment son regard hébété autour de la chambre.

— Qui va là? dit-il en se soulevant avec peine, et d'une voix
éteinte.

Un sourire d'une amertume sans nom vint plisser les lèvres
d'As-say, qui marcha aussitôt vers son époux d'un pas ferme et ré
solu, et s'arrêta droite et taciturne devant lui.

When-ti la regarda sans la reconnaître.

As-say se baissa alors, ramassa la pipe qui gisait à terre, et la
brisant violemment entre ses mains, elle en rejeta au loin les dé-
bris.

A cette action inouïe de bravade et d'audace, le mandarin fit un soubresaut, et se dressa sur son séant.

— Qui es-tu? s'écria-t-il avec une colère fiévreuse, qui t'a permis d'entrer ici?... ne suis-je donc plus le maître dans ma demeure, et y laissera-t-on impunément pénétrer tous les fous et tous les mendiants de l'empire?...

Pour toute réponse, As-say s'empara des mains de When-ti, et le força à la regarder en face :

— When-ti! dit-elle alors d'une voix forte et pleine d'accent, ne me reconnais-tu donc pas?

— Qui es-tu?

— Regarde.

— As-say!...

— Ta femme.

— Toi! ici, que me veux-tu?

As-say laissa retomber les mains de son époux, et se pencha vers lui :

— When-ti, lui dit-elle d'un ton rapide, on a conduit ici, tout à l'heure, deux Fan-kouei.

— Que m'importe! répondit le mandarin avec indolence, et retombant déjà peu à peu dans son abrutissement.

— Ces deux Fan-kouei doivent être actuellement dans les prisons de Nan-king.

— Eh bien... s'ils y sont, dès ce soir ils seront décapités.

As-say frissonna.

— When-ti, reprit-elle aussitôt, je venais t'implorer pour eux.

— Toi!...

— Il y a là un vieillard et une jeune fille.

— Eh bien?

— Le vieillard, je te l'abandonne si tu veux... mais il n'en est pas de même de l'enfant...

— Pourquoi?

— Je veux la sauver.

— A quoi bon?

— Je l'aime...

— N'est-elle pas chrétienne?

— On le dit.

— Les chrétiens m'ont enlevé mon enfant, à moi...

— Tu te le rappelles?...

When-ti eut une lueur d'intelligence, et porta vivement la main
à son cœur.

— Ils l'ont tuée, murmura-t-il en fronçant les sourcils, et depuis ce jour, As-say, c'en est fait de ma vie!

— Tu l'aimais aussi, n'est-ce pas?... insista As-say.

Le regard de When-ti s'éclaira.

— Et tu l'as pleurée comme moi, et chaque jour encore, à travers le passé, tu la vois, et elle t'appelle, et elle te sourit.

When-ti se souleva d'une main, et son œil grand ouvert s'attacha avec une étrange fixité aux lèvres d'As-say :

— Parle! parle! dit-il avec feu. Pauvre chère âme, si elle ne
m'avait pas quitté, je serais resté fort et vaillant, et je n'aurais
pas toujours, toujours, sur ma pensée ce voile de plomb qui me
pèse et m'écrase.

As-say avait le ciel dans le cœur... En venant vers son époux,
elle ne ressentait qu'une crainte, c'était de le trouver insensible aux
souvenirs du passé; mais il n'en était rien... il parlait de sa fille
avec le même amour, et il écoutait As-say comme si toute colère
s'était apaisée dans son sein.

— Eh bien, dit-elle en se rapprochant encore de son époux,
c'est pour te parler de notre enfant que je suis venue vers toi.

— Comment! dit When-ti.

— Les desseins de Bouddha sont impénétrables, mais je n'avais
jamais désespéré de sa bonté infinie.

— Que veux-tu dire?

— Notre enfant enlevée pouvait n'avoir pas été mise à mort.

— Les chrétiens sont cruels.

— J'espérais toujours...

— Ils l'ont tuée cependant.

— Qui sait?...

— Explique-toi...

When-ti s'était à son tour emparé des mains d'As-say, et il les
serrait dans les siennes.

— Parle! ajouta-t-il avec force, aurais-tu retrouvé ses traces?

— Depuis hier.

— Et elle vit ?

— Elle vit !

When-ti passa ses mains sur son crâne chauve, et jeta à sa femme un regard profond.

Il faisait des efforts inouïs pour fixer sa pensée dans son cerveau affaibli, et il frémissait en songeant que d'un moment à l'autre l'ivresse de l'opium pouvait ressaisir sa proie.

— Elle vit ! répéta-t-il à plusieurs reprises, comme pour se persuader à lui-même que ce qu'il entendait n'était point le résultat d'une hallucination... Tu ne me trompes pas, As-say ?...

— Je suis venue la chercher.

— Elle est donc à Nan-king ?

— Depuis ce matin.

— Et pourquoi ne l'as-tu pas amenée ?...

— Je venais te la demander.

When-ti sentit un frisson d'épouvante parcourir tous ses membres.

— Qu'est-ce à dire ?... fit-il avec effroi.

Et comme As-say se taisait, agitée et inquiète :

— Ne me parlais-tu pas tout à l'heure de deux Fan-kouei arrêtés ?... ajouta-t-il à voix lente.

— Sans doute... répondit As-say... un Tao-sze chrétien.

— Et sa fille... n'est-ce pas ?

— Li-tsi.

— Notre enfant peut-être ?

— Ah ! tu la sauveras, tu ne la laisseras pas mourir... s'écria As-say en se jetant éplorée dans les bras de son époux.

When-ti la repoussa doucement, mit un doigt sur ses lèvres, et promena autour de lui un regard sombre et inquiet.

— Tais-toi, dit-il à voix basse, tais-toi, il ne faut pas que l'on t'entende parler, il faut que tout le monde ignore pourquoi tu es venue.

— Mais tu la sauveras, n'est-ce pas ? tu ne veux pas qu'elle meure non plus !

When-ti leva son visage vers sa femme : deux larmes coulaient silencieusement le long de ses joues creuses et hâves : à cette vue As say se sentit pénétrée de bonheur, et elle prit ses mains qu'elle baisa avec un transport de joie insensée.

— Il pleure ! dit-elle avec un cri de triomphe. Oh ! ma pauvre Li-tsi est sauvée !

Et la malheureuse mère riait au milieu de ses larmes, et elle allait à travers la chambre, tout enivrée, folle de joie, comme un instant auparavant elle était folle de douleur.

When-ti eut toutes les peines du monde à la ramener au calme.

— Voyons, dit-il, je vais donner l'ordre qu'on amène ici sur-le-champ le Tao-sze et sa fille.

— Oui, oui, c'est cela, approuva As-say.

— Pendant ce temps, tu te retireras dans une chambre voisine.

— Je ferai ce que tu ordonneras.

— Il serait imprudent de rester.

— C'est vrai ! je ne pourrais contenir mon cœur, et je trahirais notre pauvre enfant. Tout ce que tu veux est juste, When-ti, et le ciel garde encore de grandes consolations à notre vieillesse.

As-say achevait ces mots, quand When-ti frappa sur un timbre pour appeler son secrétaire.

La porte s'ouvrit presque aussitôt, et un homme entra.

When-ti le regarda avec étonnement ; non-seulement ce n'était pas son secrétaire, mais il ne le connaissait même pas pour appartenir à la domesticité de sa maison.

Cependant l'homme avançait à pas lents. Quand il fut près d'As-say, il lui toucha légèrement l'épaule du bout des doigts.

As-say poussa un cri de terreur, comme si elle eût aperçu tout à coup à ses pieds la tête venimeuse d'un reptile.

Cet homme, c'était Fo-hi !

As-say s'élança pleine d'angoisses vers When-ti, et l'entoura de ses bras, cherchant ainsi à le défendre de l'approche de son amant.

Fo-hi se prit à sourire :

— Tu ne m'attendais pas, dit-il à la pauvre femme éperdue, d'une voix sardonique.

— Que viens-tu faire ici ? s'écria As-say.

— Tu le demandes ?

— Va-t'en !

— Quand j'aurai parlé à ton époux.

— Tu viens m'enlever mon enfant.

— J'arrive à temps, n'est-ce pas?

— Ah! When-ti la défendra maintenant; il la connaît, il l'aime, je ne crains pas ta bave de serpent, et je t'écraserai comme une bête venimeuse que tu es.

Fo-hi ne répondit pas, et fit quelques pas vers un coffre, où étaient renfermés divers objets qui servent à la préparation de l'opium pour les fumeurs.

As-say le regardait faire avec stupeur.

Cependant, When-ti venait d'écarter cette dernière, et son œil attentif suivait avec intérêt les moindres gestes de Fo-hi; il le vit ainsi successivement prendre une pipe, ouvrir la boîte à opium, puis revenir enfin vers lui avec la pipe toute préparée.

Le visage de When-ti prit, à cette vue, une expression de convoitise haletante.

— Qui es-tu? dit-il à Fo-hi, d'une voix ardente.

— On me nomme Fo-hi! répondit le Ye-ko.

Et il présenta en même temps, au mandarin, la pipe que ce dernier porta avec avidité à ses lèvres.

As-say avait jeté un cri de détresse en le voyant, et elle fit le geste de se précipiter sur le fatal poison; mais Fo-hi y avait déjà mis le feu, et la fumée s'élevait en spirales blanches et bleues au milieu de la chambre.

— Mais notre enfant, malheureux! s'écria-t-elle, en secouant les bras du mandarin avec énergie.

— Notre enfant! répéta When-ti, d'un air hébété.

— Ils vont la tuer, nous arriverons trop tard, viens! viens!

When-ti, que l'abrutissement commençait à gagner de nouveau, eut un mouvement de galvanisme à la pensée que sa femme venait d'évoquer... il tenta de se soulever, et rejeta l'opium loin de lui.

Mais Fo-hi ne le quittait pas de l'œil, et il le retint.

— Est-ce donc de la fille du Tao-sze qu'il s'agit? demanda-t-il à When-ti.

— Ma fille! balbutia le mandarin.

— Tu as cru cela?

— As say le disait.

— Elle en impose.

— Comment ?

Fo-hi haussa les épaules :

— Cette femme n'a qu'une fille, répondit-il d'une voix haute et ferme, et c'est le fruit de l'adultère et du mensonge. Cette fille se nomme Li-tsi, et elle est chrétienne, et s'il faut tout dire, When-ti, le Tao-sze chrétien que l'on vient de conduire à Nan-king est l'amant d'As-say...

— Il ment ! il ment ! s'écria cette dernière en se précipitant vers son époux. Fo-hi est un misérable imposteur ; ne l'écoute pas.

— Par les trois Bouddhas, Fo-hi n'a dit que la vérité, répondit le Ye-ko.

— Eh bien, qu'ils périssent donc ! interrompit le mandarin impatienté, et dont la raison était déjà ébranlée, et puissent tous les Fan-kouei subir le même sort.

As-say n'avait plus la force de lutter, tant d'émotions l'avaient brisée, elle était vaincue ; aussi en entendant les dernières paroles de son époux, elle ferma les yeux, jeta un cri de suprême et déchirante angoisse et alla tomber sans mouvement sur le parquet.

La vengeance d'As-say

Quand As-say revint à elle, elle était assise au coin d'une rue de Nan-king, seule, la tête égarée, l'esprit perdu.

Elle ne se rappelait rien de ce qui s'était passé; les premières ombres de la nuit commençaient à ramper autour d'elle; chaque habitant rentrait un à un dans sa demeure; le bruit s'apaisait, le mouvement se ralentissait.

As-say promena autour d'elle un regard hébété, pressa ses tempes avec force, et chercha ainsi à rappeler ses souvenirs.

Depuis combien de temps était-elle en cet endroit? comment y était-elle venue? qui l'y avait déposée?... Elle n'en savait rien.

Elle sentait seulement une fatigue inouïe; ses membres étaient brisés; la sueur perlait sur son front glacé, ses cheveux flottaient en désordre sur ses épaules.

Elle avait froid.

Peu à peu, cependant, son regard prit plus d'assurance; le sentiment de la réalité la saisit de nouveau avec une âpre violence, et un vague souvenir traversa bientôt son cerveau.

Ce fut un éclair.

Tout son corps frémit à ce souvenir, et un cri qui ressemblait à un râle s'échappa de sa poitrine.

Elle se rappelait!

Son époux l'avait chassée; Fo-hi l'avait trahie, sa fille était perdue!...

Sa fille! qu'elle avait eue un moment entre ses bras et qu'elle avait repoussée , sa pauvre Li-tsi, qu'elle pouvait couvrir de ca-resses et de baisers, et qu'elle avait elle-même livrée aux bour-reaux !

Elle se rappelait maintenant et son regard chaste et tendre, et ses belles larmes, et ses douces paroles.

Elle la voyait plus belle encore qu'elle ne l'avait jamais rêvée, et bonne et naïve, ouvrant son âme sans voile, comme un pur trésor de virginité et d'amour.

La malheureuse mère fondit en larmes.

Elle ne savait plus que faire... elle cherchait vainement une issue à cette situation désespérée, et dans ce cœur qui n'eût plus voulu qu'aimer, elle sentait naître un violent sentiment de haine et un ardent désir de vengeance.

Deux hommes surtout se dressaient à l'horizon de ses san-glantes aspirations... deux hommes qu'elle accusait d'avoir été les agents de son désespoir, et qu'elle brûlait de tenir, ne fût-ce qu'une minute, une seconde, au bout de son poignard.

Le Tao-sze et Fo-hi.

Fo-hi , qui avait arraché Li-tsi de ses mains ; le Tao-sze qui l'a-vait faite chrétienne.

Ce n'était pas trop de deux victimes pour payer la vie de sa fille !...

Comme elle en était là de ses réflexions, un homme s'arrêta de-vant elle, et se prit à la considérer avec attention.

As-say releva la tête.

— As-say ! s'écria l'homme en élevant sa lanterne à la hauteur du visage de la femme.

— Qui es-tu toi-même ? répondit cette dernière.

— Ne me reconnais-tu pas ?

— Fran-tché ?

As-say se leva. — Ce Fran-tché était un des membres les plus actifs de l'association des Trois-Unis ; caractère cauteleux, plein d'envie, et qui avait toujours passé pour le rival du Ye-ko, Fo-hi.

— Où vas-tu donc à cette heure ? reprit As-say après une mi-nute d'hésitation.

— Où tu devrais te rendre toi-même.

— Où cela ?

— Chez les bonzes d'Ho-nan.

— Il y a donc réunion?

— Je m'étonne que tu l'aies oublié.

As-say posa un doigt sur son front.

— En effet, dit-elle, c'est aujourd'hui le septième jour de la lune, nos frères sont convoqués.

— Et pas un ne manquera à l'appel.

— Que se passe-t-il?

— LE FILS DU CIEL est à Nan-king.

— Dis-tu vrai?

— On l'a vu.

— Et que veut-on faire?

— Je l'ignore encore...

— Et Fo-hi sera à cette réunion?

— Qu'importe!...

— Mais il m'importe de le savoir...

— Eh bien, suis-moi... et tu l'apprendras sans tarder.

As-say obéit... depuis un moment son cœur s'était pris à battre avec force; un espoir lui était venu. Elle allait peut-être trouver chez les bonzes d'Ho-nan la vengeance qu'elle cherchait.

Elle suivait Fran-tché.

La nuit était venue, la lune venait de se lever; en moins d'une demi-heure ils eurent quitté Nan-king et gagné la campagne.

Pendant ce premier trajet, ils n'avaient pas échangé une parole; tout entiers à leurs préoccupations personnelles, chacun écoutait sa pensée sans songer à son compagnon.

Au bout d'une heure, As-say s'arrêta.

Ils étaient arrivés au pied d'une montagne élevée sur le versant de laquelle s'élevaient plusieurs monastères de fondation impériale, dont, à la clarté de la lune, les silhouettes se détachaient sur le fond clair du ciel.

« La nature semble, dit un auteur, s'être concertée avec le travail des hommes pour embellir ce séjour que deux mille prêtres et autant d'idoles encombraient de leur oisive stupidité. Là, mille jardins charmants ont été dessinés, mille grottes creusées le long des sentiers verdoyants, mille bosquets aromatiques disposés patiemment dans les moindres anfractuosités des rochers: deux splendides et vastes bâtiments à la livrée impériale, c'est-à-dire revêtus de briques jaunes, occupent et enserrent les deux plus riantes vallées que l'imagination puisse rêver ; tout cela, ajoute ir- révérencieusement M. Old Nick, que nous citons, pour loger un certain nombre de bûches dorées prétendues dispensatrices du beau temps ou de la pluie.

« N'omettons pas, — c'est toujours le même auteur qui parle, car nous ne nous permettrions pas de pareilles impertinences, — n'omet- tons pas une troisième espèce d'hôtes qui ne manquent jamais dans un monastère chinois : ce sont d'énormes porcs, engraissés à plaisir, et qui se traînent lentement d'une cellule à l'autre, béats dédaigneux, sans toucher à l'abondante pâture jetée sur leur che- min. On comprendrait leur présence si le culte de FO permettait l'usage du lard ou du jambon ; mais, en présence des prohibitions formelles dont toute chair est l'objet, il est permis de supposer que les dogmes de la métempsychose autorisent la transmigration des âmes d'élite dans le corps des pourceaux sacrés. Si cela est, il faut convenir qu'on a choisi un singulier logement pour l'esprit d'un grand saint ou d'un respectable philosophe. »

Fran-tché regarda As-say qui venait de s'arrêter, il lui montra de la main les monastères, dont ils n'étaient plus qu'à un quart de lieue.

— Pourquoi s'attarder ?... dit-il vivement à la mère de Li-tsi.

— Je réfléchis... répondit celle-ci.

— Qui t'arrête ?...

— Une idée.

— Hésiterais-tu ?

— Ce n'est pas cela.

— Qu'est-ce donc ?

As-say mit sa main dans la main du Chinois.

— Fran-tché, lui dit-elle d'un ton mystérieux, tu es courageux, n'est-ce pas ?...

— Qui en doute ? dit le Chinois avec hauteur.

— Personne, que moi...

— Comment ?

As-say remua dédaigneusement la tête.

— Il y a longtemps, poursuivit-elle d'une voix incisive, que je me suis aperçue de la rivalité qui existe entre Fo-hi et toi...

— Eh bien !

— Tu le hais...

— L'ai-je jamais caché?...

— Non, sans doute... Mais qu'as-tu fait jusqu'à présent pour satisfaire cette haine?

— Moi seul je le sais...

— Qu'espères-tu donc?

— Rien.

— Tu as peur?

— J'attends...

As-say se pencha vers son interlocuteur, et baissa encore la voix, comme si elle eût craint que quelqu'un ne l'entendît.

— Fran-tché, dit-elle, le moment est venu.

— Que veux-tu dire?

— Je veux dire que moi aussi je hais Fo-hi, entends-tu bien? et que ma haine, pour être née d'hier, n'est ni moins vivace ni moins implacable que la tienne.

— Paroles de femme irritée!... objecta Fran-tché.

As-say sourit amèrement.

— Ce soir, répliqua-t-elle, Fo-hi peut être perdu si tu le veux.

— Que faut-il faire?

— Me seconder... employer ton influence à me soutenir, et approuver tout ce que je dirai.

— Mais n'est-ce point un piége?

— Tu le verras.

— Nous jouons notre vie à ce jeu...

— Eh bien ! c'est une partie où Fo-hi jouera la sienne également, et j'ai la certitude que nous la gagnerons. Acceptes-tu?

— J'accepte...

— Alors, ne perdons pas de temps davantage, et partons.

Ils allaient s'éloigner. Fran-tché arrêta tout à coup As-say :

— As-say, lui dit-il d'un accent ferme et résolu, avant de nous engager plus loin dans cette voie, l'un et l'autre, réfléchis à ce que tu me promets.

— J'y ai réfléchi... répondit As-say.

13

— C'est la vie de Fo-hi qu'il me faut.

— Et c'est sa vie que tu auras.

— Tu le jures?

— Sur mes ancêtres, je jure que Fo-hi mourra cette nuit, ou que je mourrai moi-même!

Ils reprirent leur marche.

— En approchant du monastère, ils rencontrèrent un grand concours de conjurés qui se rendaient comme eux à la réunion, et ils gagnèrent les cours, traversèrent des jardins immenses, et atteignirent enfin un escalier de proportion gigantesque, lequel conduisait à une grotte creusée sous le sol, à une profondeur considérable.

Une fois arrivés là, ils se séparèrent ; Fran-tché alla rejoindre ses amis, et As-say se mêla à la foule des conjurés, mettant tous ses soins à ne pas se faire reconnaître.

Dès qu'elle eut pénétré dans la grotte, elle alla s'asseoir dans un coin obscur, et là, cachée à tous les regards, attentive à saisir tous les bruits, morne et silencieuse, elle attendit...

La réunion était nombreuse, et plus animée que bruyante.

Les bonzes y dominaient, et de tous côtés on entendait leur parole haineuse et froide exprimer un mécontentement plein d'envie.

Fo-hi occupait la place principale, et son regard assuré parcourait avec satisfaction les rangs mouvants de cette singulière assemblée.

Le Ye-ko était satisfait, une joie pleine d'orgueil éclatait sur tous ses traits ; il avait vaincu As-say, il s'était vengé des insolentes bravades de la chrétienne; rien ne manquait à son triomphe.

Un coup de tam-tam annonça l'ouverture de la séance, et, à ce signal, toutes les conversations cessèrent, et tout bruit s'apaisa.

Chacun choisit sa place, et le silence le plus profond ne tarda pas à se répandre de toutes parts.

Le Ye-ko prit alors la parole :

— Frères, dit-il d'une voix forte, l'association des Trois-Unis a vu, jusqu'à ce jour, ses meilleures entreprises échouer devant l'active surveillance de nos ennemis : nous avons fondé cependant une œuvre utile, courageuse, et qui devait tôt ou tard devenir féconde; c'est nous, ce sont les innombrables membres de notre société qui ont contribué à réveiller et répandre la haine nationale que nos ancêtres ont toujours portée aux Fan-kouei, et que leurs descendants avaient étrangement oubliée depuis bien des siècles.

Les temps sont changés. A des hommes simples, de mœurs et d'habitudes honnêtes, succède une race dégénérée et sans énergie : aujourd'hui la rage d'acquérir de l'argent a tout transformé ; les peuples se corrompent facilement. Autrefois, quand un homme avait assuré sa subsistance du jour, il faisait place à d'autres. Un batelier qui avait bien employé sa matinée ne travaillait plus, et laissait ses camarades gagner leur vie. A présent, les profits du jour et ceux de la nuit n'apaisent pas la soif incessante que l'argent inspire. Les vols, les enlèvements se multiplient et tiennent le peuple en alarme. Les bandits, les sorciers, les diseurs d'oracles sont partout en grand nombre. La femme elle-même, qui ne devrait être que l'esclave de l'homme, la femme a suivi ce progrès dans le mal, et l'a exagéré ; avec leurs cheveux huilés, leurs figures fardées, leurs robes rouges brodées de vert, elles vont brûler de l'encens dans les temples, et s'y trouvent pressées dans la foule, épaule contre épaule, bras contre bras, avec les vagabonds à bâtons blancs. Un tel tableau ne retrace qu'imparfaitement les désordres que j'ai vus, et dont vous avez tous été témoins... et tout porte à croire qu'ils ne feront qu'augmenter... Eh bien ! il faut que ce scandale cesse.

— Oui ! oui ! c'est cela !... dirent plusieurs voix.

— C'est notre but, c'est notre mission, poursuivit Fo-hi, mais l'œuvre ne prendra son développement naturel et désirable que lorsque nous aurons vaincu nos ennemis sur leur terrain même, et pour cela, il faut agir avec audace et frapper un grand coup.

— Parlez ! parlez !

Fo-hi parut se recueillir un moment, puis il reprit presque aussitôt :

— Frères, dit-il toujours de la même voix ferme, et avec le même ton d'autorité arrogante, une occasion solennelle se présente en ce moment.

— Laquelle ?

— Mais il faut, pour tenter l'entreprise, plus d'audace encore que vous n'en avez montré jusqu'ici, plus de courage que pour suivre mystérieusement et frapper dans l'ombre quelques malheureux Fan-kouei...

— Expliquez-vous.

— Êtes-vous bien décidés à me suivre?

— Nous sommes prêts.

— Ne reculerez-vous pas quand le moment sera venu?

— Jamais.

Fo-hi approuva du geste.

— Bien, dit-il, je n'attendais pas moins de votre dévoûment à la cause que nous servons... Apprenez donc que notre ennemi le plus puissant est à cette heure même dans les murs de Nan-king.

— Nommez-le!

— Le FILS DU CIEL!

Un murmure d'étonnement et de stupéfaction parcourut l'assemblée à cette nouvelle, et chaque auditeur parut l'accueillir avec des impressions bien diverses.

— Le Fils du ciel! répéta-t-on de tous côtés.

Fo-hi confirma d'un mouvement de tête.

— C'est lui! poursuivit-il, dont la longanimité et la faiblesse ont encouragé l'audace des étrangers-démons; c'est lui qu'il faut frapper... Nous sommes nombreux, nous avons des amis dévoués jusque parmi les hommes qui l'entourent, et nous pouvons, cette nuit même, nous emparer de sa personne...

— Mais si nous échouons?

— C'est la mort!... mais si nous réussissons aussi, c'est la Chine régénérée à jamais, purgée des étrangers-démons, et rendue aux traditions d'autrefois. Dites... le voulez-vous?...

Un morne silence succéda à ces paroles; un mouvement s'était opéré dans tous les rangs, et chaque regard se chargeait de défiance et de trouble.

La perspective offerte par Fo-hi souriait bien à tous, et l'espoir de rendre le royaume du Milieu à sa splendeur passée, et aux mœurs des temps primitifs, répondait admirablement aux sentiments de chacun. Mais il fallait, pour atteindre ce but, frapper un coup dont l'importance les effrayait tous, et il était évident que l'hésitation était entrée dans les esprits.

Tout à coup, et pendant que cette impression se manifestait par le silence de l'assemblée, As-say se leva de sa place, fendit la foule, et alla, d'un pas ferme, se placer en face de Fo-hi.

Le Ye-ko l'accueillit avec un sourire railleur, auquel As-say ne prit même pas garde. Elle était pâle, violemment impressionnée, mais implacable et résolue.

Elle se pencha vers le Ye-ko.

— Fo-hi, dit-elle à voix basse, d'un ton net et bref, il en est temps encore.

— Que viens-tu faire ici? demanda Fo-hi.

— Je viens me venger.

— Et tu crois réussir?...

As-say fit un geste dédaigneux.

— Il est temps encore, répéta-t-elle, et tu peux sauver ta vie. Veux-tu me rendre Li-tsi?

— Jamais.

— Tu es bien décidé?

— Li-tsi mourra.

— Songe que je serai impitoyable envers toi comme tu l'es envers elle.

— Ta fille n'appartiendra jamais à Ping-si.

— Mais c'est moi qui te la demande.

— Ton insistance est inutile.

— Tu persistes?

— Le mandarin When-ti a signé devant moi l'ordre de la livrer au bourreau.

As-say mordit ses lèvres avec fureur; une subite rougeur monta à ses joues, et elle étendit résolûment son bras vers l'assemblée.

Les membres présents avaient déjà remarqué l'arrivée d'As-say, et la plupart avaient accueilli cet incident comme une heureuse diversion. Tous les regards étaient fixés, le silence s'était rétabli, grâce à la curiosité que sa présence avait éveillée, et quand elle se tourna vers les assistants, on était prêt à l'écouter.

— Frères, dit-elle, en cherchant du regard dans la foule le regard de Fran-tché, la proposition que vient de vous faire le Ye-ko peut être discutée, et j'espère qu'elle le sera comme il convient, dans l'intérêt de cette association, et aussi dans celui du royaume du Milieu; mais avant de rien décider à ce sujet, je veux vous adresser une question importante, dont dépend peut-être notre existence à tous.

— Frères, reprit-elle aussitôt, de quelle peine punit-on la trahison dans les associations comme la nôtre?

— La mort! la mort! cria l'assemblée d'une seule voix.

— La mort, n'est-ce pas? la mort sans pitié, cruelle, implacable!... la trahison est, en effet, le crime le plus grand que puisse commettre un membre des Trois-Unis: elle atteste la lâcheté, l'infamie, et elle met en péril, pour la satisfaction du plus vil intérêt, la vie et les travaux d'un grand nombre d'hommes. Eh bien, un traître s'est glissé parmi nous.

— Un traître!... interrompit la voix de Fran-tché, qui s'approcha, entouré de quelques-uns de ses partisans les plus audacieux, où est-il?

Les rangs se serrèrent sur ces mots, et As-say vit tous les regards se tourner ardemment de son côté.

— Il est ici.

— Désigne-le.

La main d'As-say se dirigea du côté de Fo-hi, qui venait de se lever.

— Le Ye-ko! s'écria Fran-tché.

— Lui-même, répondit As-say.

— Et tu as des preuves?

— J'en ai.

— Alors, parle, parle.

Fo-hi haussa les épaules.

— As-say est folle! dit-il avec assurance, ou elle est vendue à nos ennemis... Quel est donc celui d'entre vous qui croira à une pareille accusation?

— Parle! dit Fran-tché à As-say.

— Oui! répondit cette dernière d'une voix lente, et comme si elle eût voulu scander chacune de ses paroles, oui, je parlerai..... car votre vie à tous est en jeu, et n'oubliez pas, frères, que cet homme a tous nos secrets et qu'il peut nous perdre et qu'il nous perdrait si nous ne le mettions dans l'impuissance d'agir.

Il y eut alors un silence pendant lequel un commencement d'inquiétude s'empara de Fo-hi. Il voyait bien que cette accusation de trahison, — la plus terrible de toutes les accusations, — avait produit un profond effet sur tous les assistants, et déjà des regards malveillants s'élançaient vers lui!

Toutefois, il fit bonne contenance; il savait bien, lui, qu'il n'était pas coupable du crime dont on l'accusait, et il attendait avec confiance.

As-say reprit :

Sa voix était acérée et mordante; elle n'hésitait plus; une ardeur singulière éclatait dans tous ses traits, son cœur était plein de fiel et de haine; elle tenait sa vengeance et ne voulait pas la laisser échapper.

— Frères, dit-elle, le Ye-ko nous a parlé tout à l'heure de la haine qu'il porte aux Fan-kouei, et s'il veut frapper le FILS DU CIEL, c'est parce que celui-ci couvre les étrangers-démons d'une protection impie.

— Sans doute! interrompit Fo-hi.

— Eh bien! poursuivit As-say, d'où vient que le Ye-ko lui-même pactise avec les Fan-kouei? d'où vient qu'il les protège avec la même ardeur? d'où vient qu'il pousse l'oubli de sa mission jusqu'à aimer leurs enfants?...

— C'est faux! s'écria Fo-hi.

As-say lui jeta un regard écrasant.

— Écoutez, continua-t-elle; vous souvient-il de cet étranger que le Ye-ko apportait dans ses bras à votre dernière réunion?

— Il m'en souvient! dit Fran-tché.

— Vous alliez le frapper, n'est-ce pas?... c'était une victime vouée à votre vengeance; déjà les poignards étaient levés... Qui l'a sauvé cependant?

— Le Ye-ko! dit Fran-tché.

— Le Ye-ko, répéta As-say.

Puis se tournant vers Fo-hi, elle ajouta :

— Est-ce vrai?

Fo-hi ne se possédait plus; il sentait les sympathies se retirer de lui, et les accusations de son ancienne maîtresse changer les dispositions de l'assemblée : il crut devoir payer d'audace, et sans comprendre combien, dans un pareil moment, un aveu pouvait être imprudent et impolitique :

— C'est vrai, répondit-il avec un regard provocateur.

As-say sourit, pendant qu'un murmure de sinistre augure passait de bouche en bouche. Elle comprenait qu'elle gagnait du terrain, et l'ivresse de la lutte, et l'espoir du triomphe commençaient à exalter son esprit.

— Il l'avoue! poursuivit-elle avec énergie, il ne craint pas de confesser son infamie, il cherche encore à nous braver après nous avoir trahis... Mais ce n'est pas tout...

— Parle! parle! dit Fran-tché.

— Il y a en ce moment, dans les prisons de Nan-king, un Tao-sze chrétien et sa fille... ces deux Fan-kouei, nous les avons poursuivis, nous les avons atteints, un instant même ils ont été nos prisonniers ; Fo-hi les a tenus en son pouvoir, sa main était armée, il n'avait qu'à frapper... eh bien! il les a sauvés cependant.

— Mais pour les livrer à la justice, interrompit le Ye-ko.

— Mensonge! continua As-say, car tout à l'heure encore il était chez le mandarin de Nan-king ; et savez-vous ce qu'il allait y faire?

— Quoi donc ?

— Il allait demander la vie du Tao-sze et la liberté de sa fille!

Un cri d'indignation s'éleva des rangs des affiliés, et quelques bras menaçants se dressèrent contre le Ye-ko.

— C'est faux! dit ce dernier ; As-say vous trompe, elle a un intérêt à me perdre... Frères, prenez garde aux calomnies et aux mensonges de cette femme.

Mais As-say n'écoutait plus rien ; Fran-tché s'était rapproché d'elle, elle se sentait soutenue, elle voulait aller jusqu'au bout.

— Et pourquoi vous tromperais-je? dit-elle avec une mâle éloquence. Pourquoi chercherais-je à perdre le Ye-ko, si sa trahison ne m'avait paru flagrante, et si je n'avais à cœur de punir le traître?... D'ailleurs, écoutez encore. Tout ce que j'ai dit peut sembler étrange, en effet ; Fo-hi a été jusqu'à ce jour ardent et dévoué ;

vous n'avez pas eu de membre plus actif, ni de partisan plus redoutable... mais un seul jour a suffi pour le transformer tout à
fait, et c'est la fille du Tao-sze qui a opéré cette métamorphose.

— Explique-toi.

— Il l'aime!

— Une Fan-kouei?...

— L'amour n'a pas de religion... il l'aime, et pour cet amour
impie il sacrifierait son pays, la cause que nous servons, et nous
tous, s'il le fallait...

Comme As-say achevait ces mots, Fran-tché tira son couteau de
sa ceinture, et vint se placer à côté de la mère de Li-tsi.

— Frères, dit-il d'une voix grave et solennelle, vous avez entendu notre sœur As-say... le Ye-ko a été traître à l'association; il
n'a pas même su trouver une parole pour se justifier et repousser
l'accusation... C'est à nous donc qu'il appartient de faire justice,
et il la faut prompte et redoutable... Frères, que chacun de vous
vienne à son tour devant le Ye-ko, et qu'il dise la peine qu'il a
encourue!...

Ces paroles étaient une sorte de formule employée habituellement pour les circonstances analogues... et l'assemblée approuva
par un murmure.

Puis, la procession commença aussitôt.

Procession lugubre, qui s'effectua au milieu du silence général.

Ils vinrent tous, l'un après l'autre, à pas lents, mornes et froids,
la main armée d'un poignard; et chaque fois qu'ils passaient devant le Ye-ko, un mot prononcé à voix basse tombait de leurs lèvres.

Un seul mot, le même toujours.

La mort!... la mort!... la mort!...

Fo-hi était pâle; il regardait avec des yeux effarés cet étrange
défilé, et son cœur battait avec force; et sa main crispée tourmentait le manche de son couteau.

Quand le dernier membre eut passé, la sentence était rendue,
quatre frères allèrent se placer à côté du Ye-ko.

— Que justice soit donc faite! s'écria Fran-tché, et que tous
les traîtres périssent du même châtiment!

Les quatre bourreaux s'approchèrent alors de Fo-hi, et l'un d'eux voulut lui prendre les mains pour le garrotter.

Mais le Ye-ko n'était pas homme à se laisser bâillonner ainsi; il repoussa rudement le frère imprudent qui avait levé les mains sur lui, et tirant son poignard de sa ceinture, il le lui enfonça jusqu'au manche dans la poitrine.

Le malheureux tomba sans proférer une parole; il avait été tué sur le coup.

Cet acte d'audace inouï souleva autour de Fo-hi une tempête sans nom.

Mille cris s'élevèrent à la fois, toutes les mains s'armèrent, et le Ye-ko se vit menacé de tous les points de la salle...

C'était un désordre incroyable, un mouvement, un brouhaha dont rien ne saurait donner l'idée

Fo-hi seul n'avait pas bougé.

Debout auprès de sa victime, la main armée du poignard qu'il venait de retirer, rouge de sang, de la poitrine de Fran-tché, le regard plein de provocations et de défi, il attendait!...

Un moment, il avait pu se glisser de l'hésitation dans son esprit; l'accusation d'As-say l'avait troublé, il ne s'y attendait pas, il n'avait su que répondre. Fo-hi était d'ailleurs bien plus un homme d'action que de discussion, et il savait mieux frapper que parler.

Il venait de le prouver.

Cependant, il n'ignorait pas que cette action allait lui coûter cher, — la vie peut-être! — Les amis de Fran-tché étaient nombreux, ils ne devaient pas lui pardonner le meurtre de leur chef... il s'attendait à tout... mais, quoi qu'il dût arriver, il était décidé à vendre chèrement ses jours, et la lame de son couteau était ongue et affilée.

Quand le premier désordre se fut un peu calmé, et que les premières invectives arrachées à l'indignation et à la colère se furent perdues dans l'air, Fo-hi étendit son bras vers l'assemblée, et de sa voix forte et habituée à être écoutée dans cette enceinte :

— Frères! dit-il sans baisser les regards, cette femme est frappée de vertige, ou, comme je vous l'ai dit, elle est vendue à nos ennemis.

— A mort ! à mort ! interrompirent cent voix... à mort l'assassin de Fran-tché.

Fo-hi regarda son rival étendu à terre sans mouvement.

— Fran-tché est un sot ! dit-il; il a écouté les conseils d'As-say, et il devait mourir.

— Pourquoi l'as-tu frappé ?... dit As-say.

— Parce que je ne reconnais à personne le droit de me juger.

— Il nous raille encore...

— A mort !

— Vous voulez me tuer ?

— Tu mourras de la mort des traîtres et des fratricides.

Fo-hi haussa les épaules, agita résolûment son poignard au-dessus de sa tête, et fit quelques pas en avant.

— Eh bien, s'écria-t-il avec énergie, qu'il vienne donc celui qui osera frapper le Ye-ko... Quant à moi, je jure de me faire avant de mourir une ceinture de cadavres !...

En parlant ainsi, Fo-hi frappa à droite et à gauche de ses deux mains armées, et gagna ainsi, assez rapidement, la porte opposée qui donnait dans la campagne.

Un pas encore et il était libre...

Mais la porte était gardée par des Chinois armés de piques, et la vue d'une vingtaine de pointes de fer suffit pour l'arrêter.

Au surplus, les membres de la société des Trois-Unis étaient revenus de la stupeur où les avait jetés tant d'audace ; honteux de s'être laissé insulter par un seul homme, excités d'ailleurs par As-say qui tremblait de voir échapper sa vengeance, ils revinrent tous à la charge, et ils venaient d'entourer étroitement le Ye-ko, quand ce dernier se vit arrêté près de la porte.

Ce fut le dénoûment.

Toute résistance était désormais insensée, mais Fo-hi la tenta cependant ; il ne pouvait s'avouer vaincu, et voulait lutter encore. Il tua deux ou trois membres, en blessa grièvement quelques autres, mais il finit lui-même par être atteint, son sang se prit à couler en abondance, et il tomba enfin sur le sol, désarmé, sans force, proférant une dernière imprécation contre As-say.

C'est alors seulement que l'on put s'en emparer.

— Son corps appartient aux bourreaux !., s'écria aussitôt la mère de Li-tsi. Frères, qu'on inflige à ce misérable le supplice des traîtres et des assassins... que son corps soit enduit de miel, qu'on passe autour de son col la cangue la plus douloureuse, et qu'il reste ainsi, jusqu'à la mort, exposé aux ardeurs du soleil, et livré en pâture aux insectes de jour et de nuit...

Un hourra frénétique répondit à cette décision, et le corps du malheureux Fo-hi fut emporté par les bourreaux.

— Et maintenant, dit As-say, quand le Ye-ko eut disparu, ne perdons pas nous-mêmes une minute; le Tao-sze chrétien et sa fille sont en ce moment entre les mains des mandarins de Nan-king... qui sait si l'on en fera maintenant prompte justice, et si le FILS DU CIEL, qui protége les étrangers-démons, ne les rendra pas à la liberté... il faut prévenir un pareil scandale.

— C'est cela! c'est cela! dirent les conjurés dont la dernière lutte venait d'exalter les esprits.

— Les Fan-kouei doivent mourir.

— Qu'ils meurent!...

— Et si la justice se refuse à les punir, si un pouvoir sacrilége étend sur eux sa protection, c'est à nous, frères, c'est à la société des Trois-Unis qu'il appartient de les frapper... Eh bien... écoutez...

— Parlez! parlez!

— Les Fan-kouei sont à Nan-king; il ne faut pas qu'ils restent au pouvoir du gouvernement... Cette nuit encore, nous avons le temps... nous pouvons pénétrer dans la ville... nous approcher de la prison... nous sommes nombreux... les gardiens ne pourront résister... Frères, c'est un coup à tenter... le danger n'existe pas... et si nous réussissons, toute la gloire de l'entreprise reviendra à la société des Trois-Unis... dites, le voulez-vous?

En parlant ainsi, As-say avait un mâle accent d'autorité et d'audace qui communiqua une ardeur nouvelle à tous les auditeurs; ceux-ci étaient d'ailleurs exaltés par tout ce qui venait de se passer, As-say exerçait en outre, depuis longtemps, sur eux une influence énorme; et une immense acclamation accueillit sa proposition.

Ils partirent!

Déjà les premières lueurs du jour commençaient à rayer l'horizon, mais ils avaient devant eux trois bonnes heures, et c'était plus qu'il n'en fal'ait pour mener leur tentative à bonne fin.

As-say pressait le pas avec une célérité toute fébrile ; Fo-hi lui avait dit que son époux avait signé l'ordre de livrer les Fan-kouei au supplice, et tout son être tressaillait, quand l'idée qu'elle pouvait arriver trop tard traversait son cerveau.

Bien qu'elle eût elle-même promis la mort du Tao-sze et de sa fille à ceux qui la suivaient, elle ne s'embarrassait guère du moyen qu'elle emploierait, une fois que Li-tsi serait entre leurs mains, pour l'arracher au supplice et la rendre à la liberté.

Elle jouait sa popularité, sa vie même peut-être, mais, elle ne songeait en ce moment qu'à délivrer Li-tsi, dût-elle mourir ensuite avec elle sous les poignards de ses propres affidés.

En moins d'une heure, ils arrivèrent aux portes de Nan-king qu'ils se firent ouvrir de force. Ils étaient nombreux et décidés... As-say leur avait communiqué sa fièvre, et, en ce moment, ils eussent fait un mauvais parti à qui eût voulu leur résister.

C'est dans ces dispositions qu'ils atteignirent la prison.

Mais là, on avait été prévenu, et des mesures avaient été prises pour combattre : les soldats étaient sous les armes et prêts à se défendre. Les conjurés eurent une minute d'hésitation.

As-say connaissait l'officier chargé de commander le poste, elle tenta de parlementer dans le but d'éviter l'effusion du sang. Tout retard d'ailleurs pouvait être fatal : à chaque instant le danger allait grandir ; le jour venait à grands pas, des renforts ne manqueraient pas d'accourir, il fallait brusquer le dénoûment ; c'était l'avis d'As-say.

— Vous retenez ici, dit-elle vivement à l'officier, deux prisonniers, deux Fan-kouei, dont la vie nous appartient ; ils nous ont été enlevés cette nuit, et nous venons vous les redemander, bien décidés à les prendre de force si vous nous les refusez.

L'officier regarda As-say avec étonnement.

— Ce que vous demandez est impossible, répondit-il.

— Alors c'est une lutte à engager.

— Ce sera comme vous voudrez.

— Nous sommes nombreux.

— Qu'importe !

— Décidés à tout...

— Nous nous défendrons.

— Cependant, vous pouvez éviter l'effusion du sang, notre bu est le même que le vôtre, nous ne voulons faire aucun quartier aux Fan-kouei, mais ils nous appartiennent, et c'est nous qui devons les frapper.

— Le gouvernement s'est chargé de cette mission.

— Comment cela?...

— Lui seul a le droit de punir les coupables.

— Mais on peut les sauver.

— C'est ce qu'il a pensé, et il a pris des mesures en conséquence.

— Quelles mesures?

— Les prisonniers ne sont plus à Nan-king.

— Où sont-ils?

— Je l'ignore.

— Partis! s'écria As-say, ah! vous cherchez à me tromper, cela n'est pas... cela est impossible... on les a tués peut-être...

— Quand cela serait?

As-say réprima un geste violent.

— Ah! malheur! dit-elle avec un sombre désespoir, malheur! j'arrive encore trop tard! toujours!... le ciel ne se lasse pas de torturer mon pauvre cœur; elle mourra loin de moi, voyez-vous, et je n'aurai pas eu la consolation de la serrer dans mes bras...

— De qui voulez-vous parler?

— De Li-tsi...

— La fille du Tao-sze?

— Et que m'importe le Tao-sze... c'est ma fille, entendez-vous, ma pauvre Li-tsi, c'est elle que je veux voir, que je veux sauver, et aucune puissance humaine ne pourra m'arrêter.

L'officier se pencha vers As-say.

— Calmez-vous, lui dit-il à voix basse, votre désespoir peut révéler votre amour... et il ne faut pas que ces hommes vous entendent.

— Mais que faire! que faire! balbutia As-say, en se prenant la tête avec violence; mon esprit s'obscurcit, je ne sais plus que devenir, j'ai le cœur déchiré... et pourtant, je veux embrasser ma pauvre enfant.

— Elle a quitté Nan-king cette nuit même.

— Mais elle devait être livrée au bourreau.

— Sans doute.

— Qui a donc changé ces dispositions ?

— Un ordre venu de Pé-king.

— Et on l'a emmenée.

— Il y a quelques heures à peine.

— Avec le Tao-sze ?

— Je le crois.

As-say réfléchit une seconde, puis, comme frappée d'une idée subite :

— Mais il y avait à Nan-king, ajouta-t-elle, un homme dont le dévoûment m'était assuré.

— Comment s'appelle-t-il ?

— Ping-si.

— C'est un homme étrange.

— Je désire le voir.

— Il est parti.

— Cette nuit ?

— Cette nuit.

— Pour Pé-king peut-être ?

— Pour Pé-king.

As-say frappa du pied avec impatience.

— Soit, dit-elle énergiquement, je partirai, j'irai à Pé-king, moi aussi ; ils ne lasseront ni ma patience ni mon courage, et je viderai jusqu'au fond la coupe d'amertume et de fiel.

— Ainsi, tu renonces à la lutte ?

— C'était pour Li-tsi que je la tentais...

— Et tu agis prudemment... mais hâte-toi de te retirer, car le jour vient rapidement... dispersez-vous dans toutes les directions, et ne vous attardez pas dans les rues de Nan-king, où l'éveil est maintenant donné, et où la police vous a peut-être déjà comptés.

Le conseil était bon. As-say le suivit, et elle n'eut pas de peine à faire entendre raison à ses compagnons.

Un instant après, toute la bande s'éparpillait par les rues de Nan-king, et gagnait à toutes jambes les portes de la ville.

Quant à As-say, elle n'eut pas fait cent pas à travers la campagne, qu'elle se trouva face à face avec un homme dont la vue ralluma, en une seconde, tout ce qu'il y avait en elle de haine et de fiel.

Cet homme, c'était le père André !... le missionnaire, celui qui avait fait de sa fille une chrétienne !...

Un cri de joie sauvage s'échappa de ses lèvres à cette voix, et elle bondit vers lui, comme une panthère affamée qui vient de découvrir une proie.

Où Pinson reparaît, et de la rencontre singulière qu'il fit

Un matin, la petite Pé-tchi-li était assise sur le versant doucement incliné d'une colline, à l'ombre d'un laurier-rose, et là, loin de tous les regards, elle donnait les derniers soins à sa toilette.

Elle avait passé la nuit sous un bouquet d'arbres, à la suite d'une longue journée de marche ; le soleil se levait dans toute sa splendeur à l'horizon, et mille oiseaux aux ailes de feu chantaient et babillaient, en voltigeant autour d'elle.

Coupoutaï était parti de bon matin, pour aller à la maraude, et il avait emmené Pinson avec lui... Pé-tchi-li était donc seule, et elle écoutait son petit cœur lui parler de mille choses qu'elle ne connaissait pas, mais qu'elle avait apprises depuis quelques jours.

Elle pensait à Coupoutaï, à Pinson... à Pinson surtout, et elle se demandait naïvement pourquoi elle sentait son cœur battre avec force, chaque fois que ce nom revenait sur ses lèvres, ou dans son esprit.

En ce moment, un chant s'éleva à quelque distance et elle prêta l'oreille.

Elle ne connaissait pas la langue dans laquelle ce chant était écrit, elle n'avait que reconnu la voix, et c'était celle de Pinson...

Elle écouta.

Mais ce n'était pas un chant d'amour que disait le Parisien; l'existence nomade qu'il menait depuis plusieurs jours avait réveillé les lointains souvenirs de sa jeunesse aventureuse, et c'est un célèbre refrain de sa vie de bohême qu'il jetait ainsi gaîment aux échos chinois.

Il chantait :

> Par la voix du canon d'alarmes,
> La France appelle ses enfants,
> Allons, dit le soldat, aux armes !
> C'est ma mère, je la défends !
> Mourir pour la patrie,
> C'est le sort le plus beau, le plus digne d'envie !

Le chœur des Girondins !

Le temps était loin déjà où il l'avait chanté sur les boulevards et dans les faubourgs de Paris; mais ce souvenir, évoqué tout à coup à deux mille lieues de la patrie, lui faisait du bien au cœur, et lui rappelait les plus beaux jours de son enfance insouciante.

Il y mettait toute son âme, et sa voix montait dans l'air, avec des intonations éclatantes qui disaient assez tout l'amour qu'il conservait encore pour la patrie, cette mère absente, mais non oubliée.

En l'écoutant, Pé-tchi-li était attendrie, comme s'il se fût agi d'un chant d'amour, et il lui semblait que tout se taisait autour d'elle, pour entendre ce rhythme si net et si franc.

Quand Pinson arriva, elle courut au devant de lui, et lui présenta son front à baiser.

Pinson ne se fit pas prier.

Ils en étaient encore aux chastes amours, les plus belles et les meilleures des amours. C'est à peine s'ils s'étaient avoué qu'ils s'aimaient, mais qu'avaient-ils besoin de se le dire, cela était écrit partout, dans leurs regards, dans leurs gestes, dans leurs moindres actions, et Coupoutaï s'était pris à sourire plus d'une fois malicieusement, en les voyant tout à coup rougir tous les deux; sans motifs, pour rien, en même temps, et comme sous l'influence d'une pensée qui montait, à la même seconde, à leur cœur trop plein...

La matinée était déjà avancée, on s'assit sur l'herbe, sous de beaux arbres chargés de feuilles, et l'on déjeuna...

Coupoutaï n'avait jamais été si heureux de sa vie, ni Pé-tchi-li, ni Pinson; et le philosophe ne se gênait pas pour le dire.

— Ce qui me plaît en vous, dit-il à Pinson, après une rasade d'eau fraîche et pure, puisée le matin même à une source voisine, ce qui me réjouit le cœur en votre compagnie, c'est cette gaîté spirituelle et communicative qui ne vous abandonne jamais.

— Eh bien, nous sommes tous comme cela en France, répondit Pinson, en souriant à cet éloge.

— L'heureux pays, compléta le philosophe.

— La gaîté, c'est la santé du corps, comme le cresson, poursuivit Pinson, et l'on n'y manque pas plus de l'un que de l'autre... vous verrez cela.

— Comment?

— Ne comptez-vous pas y venir faire un tour?

— Un voyage de deux mille lieues!

— J'espère bien, pour ma part, emmener ma petite Pé-tchi-li.

— Moi!... fit la jolie Chinoise, en joignant les mains.

— Et qui donc! repartit Pinson. Vous êtes jolie comme une grisette, vive et alerte comme une Parisienne, vous ne pouvez rester en Chine, et je vous enlève...

Pé-tchi-li regarda Pinson d'un air inquiet :

— Mais que font donc les femmes dans votre pays? demanda-t-elle curieusement.

Pinson commença une moue équivoque.

— Ça, c'est selon, répondit-il, avec une sorte d'embarras comique, il y en a qui ne font rien.

— Celles-là sont riches?

— Pas plus que vous.

— Elles sont jolies alors?

— Oh! bien moins que vous...

— Cependant?

— Cependant, elles ont de belles voitures, avec des chevaux devant et des larbins derrière; elles portent des robes magnifiques qui ne leur coûtent rien, et elles mènent une vie de luxe et de plai-

sirs jusqu'au moment où elles trouvent un imbécile qui les épouse,
ou un gredin qui les envoie mourir à l'hôpital.

— Et y a-t-il chez vous plus de gredins que d'imbéciles? objecta
Coupoutaï.

— On n'a jamais pu savoir... répondit Pinson.

Pé-tchi-li réfléchissait :

— Mais les autres, reprit-elle un instant après, car toutes les
femmes ne mènent pas cette vie que vous venez de dire?

— Sans doute.

— Que font-elles donc?

— Celles-là, Pé-tchi-li, elles travaillent ; elles usent leur jeunesse
et leur beauté dans un labeur incroyable, et souvent pour gagner
à peine de quoi vivre et porter de petites robes d'indienne...

— Mais ce n'est guère tentant cela.

— Vous trouvez?

— Et le tableau du sort qui m'attend ne m'engage pas du tout
à m'expatrier.

Pinson sourit.

— Oh! quant à vous, répondit-il, en lui prenant les mains,
c'est une autre affaire, et je ne veux pas vous offrir un autre sort
que le mien.

— Lequel donc?

— Un sort splendide, Pé-tchi-li, au sixième au-dessus de l'en-
tresol, avec des meubles en bois blanc, et une vue sur la rue
Mouffetard. Mais qu'importe!... est-ce que l'amour n'embellit
pas les réduits les plus affreux, et l'estomac souffre-t-il jamais
quand le cœur est satisfait?

Coupoutaï opina du bonnet, et Pé-tchi-li imita sa pantomime.

— Mais voyons, ajouta Pinson, nous bavardons ici tous les trois,
comme si nous avions dix mille livres de rente, il est temps de
songer au départ, car au train dont nous allons, je crains bien
que nous ne trouvions jamais ni Ping-si, ni Tittmarsh, ni même
le pauvre père André et sa fille.

On se leva sur ces mots... Pé-tchi-li recueillit avec soin les reliefs du festin, et l'on se remit aussitôt en marche.

Le soleil étincelait sur leurs têtes, les paysages se déroulaient à
leurs yeux, tantôt gais et riants ou monotones et tristes selon les

accidents du terrain, mais leur esprit était ailleurs, et ils n'avaient garde d'oublier leurs regards sur les paysages dont le panorama changeant passait à leurs côtés.

Tout à coup Coupoutaï s'arrêta.

Ses deux compagnons marchaient à quelques pas derrière lui; dès qu'ils virent son mouvement, ils le rejoignirent avec empressement et l'interrogèrent.

— Qu'y a-t-il? qu'avez-vous vu? demandèrent en même temps Pé-tchi-li et Pinson.

Coupoutaï leur fit signe de baisser la voix.

— Écoutez, leur dit-il, d'un ton plus bas.

— Quoi donc? fit Pinson, en prêtant l'oreille.

— N'entendez-vous pas... poursuivit le philosophe dans la même attitude, comme un bourdonnement lointain?

— En effet...

Comme le disait Coupoutaï, on entendait un bruit des plus singuliers, et qui rappelait, mais avec des proportions bien plus considérables, celui des essaims d'abeilles dans nos campagnes.

— C'est un essaim! hasarda Pinson.

Coupoutaï et Pé-tchi-li échangèrent un regard rapide qui surprit le Parisien. — Ce regard le frappa; il y avait autant de terreur que d'émotion.

— Mais qu'est-ce donc? quel danger courons-nous? insista-t-il avec impatience.

— Nous ne courons aucun danger, répondit Coupoutaï, et puis, nous pouvons nous tromper; le mieux est d'avancer et de nous assurer par nous-mêmes de la cause de ce bruit.

Ils reprirent aussitôt leur marche, dans la direction du bourdonnement, et à mesure qu'ils avançaient, le bruit devenait plus distinct, et il s'y mêlait comme un râle humain.

Pinson se sentit froid au cœur.

Ils venaient d'arriver au pied d'une colline, non loin de laquelle s'élevait un monastère; au milieu de la colline, ils aperçurent une sorte de nuage épais et mouvant, d'où se dégageait le bruit qu'ils avaient entendu.

Pinson le fit remarquer à ses compagnons.

— Je vous l'avais bien dit! s'écriait-il, c'est un essaim.

— Sans doute, répondit le philosophe avec une grimace.

— On a jeté là quelque charogne, et les insectes s'acharnent sur cette immondice.

— Vous avez raison, dit Coupoutaï; seulement, la charogne est un homme qui vit et respire comme vous et moi.

— Que dites-vous?

— Rien que vous ne puissiez vérifier.

— Mais, il faut sauver cet homme.

— Il y a à cela un danger réel, mon ami; les mouches ne se laisseront pas ainsi enlever leur proie, et vous courez risque de périr vous-même victime de votre dévoûment.

— Ah! n'importe!... fit Pinson avec élan, il ne sera pas dit que je n'aurai rien tenté pour délivrer ce malheureux.

Et sans prendre garde aux nouvelles observations de Coupoutaï, et aux prières de Pé-tchi-li, il partit comme un trait, et arriva en quelques bonds sur le lieu du supplice.

Il y avait là, en effet, un malheureux condamné au supplice de la cangue, et qui, de plus, enduit de miel et d'huile, avait été jeté ainsi en pâture aux insectes de jour et de nuit.

Le malheureux était là vraisemblablement depuis plusieurs jours, car une partie de son visage était déjà entamée, et un grand trou béant s'ouvrait dans sa joue gauche, où les mouches et les insectes fouillaient avec une voracité effrénée.

Pinson ne s'arrêta pas à ce spectacle : muni de l'écharpe de Pé-tchi-li, il effectua un moulinet qui rappelait tant bien que mal celui des rues de Quan-tong, et parvint ainsi à chasser une partie de l'essaim.

Puis, aidé de Coupoutaï, qui était accouru sur ses pas, il brisa facilement la cangue sous laquelle succombait le patient, et releva enfin ce dernier, qui, ahuri, incertain, hébété, ne savait s'il devait croire à tant de bonheur.

Ce fut alors seulement que le philosophe songea à regarder la malheureuse victime, et à cet examen, il ne put s'empêcher de pousser un cri de surprise, qui fut aussitôt répété par ses deux compagnons.

La victime n'était autre que leur ancien ennemi, Fo-hi, le Ye-ko de la société des Trois-Unis!

— Fo-hi !... s'écrièrent-ils du même ton de stupéfaction.

— Eh bien, ajouta Pinson, on ne pourra pas dire que celui-là n'est pas piqué des hannetons... mais c'est-à-dire qu'ils l'ont dévoré.

— Ils lui ont enlevé la moitié de la figure.

— Ce sera gênant pour lui...; mais voyons... ne restons pas là à nous croiser les bras et à l'admirer; le pauvre diable attend autre chose de nous, et quoiqu'il n'ait pas toujours été aimable envers moi, ce n'est pas une raison pour que je le laisse crever comme un chien.

Les trois amis se mirent aussitôt en devoir de remettre le Ye-ko sur pied; mais malgré toute son énergie, le malheureux était d'une faiblesse extrême, et il endurait des tortures inouies.

Il trouva cependant la force de tendre une main à Coupoutaï et à Pinson.

— Merci, leur dit-il avec effusion, merci, vous m'avez sauvé la vie... je ne l'oublierai plus... le Ye-ko se souvient de ses amis comme de ses ennemis...

— Mais qui vous a arrangé comme cela ?... demanda Pinson.

— As-say !... répondit Fo-hi.

— Comment ?...

— As-say s'est vengée parce que, j'ai livré sa fille Li-tsi à la justice du pays, et elle a bien fait... Mais me voici sur pied maintenant, grâce à vous, et malheur à elle et à toute sa race, car je l'exterminerai jusqu'au dernier.

Fo-hi avait en parlant ainsi une telle expression de physionomie, que Pinson lui-même se sentit frémir... jamais encore, il n'avait rien vu de si hideux ni de si repoussant.

Il se pencha vivement à l'oreille de Coupoutaï.

— M'est avis, dit-il à voix basse, que nous avons déchaîné là une bête fauve.

— Je le crains... répondit le philosophe.

— Il n'était pas bon avant, son aventure ne paraît pas l'avoir rendu meilleur.

— Si vous regrettez ce que nous avons fait, on peut le remettre en place.

— Y songez-vous !

— Après tout, c'est votre ennemi… et ce n'est pas sa faute si
vous voilà vivant aujourd'hui.

— Sans doute… sans doute, repartit Pinson, mais nous n'a-
vons pas l'habitude en France de frapper ni d'insulter les vain-
cus… qu'il parte donc… si je le retrouve quelque jour bien portant, ce sera une autre paire de manches; mais pour le quart
d'heure, il peut aller se faire pendre ailleurs, et je ne veux pas
même regretter de l'avoir sauvé.

— Soit donc! dit Coupoutaï, mais nous lâchons là un terrible
ennemi pour As-say…

La conversation en resta là. Le Ye-ko avait pansé lui-même ses
blessures, qu'il banda ensuite de son mieux, et quand il eut ainsi
procédé à sa toilette, il se présenta de nouveau devant ceux qui
l'avaient sauvé. Ces derniers profitèrent des courts instants qu'ils
comptaient passer en sa compagnie pour se renseigner sur le sort
de leurs amis.

Fo-hi leur apprit alors les derniers événements qui s'étaient
accomplis, et la découverte qu'As-say avait faite, et son départ
vraisemblable pour Pé-king, où il savait, lui, que Li-tsi avait dû
être dirigée.

— Quant à Ping-si, ajouta Fo-hi, il est certain qu'il a dû partir
pour Pé-king, et qui sait, compléta-t-il, si ce n'est pas lui qui a
fait donner l'ordre de transporter la fille d'As-say dans la capitale
de l'empire.

— Mais dans quel but? dit Pinson.

— Je l'ignore.

— Ne veut-il pas sauver Li-tsi?

— Il l'aime, il veut peut-être l'éloigner d'As-say et du Tao-
sze.

— Ce ne serait pas si maladroit.

— Sans doute… fit le Ye-ko, mais il ignore peut-être les dangers qui l'attendent à Pé-king.

— Quels dangers?

Fo-hi remua la tête d'un air significatif.

— Tenez, dit-il d'une voix profonde, vous êtes étranger à ce
pays, et vous ne savez pas les terribles passions qui l'agitent…
eh bien, il y a, en ce moment, une ligue formidable formée au

sein même du peuple, et toute puissance qui voudra résister à cette ligue sera fatalement brisée.

— Vous conspirez! dit Pinson, je connais ça...

— Oui, poursuivit Fo-hi du même ton, nous avons fait une vertu politique de la haine de l'étranger ; cette haine est vivace, elle a poussé des racines profondes. Les bonzes, les mandarins, les lettrés, les artisans, les soldats, tout ce qui pense, tout ce qui agit, tout ce qui travaille, tout ce qui est une force enfin, marche avec nous et concourt au même but... La société des Trois-Unis a grandi dans l'ombre, malgré la police, malgré les menaces, malgré les châtiments, et aujourd'hui, le FILS DU CIEL lui-même ne pourrait en arrêter l'essor.

— Mais quel danger plus grand doit donc atteindre la fille d'As-say, une fois à Pé-king?...

— Ce n'est pas la fille d'As-say qui est menacée, repartit vivement Fo-hi, celle-là pourrait être sauvée, si nous le voulions, et elle le serait si As-say l'avait voulu ; mais c'est la fille du Tao-sze, c'est Li-tsi, la chrétienne, que l'on conduit dans la capitale, et d'où la haine attentive des bonzes ne la laissera pas sortir...

— Ping-si est puissant, cependant ; tout ce qu'il a fait jusqu'à présent l'atteste.

— Le FILS DU CIEL est plus puissant que Ping-si, répondit le Ye-ko, et le FILS DU CIEL ne pourrait arracher la chrétienne au sort qui l'attend... nos amis sont déjà prévenus d'ailleurs... C'est maintenant une lutte entre les deux partis. Li-tsi est le prix du combat, et il faudra qu'elle meure, dût-on, pour cela, atteindre le FILS DU CIEL lui-même.

— C'est-à-dire que vous ferez une révolution.

— Tout est prêt.

Pinson réprima un mouvement.

— Quel dommage! s'écria-t-il avec élan, que mes occupations ne me permettent pas de me payer cette distraction ; je n'aurais pas été fâché de voir un peu comment les Chinois entendent les émeutes.

— Voudriez-vous être des nôtres?... demanda vivement Fo-hi.

— Dame... c'est bien tentant...

14

— Je vous avais remarqué avant de vous connaître... vous êtes digne de faire partie de la société des Trois-Unis.

— Vous n'êtes pas dégoûte.

— Vous avez de l'activité...

— On le dit.

— Vous êtes courageux, plein d'initiative et d'audace, vous pourriez rendre de grands services à l'association.

— Parbleu!...

— Et puis... ajouta Fo-hi, dont l'esprit s'exaltait malgré lui, l'association n'a pas seulement pour but de conspirer et de renverser un pouvoir odieux, elle a encore des satisfactions pour tous les appétits.

— Qu'est-ce-donc? fit Pinson qui ouvrit l'oreille.

— Il y a encore les vengeances terribles qui s'exercent dans l'ombre sous le voile épais d'un mystère impénétrable; un jour, tu auras vu passer dans ton rêve le plus ambitieux une de ces belles jeunes filles dont le regard et le sourire semblent promettre les délices du paradis de Bouddha, et le lendemain, aux premières heures de la nuit, cette jeune fille sera près de toi, et elle te servira, et son sourire et ses caresses t'appartiendront.

— Oh! oh!... fit Pinson vous faites aussi ce métier-là...

— Ce n'est pas tout, poursuivit Fo-hi, qui, tout en cherchant à séduire le jeune néophyte, se laissait lui-même complaisamment glisser sur la pente de ses impressions, tu es pauvre, tu peux être riche... la fortune n'appartient qu'à celui qui sait la conquérir, et les vieux doivent se dépouiller au bénéfice des jeunes... qu'importent quelques jours de plus à celui qui a fourni déjà une longue carrière, et c'est leur rendre service que d'abréger leur vieillesse maladive ou solitaire... Dis... jeune homme, veux-tu être riche et puissant?

Pinson arrêta Fo-hi du geste.

— J'en sais assez, répondit-il... S'il ne s'était agi que de vous aider à faire quelques innocentes barricades... je ne dis pas; je me serais peut-être laissé tenter... mais du moment qu'il s'agit de meurtres et de rapts, d'œuvres ténébreuses et de machinations infernales, me voilà édifié, et ça me suffit... Nous ne mangeons pas de ce pain-là, nous autres, et j'abandonne aux autres les bénéfices d'un pareil métier.

— Ainsi vous refusez!... dit Fo-hi, un peu surpris.

— Comme vous dites.

— Et nous allons nous quitter.

— Le plus tôt possible.

— Je n'oublierai pas cependant le service que vous m'avez rendu.

— Oh! vous ne me devez rien... repartit Pinson, et j'en aurais fait autant pour tout autre...

— Eh bien! que Bouddha vous protége, jeune homme, ajouta Fo-hi, et puissiez-vous n'avoir jamais besoin de mon aide.

— C'est aussi mon plus cher désir, compléta Pinson.

— Adieu donc.

— Adieu!...

Et le Ye-ko s'éloigna.

Nos trois amis ne tardèrent pas à en faire autant, seulement, avant de partir, ils se réunirent solennellement, et tinrent conseil. Ils se demandaient ce qu'ils devaient faire en pareille circonstance, et quelle direction ils devaient prendre.

L'avis fut unanime, et le conseil n'eut pas à être divisé.

Il n'y avait que trois voix, et toutes les trois opinèrent pour Pé-king.

On se remit donc en route.

Pinson était heureux de tous les incidents qui pouvaient allonger le chemin, et Pé-tchi-li n'en paraissait pas mécontente non plus. Quant à Coupoutaï, la société de ces deux enfants réjouissait son cœur, et il eût voulu prolonger le voyage jusqu'à la fin de ses jours.

Ils reprirent donc leur vie vagabonde et aventureuse, vivant tantôt de la mé empsychose, tantôt de la maraude, mais assaisonnant le tout d'esprit et de gaîté du meilleur aloi.

Qui donc, à leur place, eût voulu abréger la route?...

Les jours s'écoulèrent ainsi, et les nuits de même...

Chaque jour, l'amour prenait plus de place dans le cœur de Pinson et dans celui de Pé-tchi-li, mais leur jeunesse même était leur sauvegarde.

C'étaient deux enfants ! — l'un âgé de vingt-cinq ans à peine ; l'autre, de seize au plus, — âge heureux où l'on se souvient de sa première pureté, où l'âme n'a pas perdu toute sa naïveté et toute sa candeur : âge terrible aussi, où les premières passions, les plus doux sentiments, les plus irrésistibles penchants s'éveillent au cœur...

Mais plus d'une fois, à travers la pâle ombre des nuits étoilées, Pinson s'était surpris, la poitrine haletante, l'œil en feu, dévorant à la dérobée ces charmes naissants de la jolie Chinoise qu'un voile léger lui dérobait à peine...

Alors, ses oreilles se prenaient à bourdonner, le sang refluait en abondance vers son cœur, et souvent, par un mouvement irréfléchi, obéissant à la voix impérieuse de ses sens éveillés, il se vit sur le point de se précipiter vers Pé-tchi-li et de la prendre dans ses bras...

Mais un geste de la jeune fille, geste moitié impératif, moitié suppliant, venait l'arrêter et le retenir à sa place.

Ils s'aimaient tous deux, et c'est ce qui devait les sauver !...

Huit jours s'écoulèrent ainsi, pendant lesquels Pinson et Pé-tchi-li vécurent l'un près de l'autre, sans que jamais le premier eût rien fait qui pût amener la rougeur de la honte sur le front de la seconde.

Le matin du neuvième jour, ils se levèrent comme d'habitude, au moment où le soleil, s'élançant des montagnes voisines, leur jetait ses gais rayons dans les yeux.

Ils avaient fait beaucoup de chemin, depuis qu'ils avaient rencontré Fo-hi, et selon toute probabilité, ils n'étaient plus maintenant fort éloignés de Pé-king.

C'est du moins ce qu'assurait Coupoutaï.

Ils reprirent donc leur marche avec une nouvelle ardeur.

Mais on eût dit qu'un même pressentiment pesait ce jour-là sur leur esprit à tous les trois, car, par exception, la gaîté était absente du petit groupe, et la conversation languissait singulièremen .

Au bout d'une demi-heure, Pinson, qui avait pris les devants revint tout à coup vers ses compagnons.

— Qu'y a-t-il? demanda vivement le philosophe.

— Venez voir vous-mêmes... répondit Pinson, moi, je n'ose en croire mes yeux.

— Mais enfin, qu'est-ce donc ?

— Là, à quelques pas de nous...

— Eh bien ?

— Il y a un homme et une femme.

— Et cette femme ?

— C'est As-say.

— Et l'homme ?

— Le père André !...

Ils pressèrent le pas.

Ce que venait de dire Pinson paraissait incroyable et dénué de toute vraisemblance... mais Pinson avait pourtant bien vu, et voici à la suite de quelles circonstances le Tao-sze et la mère de Li-tsi devaient de se retrouver ensemble aux environs de Pé-king.

La mère chrétienne

Nous avons laissé As-say au moment où elle venait de se trouver tout à coup en présence du Tao-sze, et nous l'avons vue, s'abandonnant à toute la violence de son désespoir, tirer son poignard de sa ceinture, et se précipiter avec fureur sur celui auquel elle faisait remonter toute la responsabilité du malheur de sa fille.

Une exaspération inouïe s'était emparée d'elle; elle venait d'apprendre que Li-tsi avait été dirigée sur Pé-king, elle n'espérait maintenant que faiblement la sauver, et toute la place que l'espoir et l'amour occupaient naguère dans son cœur avait été comblée par la haine et le désir de la vengeance.

Elle devait être implacable.

Elle s'était vengée déjà de Fo-hi qui avait livré sa fille, mais il restait encore le Tao-sze qui l'avait faite chrétienne.

Elle ne savait pas, elle ne voulait pas savoir si le missionnaire avait jadis sauvé Li-tsi, ni avec quel amour attentif et pieux il l'avait élevée. Il y avait à cette heure trop de désordre dans son cœur, trop de trouble dans son esprit, pour qu'elle cherchât à mettre quelque suite dans ses idées. Elle obéissait aux sentiments impétueux qui soulevaient sa poitrine, et à tout prix, elle voulait une satisfaction à cette violence dont tout son être était ébranlé.

Et puis, il faut le dire pour l'histoire même du cœur humain.

As-say était mère surtout, et ce qu'elle haïssait le plus dans le père André, ce n'était pas le missionnaire, c'était encore moins le

Fan-kouei, c'était avant tout celui qui lui avait enlevé son enfant, c'était l'homme qui avait détourné à son profit l'amour de sa fille !

Li-tsi aimait cet homme... et la malheureuse mère était jalouse de cet amour, et elle le regardait comme un vol fait à son propre cœur.

Elle marcha rapidement au Tao-sze, le poignard levé, la lèvre frémissante, l'œil éblouissant d'éclairs.

— Ah ! le ciel est juste ! s'écria-t-elle, pleine de délire, et c'est lui qui a permis que nous nous trouvions enfin en présence l'un de l'autre... réponds donc, sans détour, sans mensonge, qu'as-tu fait de ma fille ?...

— Li-tsi ! fit le père André.

— Réponds.

— Mais ne sais-tu pas qu'elle est partie ?

— Je le sais.

— Ces misérables l'ont entraînée vers Pé-king.

— Et tu n'as pas tenté de la protéger, de la défendre ?

— Le pouvais-je ?

— On peut toujours mourir !

— Ah ! ils ne m'ont pas même laissé cette consolation... j'appelais la mort de tous mes vœux, et ils ont eu le triste courage de me faire grâce de la vie.

As-say fit un sourire méprisant.

— Lâche ! dit-elle d'un accent profond, n'avais-tu donc sur toi aucune arme... ne pouvais-tu frapper sans pitié ces misérables... ah ! je leur aurais fait payer cher leur infamie, et mon couteau se serait teint de leur sang avant qu'ils eussent arraché mon enfant de mes bras.

Le Tao-sze leva les mains au ciel.

— Notre religion nous défend de répandre le sang de nos semblables, répondit-il d'un ton solennel.

— Une religion de lâches, répliqua As-say.

— Et puis, Li-tsi est chrétienne !

— Tais-toi !

— Et si elle doit mourir de la mort glorieuse du martyr, Dieu lui-même viendra recevoir son âme au seuil de l'éternité !...

— Tais-toi! tais-toi!... interrompit violemment As-say qui ne se contenait plus, et dont une subite rougeur était venue colorer les joues, car c'est là ta faute, sais-tu; c'est là ton crime!...

— Que dis-tu?...

As-say prit les mains du Tao sze, et le força à la regarder en face.

Elle était terrible ainsi; ses yeux pleins de menaces s'étaient injectés de sang, ses dents serrées mordaient ses lèvres avec énergie, et sa poitrine battait avec une violence âpre et désordonnée.

— Oui, ton crime! ton crime! répéta-t-elle énergiquement. Quand tu as recueilli cette enfant elle naissait à peine à la vie, et cependant tu la vouais déjà à la mort... de quel droit as-tu répandu sur son front l'eau fatale du baptême... de quel droit as-tu disposé de cette pauvre créature, qui eût aimé la vie? elle ne t'appartenait pas cependant, et tu savais bien qu'un jour sa mère viendrait la réclamer...

— Mais nul n'est venu.

— Tais-toi! Savais-je où la trouver seulement, et puis, j'étais coupable, j'avais peur, j'avais honte... je n'aurais pas osé l'embrasser... je la croyais morte... et je pensais qu'en me l'enlevant, le ciel avait voulu me punir... Mais toi!... que t'avait-elle fait? tu n'as eu pitié ni de sa grâce d'enfant, ni de ses charmantes aspirations de jeune fille... tu l'avais volée... et tu ne voulais pas la rendre, et afin que l'abîme fût plus profond, pour qu'elle ne pût jamais être tentée de retourner vers le passé, tu l'as faite chrétienne... c'est infâme!...

— As-say!...

— C'est infâme, te dis-je... Une fois l'enfant volée, tu l'as cachée à tous, tu t'es enfui avec elle, et c'est dans l'ombre sans doute, à la hâte, loin des regards, que tu l'as initiée à ta religion aveugle et maudite... tu ne lui as jamais parlé de sa mère à cette chère âme, et elle mourra sans savoir qu'on l'a pleurée absente, sans regret, sans souvenir; mais le ciel punit de pareils crimes, et qu'il soit loué puisqu'il me met enfin en ta présence.

Pendant qu'As-say parlait ainsi, s'enivrant de sa propre colère, et tourmentant de sa main crispée la poignée de son couteau, le père André, toujours immobile, les bras en croix sur la poitrine, ne se lassait pas d'écouter, et semblait même ne plus entendre les injures qui tombaient des lèvres de la mère.

Cette attitude, loin de ramener cette dernière au calme, ne faisait qu'augmenter encore son irritation, et ses oreilles se prirent à bourdonner avec force, et à plusieurs reprises, sous l'empire de quelque sentiment puissant, elle passa sa main glacée sur son front.

— Voyons! dit-elle tout à coup, comme si elle eût changé inopinément le cours de ses idées, parle, peux-tu la sauver?

— Je ne puis que prier pour elle, répondit le père André, d'une voix pénétrante et grave.

— Mais tes prières ont été inutiles jusqu'à présent.

— Pourquoi désespérer de la bonté de Dieu?

— Il est impuissant et cruel.

— Ne blasphème pas...

— Il n'a point eu pitié de la douleur d'une mère.

— As-tu pleuré devant lui seulement?

— Moi!

— Lui as-tu dit ton désespoir?

— Eh! ne le connaît-il pas... ne m'a-t-il pas entendue? il est aveugle et sourd; or, il est impitoyable et lâche...

— As-say!... voulut dire le père André.

— Laisse-moi, répliqua la femme, en le repoussant rudement, c'est en vain que je cherche à me reprendre à tous les espoirs que tes mensonges éveillent encore en moi!... Je ne veux plus rien entendre... l'heure est venue... je ne veux plus que me venger!

En parlant de la sorte, elle se releva avec une sombre énergie; puis elle marcha vers le Tao-sze, et le menaça de son couteau.

— Que prétends-tu faire?... demanda vivement ce dernier.

— Tu vas mourir...

— Un assassinat...

— Tu vas mourir! te dis-je...

— Mais ta douleur t'égare jusqu'au crime...

— Eh bien! crime pour crime, sang pour sang, vie pour vie!... Fo-hi est mort pour l'avoir livrée, tu mourras, toi, pour l'avoir faite chrétienne!...

— Ah! malheureuse.

— A genoux !

— Ton cœur se repentira.

— A genoux ! à genoux !

As-say n'écoutait plus rien ; elle était ivre de colère et de fureur. Un suprême oubli emportait toutes ses résolutions, son esprit était pris de vertige.

Le père André se laissa tomber à genoux, joignit les mains et leva les yeux au ciel.

Et pendant qu'As-say s'approchait à pas lents, comme une panthère qui veut jouir des tortures de sa victime, le missionnaire se mit à prier de la même voix ferme et calme.

— Seigneur ! s'écria-t-il, s'il est vrai que ma dernière heure soit venue, et que vous m'accordiez la joie de me rappeler à vous, ne repoussez pas les vœux suprêmes d'une âme qui n'a jamais eu d'autre amour que le vôtre. Vous savez, ô mon Dieu, avec quelle sainte sollicitude j'ai recueilli cette enfant que j'avais pris la douce habitude d'appeler ma fille... elle était bien mienne, en effet, et elle m'aimait comme son père, et je l'aimais comme mon enfant... Rien encore n'a terni la pureté de son cœur, et il est tout entier à vous, Seigneur ; c'est du fond de ma tombe que je m'adresse à votre bonté... elle va être seule désormais, donnez-lui la force... elle aura à subir de cruelles épreuves, donnez-lui le courage !... et si elle doit succomber dans cette lutte terrible, faites, ô mon Dieu, qu'elle succombe en chrétienne, et que les portes du ciel s'ouvrent devant son âme !

As-say écoutait, et l'on eût dit qu'elle faisait des efforts inouïs pour compendre l'étrange sentiment qui prenait à cette heure possession de son cœur.

Elle écoutait, et sa poitrine battait, et elle sentait comme un flot de larmes monter à sa gorge et l'étouffer.

Le missionnaire se releva. La prière l'avait reconforté, il n'y avait plus d'hésitation dans son regard, il était prêt à mourir.

Il eût pu se défendre cependant, une lutte entre As-say et lui était possible ; mais il n'y songea même pas.

Une autre pensée lui était venue, et son front s'était tout à coup illuminé, et son regard avait pris un singulier reflet d'inspiration et de fanatisme.

Il n'était plus calme comme tout à l'heure; son cœur battait maintenant dans sa poitrine avec une violence inusitée, et une ardeur nouvelle brûlait ses veines.

Il prit les mains de la mère de Li-tsi.

— As-say, lui dit-il, d'une voix qui n'avait, pour ainsi parler, plus rien d'humain, As-say, vous avez blasphémé tout à l'heure le saint nom du Seigneur, vous avez proféré des menaces terribles, mais c'est votre douleur qui parlait, et Dieu vous pardonne!...

— Que m'importe! repartit As-say, avec un dernier frémissement de haine sauvage.

Le missionnaire l'attira près de lui.

— As-say, poursuivit-il du même accent pénétrant, veux-tu revoir ta fille?

— Que dis-tu?

— Réponds-moi.

— Tu le demandes?

— Veux-tu retrouver ton enfant, pour ne la plus quitter jamais, pour vivre près d'elle, pour l'aimer?...

— Est-ce possible?

— La puissance de Dieu est infinie.

— Et il ferait cela!

— Il ferait plus encore...

— Il me rendrait ma fille!

— A une condition.

— Laquelle?

— Ecoute, As-say, écoute avec recueillement, sans m'interrompre, et comme si Dieu lui-même te parlait... c'est lui qui m'inspire... il a pris en pitié ta douleur de mère, et il veut que l'espoir rentre dans ton cœur, que le sourire renaisse sur tes lèvres pâlies.

— J'écoute! j'écoute, dit As-say, les mains jointes et tombant à genoux devant le missionnaire, par un mouvement machinal et comme si elle eût obéi à une volonté plus forte que la sienne.

Le père André poursuivit.

— Pauvre As-say, dit le missionnaire, tu pleures ta fille perdue, et nul jusqu'à présent n'a pu calmer le désespoir de ton cœur ; tu t'es adressée à ton époux, et il t'a repoussée ; tu as appelé Fo-hi à ton aide, et il t'a trahie, et Bouddha lui-même, ton Dieu tout-puissant, Bouddha est resté sourd à tes prières, et te voilà seule, sans espoir, abandonnée de tous, pendant que Li-tsi est entraînée vers Pé-king où l'attend une mort certaine.

— Ah ! je mourrai avec elle, s'écria As-say, en étouffant ses sanglots.

— Mourir ! repartit le père André, tu veux mourir, et tu ne sais pas qu'au seuil de cette vie tout est fini... la mort, c'est une séparation éternelle pour les serviteurs de Bouddha. Au-delà de ce monde, il n'y a plus rien que les ténèbres et le néant. De quelque côté que tu te tournes, ton regard ne rencontrera que le vide, et les sanglots qui s'échappent de ta poitrine n'éveilleront nulle part un écho sympathique.

— C'est horrible !

— Songes-y, cette heure est solennelle, et Dieu te regarde et t'entend...

— Mais que faut-il faire ?

— Si tu le veux, cette séparation que tu redoutes et qui serait cruelle, cette séparation deviendra au contraire une source de joies pour ton cœur.

— Comment !...

— Notre religion a des consolations pour toutes les douleurs.

— Les chrétiens ne croient donc pas à la mort ?

— Les chrétiens croient à la liberté infinie et à la toute-puissance de Dieu, ils voient la mort sans pâlir, et ils savent qu'au-delà de cette vie misérable, il y a un autre monde où toute souffrance s'apaise, où tout désespoir s'oublie, où les amants retrouvent leurs fiancées, où les mères retrouvent leurs enfants.

— Est-ce possible ?

— C'est Dieu lui-même qui l'a enseigné.

— Tu ne me trompes pas ?

— Pourquoi te tromperais-je ?

— Eh ! le sais-je, moi ! j'ai la tête perdue, j'ai tant souffert, depuis quelques jours, j'ai tant pleuré, tant d'espoirs et de déceptions ont tour à tour ébranlé mon cœur, que je doute même si je vis.

— Les Tao-sze chrétiens ne mentent jamais.

— Et puis... on ne trompe pas une mère qui pleure son enfant, n'est-ce pas ? ce serait impie... et puis encore, tu aimes Li-tsi, tu l'as élevée, elle a vécu près de toi pendant de nombreuses années ; tu l'as vue enfant, bégayant à peine ; tu l'as vue grandir, tu l'as vue jeune fille, belle, svelte, élancée ; tu l'as suivie jour par jour, heure par heure, tu ne l'as pas quittée, et elle a pris l'habitude de t'appeler son père. Tiens, mon cœur se brise à tous ces souvenirs, quand je songe surtout que, toutes ces joies, j'aurais pu les goûter, et que je me suis honteusement privée de tous ces bonheurs. Oh ! j'ai été misérable et lâche...

Et comme As-say tordait ses mains avec désespoir :

— Continue ! dit le missionnaire, en tirant lentement de dessous sa robe un christ d'ébène, qu'il étendit au-dessus de sa tête.

Cette dernière le regarda un moment sans comprendre ; mais cet étonnement dura peu, car elle reprit aussitôt :

— Oui, dit-elle avec un accent amer et profond, oui, j'ai tout oublié pour la satisfaction d'une passion étrange, j'ai fui le domicile conjugal, et j'ai mené la vie désordonnée et violente des filles de fleurs. Rien ne m'a avertie cependant, mon cœur était endurci, mon esprit perverti, je n'avais plus conscience ni des autres ni de moi-même, j'étais égarée, insensée, folle.

— Parle ! parle ! dit encore le père André.

— Oh ! le ciel m'a punie bien cruellement, et la punition est juste, vois-tu ; mon cœur saigne, je pleure jusqu'à tarir la source de mes larmes ; mais ai-je le droit d'accuser le sort seulement ? n'est-ce pas moi qui l'ai voulu ? n'est-ce pas mes propres mains qui ont creusé l'abîme dans lequel je suis tombée ? Pourquoi me plaindrais-je ? à quelle divinité adresserai-je maintenant mes vœux et mes prières ? qui aura pitié de la femme adultère et de la mère coupable ?... Ni les hommes ni le ciel.

Le missionnaire était ému ; cette douleur avait des accents si vrais, elle était si navrante aussi, qu'il ne put y rester insensible, il se pencha vers la malheureuse mère :

— As-say, lui dit-il d'une voix grave, tu as été bien coupable, mais le Dieu des chrétiens a des pardons ineffables pour les repentirs sincères. Tu viens de confesser ton passé, les larmes de la

mère ont effacé les fautes de l'épouse, et je suis sûr maintenant
que Dieu t'a entendue.

— Et il me rendra mon enfant!...

— Si tu le pries avec ferveur.

— Mais je ne sais plus prier...

— A genoux donc, ô femme, à genoux, les mains jointes, les
yeux au ciel, et réponds-moi à ton tour, comme si tu te trouvais
en présence de Dieu lui-même.

As-say obéit à cette injonction; elle s'agenouilla aux pieds du
missionnaire, joignit les mains, et leva vers le christ d'ébène
deux beaux regards voilés de larmes.

Le père André était comme transfiguré; le missionnaire avait
reparu; il s'agissait d'une âme à gagner à la foi chrétienne, et il
avait presque oublié Li-tsi et les dangers qu'elle courait, pour ne
songer qu'à As-say qu'il allait tenter d'élever à la connaissance et
à l'amour de Dieu.

— As-say, lui dit-il, avec ardeur, pour te rendre digne de la
bonté du Seigneur, il faut oublier tes haines et tes désirs de vengeance.

— Je les oublierai!... répondit As-say.

— Il faut pardonner à tes ennemis.

— Je leur pardonne.

— A When-ti qui t'a repoussée, à Fo-hi qui t'a trompée.

— A tous les deux.

— Bien, As-say, le premier pas est fait dans la voie du repentir.

— Mais qui me pardonnera à moi?...

— Dieu!

— Il est donc près de nous?

— Il est partout, toute la nature lui est soumise, et rien ne lui
est inconnu.

— Alors, il sait combien j'ai souffert?

— Il le sait.

— Combien mon cœur a été déchiré, et ce que je souffre encore,
et pourquoi je pleure?...

— Il a tout entendu.

— Je pourrai lui parler de mon enfant?

— Nous en parlerons ensemble.

— Pauvre Li-tsi!...

— Elle t'aimait sans te connaître.

— Dis-tu vrai?...

— Elle a souvent prié pour toi... un vague espoir survivait dans son cœur; et puis, Li-tsi est chrétienne, la prière la reconfortait, elle savait que l'on n'implore jamais en vain la bonté de Dieu, et à l'horizon de cette vie, elle te voyait lui sourire et lui tendre les bras.

As-say mit son front dans ses mains, et se prit à sangloter; — tant d'émotions lui enlevaient le peu de forces qui lui restaient, tout ce qui s'était passé lui apparaissait maintenant comme un rêve affreux.

Elle releva presque aussitôt la tête.

— Les mères chrétiennes ne pleurent donc pas leurs enfants quand la mort les leur enlève? dit-elle d'une voix âpre et presque violente.

— Elles pleurent, répondit le missionnaire, mais elles prient...

— Malgré leur désespoir?..

— Leur désespoir s'apaise, et le trouble de leur esprit se calme; et les plus abattues se relèvent; et la prière verse sur leurs blessures les plus profondes un baume qui les cicatrise et endort leurs douleurs.

— Oh! je voudrais prier.

— Le veux-tu réellement?

— Ton Dieu me repousserait peut-être?

— Essaie.

— Je ne sais dans quelle langue m'adresser à lui, ni de quels mots me servir.

— Le cœur n'a qu'une langue, et Dieu n'entend que celle-là.

— Je n'ose pas...

— Eh bien, écoute-moi, As-say, écoute ce que je vais dire; et si tu veux réellement élever ton âme au Dieu de miséricorde et d'oubli, si tu veux qu'au-delà de cette vie il te reste l'espoir de revoir et d'embrasser ton enfant, répète après moi chaque mot que je vais prononcer:

Et sans attendre la réponse de la femme, le missionnaire s'a-

genouilla près d'elle, et baisant le crucifix avec une ferveur toute
fanatique.

— Mon Dieu! s'écria-t-il, d'un accent inspiré, j'ai été coupable
envers vous, et je vous ai offensé sans vous connaître, pardonnez,
mon Dieu, et laissez tomber sur moi un regard de bonté.

— Pardonnez-moi, pardonnez-moi, répéta As-say d'une voix
tremblante.

— Vos desseins sont impénétrables et votre justice est infailli-
ble, poursuivit le père André ; j'avais une enfant que j'aimais de
toute mon âme, et vous me l'avez enlevée, avant même que j'aie
pu l'embrasser... Mon Dieu!... que votre volonté soit faite sur la
terre, comme dans le ciel!...

— Que votre volonté soit faite! murmura la malheureuse mère.

— Assez longtemps, j'ai méconnu votre voix, et j'ai poursuivi
de ma haine vos plus fidèles serviteurs... mais le repentir a enfin
touché mon cœur, mes yeux se sont ouverts à la lumière... je vois...
j'existe... je crois. Mon Dieu, prenez-moi en pitié, et recueillez
une mère qui ne veut plus avoir d'autre foi que celle de sa fille,
d'autre amour que le sien, d'autre vie que la sienne.

Et comme ces dernières paroles tombaient des lèvres d'As-say,
le missionnaire se releva vivement.

— Et maintenant, dit-il avec autorité, que toute crainte dispa-
raisse de ton esprit, que toute douleur s'apaise dans ton cœur;
As-say, veux-tu me suivre?

— Où veux-tu donc aller? demanda la femme, encore tout
émue, et avec une dernière hésitation.

— A Pé-king.

— Près de mon enfant?

— Près de Li-tsi.

— Et nous pourrons la voir?

— Dieu nous conduira.

As-say eut un frisson.

— Ah! je ne sais pourquoi, dit-elle, mais il me semble que j'ai
moins peur à présent.

— La prière a relevé ton courage.

— J'y ai mis tout mon cœur.

— Et tu seras exaucée.

As-say passa sa main rapide sur son front :

— Mais que se passe-t-il donc en moi? dit-elle d'une voix étrange.

— Tu trembles?

— Non... je suis forte au contraire... mon cœur ne bat plus avec la même violence dans ma poitrine... et je puis regarder dans le passé sans remords, et dans l'avenir sans terreur.

— Dieu t'a pardonné.

— Est-ce possible?

— As-say, tu es chrétienne !

— Moi!...

Et elle se prit à frémir d'une sainte émotion, et son front se pencha comme sous le poids d'une grave et solennelle pensée.

L'instant était critique, il pouvait devenir dangereux. Le père André le comprit aussitôt, et sans lui laisser le temps de réfléchir et de revenir peut-être sur une première impression, il lui saisit les mains, et l'entraîna sur ses pas...

— Viens! viens! lui dit-il avec vivacité, chaque minute de retard peut être fatale... Hâtons-nous... Li-tsi est menacée ; viens! et puissions-nous arriver à temps sinon pour la sauver, du moins pour mourir avec elle.

As-say revint à elle, on venait de lui parler de sa fille, des dangers qu'elle courait. Il n'en fallut pas davantage.

— Partons, dit-elle, partons, je remets ma vie et mon cœur entre tes mains. — Pour revoir Li-tsi, j'affronterais mille morts.

Et ils partirent sur ces mots.

Mais à peine avaient-ils fait quelques heures de chemin, qu'ils rencontrèrent, ainsi que nous l'avons dit, maître Pinson, accompagné de Coupoutaï et de la petite Pé-tchi-li.

L'anneau de Ping-si

La rencontre fut agréable pour tous, et chacun laissa sans arrière-pensée voir la joie qu'il en éprouvait.

Pinson avait su se faire aimer du missionnaire malgré ses allures irrégulières, et As-say nourrissait une sympathie des plus vives pour son caractère décidé, sa physionomie spirituelle, son cœur excellent.

Elle courut à lui dès qu'elle l'aperçut.

— Vous! vous! lui dit-elle avec émotion, oh! je suis heureuse de vous rencontrer, et je bénis le ciel de ce qu'il m'offre une fois encore l'occasion de vous serrer les mains.

— Ma foi! repartit Pinson, le plaisir est réciproque, et je vois avec satisfaction que vous avez renoncé à vos projets de vengeance, puisque je vous retrouve avec le père André.

— Mais où allez-vous donc?

— A Pé-king.

— Nous aussi.

— Comme ça se trouve, nous ferons route ensemble.

Pinson se tourna, en parlant ainsi, vers le père André. Le sourire s'était éteint sur ses lèvres, une certaine teinte de tristesse était empreinte sur ses traits.

— D'où vient, lui dit-il, que je vous vois seul; on vous a donc enlevé Li-tsi?

— Ma fille! s'écria As-say, ils l'ont emmenée à Pé-king.

— Et vous allez la sauver.

— Nous allons la voir mourir, répondit le missionnaire, avec un geste éloquent.

Pinson fit la grimace. .

— La voir mourir, répéta-t-il d'un ton moitié sérieux et moitié ironique, c'est un spectacle qui manque de gaîté, cela... ne comptez-vous donc pas tenter de la délivrer ?

— C'est impossible !... interrompit impétueusement As-say.

— C'est difficile, tout au plus, riposta Pinson.

— Li-tsi est destinée à mourir ! insista le missionnaire.

— A son âge ?

— La couronne du martyr l'attend.

Pinson haussa les épaules par un mouvement involontaire.

— Le martyre est une sublime issue à une position désespérée, répliqua-t-il avec une certaine fermeté, mais c'est surtout une belle chose quand on ne peut pas faire autrement. — Qu'en dites-vous, maître Coupoutaï ? ajouta le sceptique Parisien, en se tournant vers son ami.

Coupoutaï commença un sourire équivoque :

— Je dis, répondit-il, que ma philosophie a de nombreux points de contact avec la vôtre.

— Et vous pensez comme moi, n'est-ce pas, qu'il vaut mieux sauver Li-tsi, que de la laisser périr, dût-elle, par cette mort, gagner la couronne du martyr ?

— C'est cela même.

— Et n'est-ce pas aussi votre avis ? ajouta Pinson, en s'adressant cette fois à la petite Pé-tchi-li.

Au lieu de répondre, la jolie Chinoise remua doucement la tête.

— Qu'est-ce à dire, fit Pinson avec inquiétude, vous hésitez à répondre ?

— Je n'hésite pas, dit Pé-tchi-li.

— Quelle est donc votre opinion ?

— Mon opinion est que vos projets sont insensés.

— Pourquoi cela ?...

— Vous comptez sans les obstacles.

— Pinson ne les connaît pas...

— Sans doute, et vous ignorez aussi qu'une vingtaine de ieues nous séparent encore de Pé-king, que plus nous approcherons de la capitale, plus nous allons devenir l'objet d'une surveillance active, qu'enfin, ce soir même, nous aurons à traverser le camp de l'armée chinoise, et qu'avant de songer à sauver les autres, vous feriez bien de veiller à votre propre sûreté...

A ces paroles de la petite Chinoise, les quatre auditeurs se regardèrent avec étonnement. Ce que venait de dire Pé-tchi-li était simple et rationnel, et le conseil qu'elle donnait était le seul qu'il y eût réellement à suivre.

— Elle a raison! objecta Coupoutaï.

— C'est-à-dire, que je suis un imbécile de n'y avoir pas songé, repartit Pinson avec vivacité.

Et il alla prendre la tête de Pé-tchi-li qu'il baisa au front.

— Oui, mon enfant, dit-il avec une gaîté de bon aloi, oui, la sagesse même a parlé par vos lèvres roses, et nous ne nous permettrons plus d'avoir un autre avis que le vôtre... Voyons, où prenez-vous le camp chinois?

— Près de *Ta-chu!* répondit Pé-tchi-li, en souriant.

— Et l'armée est nombreuse?

— Cent mille hommes.

— Diable...

— Et ils font une garde sévère autour de la capitale.

— Mais n'y a-t-il aucun moyen de tourner le camp?

— Aucun, l'armée est presque entièrement composée d'hommes de la *Terre-des-Herbes*.

— Qu'est-ce que c'est que ça?...

— La Mongolie.

— Eh bien?...

— Eh bien, ces hommes sont d'infatigables et adroits cavaliers; ils ont établi des avant-postes partout, sur toutes les routes, au confluent de tous les canaux.

Pinson se tut, ce que l'on venait de lui dire lui donnait fort à réfléchir, et il cherchait une issue à cette situation qui avait ses dangers.

Tout à coup il releva la tête, et se tourna vers le père André

— Savez-vous, dit-il aussitôt, que maître Ping-si est tout de même un singulier et mystérieux garçon; c'est cependant lui qui nous a fourrés dans ce guêpier.

15.

— Et il ne se presse guère de venir nous en retirer, objecta Coupoutaï.

— Il ne le peut pas sans doute, repartit le missionnaire, et le mieux est de n'y plus songer.

— C'est égal, insista Pinson, si je le repince jamais, je lui dirai son fait.

Puis, comme si la pensée de Ping-si lui eût ouvert un nouvel ordre d'idées, il se frappa le front avec vivacité :

— Mais, j'y pense, s'écria-t-il, j'ai un moyen bien simple de m'assurer de la sincérité de notre ami.

— Lequel ? fit As-say.

— Qui ne risque n'a rien, comme l'on dit en France, et, ma foi, je veux tenter l'aventure.

— Que voulez-vous faire ?

— C'est mon secret.

— Mais où voulez-vous aller ?

Pinson réfléchit un moment, puis il reprit en s'adressant à Pé-tchi-li :

— Vous dites, ma jolie enfant, poursuivit-il, que le camp chinois est à dix lieues d'ici ?

—Environ.

—Qu'en outre, les hommes de la Terre-des-Herbes y font bonne garde autour de la capitale, et qu'il y a pour nous des dangers réels à les affronter ?

— Je le pense.

—Ah !... mais les habitants de la Mongolie ne connaissent pas encore Pinson, et avant quelques heures je prétends leur procurer ce plaisir.

—Vous allez nous quitter !... dit Pé-tchi-li.

— Jusqu'à demain.

— Cette résolution est imprudente.

— Elle est la seule qui puisse nous sauver.

— Au moins, nous expliquerez-vous...

—Plus tard.

— Et d'ici là ?

— D'ici là, Pé-tchi-li, vous allez continuer votre route vers Pé-king, comme si vous ne m'aviez jamais connu... vous traverserez le camp sans danger puisque vous êtes du pays, et que vous en possédez la langue... et quant à moi, je me charge de me tirer d'embarras.

— Mais irez-vous seul?

— Coupoutaï m'accompagnera... A l'aide de la métempsychose, il nous a nourris une partie du chemin, c'est bien le moins que je lui rende sa politesse, et je l'invite à souper ce soir au milieu même du camp chinois.

Les quatre auditeurs regardèrent Pinson avec un douloureux étonnement... ils étaient bien près de croire que le malheureux avait été frappé de folie... Ils tentèrent de faire quelques objections, mais tout fut inutile; il se montra insensible à toutes les prières, sourit à toutes les craintes qu'on lui exprimait, et s'éloigna finalement, en compagnie de Coupoutaï, pour qui cette résolution nouvelle de son ami était une énigme dont il cherchait vainement le mot.

Heureusement, Coupoutaï était philosophe; de plus, il avait confiance en Pinson, de sorte qu'un quart d'heure après, il ne pensait déjà plus à l'étrangeté de la situation.

Vers le soir cependant, et comme ils approchaient du camp, que l'on apercevait depuis quelques heures, une partie de ses appréhensions lui revinrent, et il crut devoir tenter une dernière démarche pour faire renoncer son compagnon à l'entreprise.

Mais Pinson repoussa toute prière.

— Moi seul, répondit-il, je cours un danger réel dans cette aventure... et j'ai la conviction que je conjurerai le danger; si contre mon attente je devais succomber, eh bien, vous me rendrez le service d'aller serrer la main de ma part à mon ami Tittmarsh, et de lui dire que je suis mort en pensant à lui.

— Ainsi vous êtes décidé? dit Coupoutaï.

— Parfaitement.

— Qu'il soit donc fait comme vous le désirez; mais quoi qu'il arrive, je veux partager votre sort.

Ils avaient atteint les avant-postes du camp mongol, et quelques cavaliers s'étaient déjà détachés et étaient venus les reconnaître.

Pinson ne put s'empêcher de sourire à voir la tenue assez peu martiale des soldats chinois.

— C'est étonnant, comme ça me rappelle la garde nationale de mon pays, dit-il à son compagnon.

— Ce sont cependant nos meilleures troupes.

— Eh bien, je n'en fais pas compliment au *Fils du ciel*.

Il achevait ces mots, quand un groupe de cavaliers entoura tout à coup les deux voyageurs.

Pinson les regarda effrontément.

— Où allez-vous? lui cria alors l'un des cavaliers.

— A Pé-king!... répondit Pinson.

— Qui êtes-vous?

— Je le dirai à votre officier.

— Tu refuses de faire connaître ta profession?

— Je refuse.

— Tu paieras cher ton insolence.

— Il n'y a d'insolent ici que toi-même, riposta Pinson qui commençait à sentir l'impatience le gagner.

Mais il n'eut pas plus tôt proféré ces paroles, qu'une dizaine d'hommes s'emparèrent brutalement de lui, le garrottèrent avec violence, et l'entraînèrent vers le camp, en poussant des cris sauvages.

Coupoutaï avait eu le temps de jeter sur son ami un regard de compassion.

— Cela commence mal, lui dit-il à voix rapide, pendant qu'on l'emportait.

— Bah! repartit Pinson, sans rien perdre de son insouciance, ils ne sont pas si méchants qu'ils en ont l'air; et d'ailleurs, il n'y a de bien que ce qui finit bien... attendons la suite.

C'était un véritable camp chinois; ainsi que l'avait annoncé Pé-tchi-li, il n'était pas composé de moins de cent mille hommes, qui représentaient les huit bannières de Mongolie.

Singulières troupes que ces hommes de la *Terre-des-Herbes*.

On raconte que lorsqu'ils reçurent du *Fils du ciel* l'ordre de se rendre près de la capitale, ils arrivèrent pêle-mêle et comme un ouragan à la grande muraille, et avant d'en franchir la porte principale, suivant la coutume barbare de leur pays, ils sacrifièrent un cavalier à l'Esprit de la guerre. Les bonzes du couvent voisin assistèrent à cette cérémonie en longs habits jaunes, et quand la cérémonie fut terminée, tous ces sauvages enfants du désert, depuis le plus simple soldat jusqu'au commandant en chef, trempèrent la pointe de leurs lances dans le sang fumant de la victime, en poussant un cri terrible, puis toute la masse des cavaliers, suivie d'immenses troupeaux de chameaux destinés à porter les approvisionnements, continua sa route, pour venir se ranger près de la capitale, sous les étendards du FILS DU CIEL.

A part les contingents qui viennent à des périodes plus ou moins éloignées combattre pour la défense du pays, l'armée chinoise n'existe pour ainsi dire pas. Chaque gouverneur de province ou de district touche de forts émoluments pour l'entretien de soldats dont le nombre est déterminé. Ces soldats sont casernés dans des registres, les uniformes entassés dans des caisses, et la solde reste dans les coffres des mandarins gouverneurs. Les plus consciencieux d'entre eux ont un camp assez vaste, entouré de fossés peu profonds. Dans cette enceinte s'élèvent non des tentes, mais trois ou quatre colonnes de granit, sur lesquelles tout passant peut lire : *Ici il y a cinq mille, dix mille, vingt mille hommes; qu'on tremble et qu'on obéisse !*...

Parfois, un inspecteur envoyé directement de Pé-king vient vérifier l'emploi des fonds publics ; s'il veut passer les troupes en revue, des *coulies* endossent aussitôt les uniformes, prennent les armes, et l'inspecteur se retire satisfait, emportant, il est vrai, quelques mois de la solde des troupes. Il est avec l'autorité chinoise des accommodements qui se traduisent toujours en beaux lingots d'argent.

Le recrutement s'effectue de deux manières.

Si l'armée doit opérer sur le lieu même de la réunion, une forte solde est donnée à des coulies, pour qu'ils consentent à devenir soldats; mais si elle doit agir à une certaine distance, elle se renforce de nombreux paysans levés bon gré mal gré. La solde de ces derniers est très faible, et leurs femmes prises en otage répondent de leur présence sous les drapeaux.

Les troupes ainsi recrutées forment divers corps, parmi lesquels nous citerons la mousqueterie, les hallebardiers, les faucheurs et les sabreurs.

Il y a encore les artificiers-bouviers qui méritent une mention

toute spéciale. Ce sont tout simplement, dit l'*Illustration* qu
nous fournit la plupart de ces détails intéressants, des conduc-
teurs de bœufs, pauvres animaux arrachés aux paisibles travaux
des champs, pour devenir de terribles engins de guerre. Ces bœufs
reçoivent sur leur dos tout un assortiment de poteries. De la poudre mêlée à un grand nombre de morceaux de soufre et de résine
emplit ces vases qui communiquent entre eux au moyen d'une
mèche. De longs bambous armés à chaque extrémité de fers de
lance et fortement attachés sur les reins de l'animal, le débor-
dent de quelques pieds à la tête et à la croupe. Le feu est mis à la
mèche, quelques coups d'aiguillon, accompagnés par des éclats
spontanés d'une épouvantable musique de gougs et de tam-tam,
effraient ces malheureux animaux. Ils se ruent sur l'armée ennemie, dont les rangs, d'abord ouverts par les lances, sont bientôt
mis en déroute par une forte explosion qui projette, avec des dé-
bris de poterie, une pluie de feu. Cette charge produit d'ordinaire un excellent effet, et généralement on profite du désordre
qui règne alors dans les troupes ennemies pour lancer les faucheurs et les sabreurs.

En arrivant dans le camp, Pinson fut frappé du pittoresque
effet que produisaient à l'œil les longues files de tentes bleues,
jaunes, rouges, et du mouvement qui y régnait de tous côtés; il
remarqua d'abord une grande variété de costumes, une profusion
incroyable de bannières fichées en terre, de distance en distance, et
une quantité innombrable de lanternes énormes, sur lesquelles
étaient collées des inscriptions en caractères rouges pour indiquer
la place assignée à chaque division. Des soldats allaient et venaient d'un air affairé, des cavaliers passaient ventre à terre à
travers les files, et l'on entendait le bruit de conversations animées, sous les tentes en toile bleue où se trouvaient réunis les
principaux officiers.

Pinson ne fit pas beaucoup attention à cette sorte de désordre
qui témoignait cependant d'un événement extraordinaire; toutefois, il crut devoir demander à ce sujet quelques explications à
ceux qui le conduisaient.

L'un d'eux lui répondit d'un air ironique, où il y avait presque
une menace, que l'on attendait ce jour-là le *Fils du ciel* au

camp, et que lui, Pinson, avait mal choisi son heure pour insulter des membres de l'armée impériale.

Pinson se tut ; il comprenait la justesse de cette observation, et craignit même un moment d'avoir commis une imprudence. Mais il avait trop d'insouciance native pour s'appesantir longtemps sur une pareille pensée, et cinq minutes après il n'y songeait plus.

Les hommes qui le conduisaient venaient d'ailleurs de s'arrêter devant une tente richement décorée ; ils avaient échangé quelques mots avec les sentinelles, et on l'avait poussé plutôt qu'introduit dans une vaste salle autour de laquelle régnait un divan circulaire.

Pinson était fatigué, il n'y avait personne dans la salle ; il courut se jeter sans façon sur le divan.

Il était décidé à aller jusqu'au bout d'une aventure dans laquelle il s'était jeté peut-être un peu étourdiment, et il demeurait persuadé que, dans toute situation, l'audace est le meilleur moyen de se tirer d'affaire.

Quelques minutes plus tard, un homme entrait dans la salle et s'avançait vers lui, le sourcil froncé, et l'œil plein d'éclairs.

Il portait un bouton de rubis à son bonnet, c'était un mandarin de première classe.

Pinson se leva, et lui épargna la moitié du chemin.

— Mes soldats vous ont rencontré aux abords du camp, dit le vieillard d'une voix sévère, et vous avez refusé de leur dire qui vous êtes.

— C'est la vérité, répondit Pinson.

— Cette insolence mérite un châtiment exemplaire, poursuivit le mandarin, et il faut que vous soyez frappé de folie.

— Ou que j'aie le droit de me conduire comme je l'ai fait, interrompit Pinson.

Le mandarin le regarda avec étonnement.

— Qu'est-ce à dire ? fit-il, un peu interdit de l'assurance de son interlocuteur.

— C'est-à-dire, continua Pinson, avec le même aplomb, que vos soldats se sont étrangement oubliés à l'égard d'un voyageur inoffensif, et que votre devoir serait, au contraire, de leur recommander la politesse envers les étrangers.

— Cependant, balbutia le mandarin.

— J'espère que ceci ne se renouvellera plus.

— Mais...

— Et c'est à cette condition seulement que vous pouvez vous assurer le pardon du FILS DU CIEL.

Et sans prendre garde à la stupéfaction du mandarin, Pinson lui tendit la main, et montra à son doigt l'anneau que Ping-si lui avait confié quelques jours auparavant.

Ce fut comme un coup de théâtre.

Le mandarin poussa un cri d'épouvante, joignit les mains et se laissa tomber à genoux.

— Diable! pensa Pinson, il paraît que cela lui fait de l'effet.

— Grâce! grâce! s'écria le malheureux fonctionnaire, j'ignorais, je ne pouvais savoir... Mais tout sera réparé, je le jure, et avant qu'il soit une heure, les soldats qui vous ont manqué auront la tête coupée.

Pinson se prit à rire.

— Et qui vous parle de couper quoi que ce soit à ces pauvres diables, répliqua-t-il avec gaîté; avaient-ils vu mon anneau seulement; ils obéissaient à leur consigne, ils ont fait leur devoir, je désire qu'il ne leur soit fait aucun mal.

— Vous serez obéi.

Cependant, le mandarin ne se relevait pas; Pinson lui tendit la main :

— Et maintenant, lui dit-il, relevez-vous; oubliez que vous avez eu peur, et ne songez plus qu'à bien servir le FILS DU CIEL.

Le mandarin était radieux, il ne s'attendait pas à tant de bonté. C'est à peine s'il osait lever les yeux sur Pinson.

— C'est égal, pensait ce dernier, avec un pli soucieux, je voudrais bien savoir pour qui l'on me prend ici.

Le mandarin venait de se lever, mais il conservait toujours son attitude respectueuse.

— Faut-il que je réunisse les principaux officiers, reprit-il, un instant après, que je fasse prendre les armes pour la revue, que je donne l'ordre...

— Rien de tout cela! interrompit Pinson, d'un ton modeste,

qui convenait à l'incertitude où il se trouvait ; que tout le monde
ignore que je suis au camp.

— Mais tout est prêt.

— Eh bien, nous y penserons demain. Quant à présent, j'ai
d'autres ordres à donner.

— J'écoute.

— Un voyageur m'accompagnait quand j'ai été arrêté, je désire que l'on sache ce qu'il est devenu, et si on le retrouve, qu'on
l'amène près de moi.

— Ce sera fait.

— Ensuite, je passerai la nuit au camp.

— Je comprends.

— On me servira dans cette tente.

— Une autre plus digne avait été préparée.

— Celle-ci me convient, j'y resterai.

— Dans une heure, vos ordres seront exécutés.

— Allez donc, et que nul ne vienne troubler mon repos.

Le mandarin salua jusqu'à terre et sortit à reculons.

Pinson n'attendait que cela ; quand il eut passé le seuil de la
porte, il jeta son bonnet au plafond, et effectua une pirouette sur
l'orteil droit.

Tout allait pour le mieux, il avait réussi : Pinson ne se possédait pas de joie.

Il savait bien cependant que cette plaisanterie ne pourrait du-
rer longtemps ; qu'à chaque instant on pouvait découvrir la su-
percherie ; que, dans ce cas, il y allait probablement de la vie, mais
Pinson était incapable de se laisser arrêter par de semblables
considérations, et d'ailleurs, il était trop engagé dans cette aventure pour songer à reculer.

Une demi-heure après, Coupoutaï pénétrait dans la salle, conduit, avec force politesses, par le mandarin lui-même.

Les deux amis n'eurent que le temps de se serrer les mains avec
effusion, car presque aussitôt les lanternes et les flambeaux
s'allumaient de tous côtés, et une table abondamment servie de
tous les mets choisis et recherchés de Chine était apportée au milieu de la salle, et Coupoutaï et Pinson y prenaient place.

Quand ils furent seuls, Pinson ne put soutenir sans éclater de rire le regard stupéfait du philosophe.

— C'est un conte de fées... dit ce dernier, et quel talisman possédez-vous donc pour changer ainsi tout d'un coup votre fortune et votre position?

— Ça, dit Pinson, c'est un secret, que je vous dirai au dessert.

— Pourquoi ne me le diriez-vous pas tout de suite?

— Parce que ces mets ont réveillé mon appétit, et que je sens que je vais faire honneur au repas.

— Qu'il soit donc fait comme vous le désirez, dit Coupoutaï, et mangeons, sans plus nous inquiéter du dénoûment.

Et ils se mirent à souper.

Le repas était des plus somptueux; la table était ornée de deux énormes vases de porcelaine antique remplis de fleurs éclatantes et surmontés de grands éventails en plumes de paon; une quantité considérable de plats chargeait la table. C'étaient, d'une part, des poissons volants, des pieds de cerf accommodés en purée, des foies et des estomacs d'oiseaux, cuits et hachés menu, des chenilles d'une espèce particulière que produit la canne à sucre, torréfiées et salées...

Puis des nageoires de requin roulées en boulettes, des nids d'oiseaux au sucre candi, des pattes d'oie, des têtes de moineaux, des grenouilles, porc-épic, gésiers de poissons, bécassines garnies de crêtes de paon.

Puis des holoturies que l'on pêche sur les récifs de l'archipel Malaisien et de l'océan Pacifique.

D'autre part, étaient servis, coupés en petits morceaux,

Des canards mandarins, des faisans, des œufs de pigeon, des vers de terre, des bols de riz, et des tasses de thé à profusion.

Enfin les hauts bouts de la table étaient garnis de nombreuses assiettes de fruits : des pêches aux couleurs vermeilles, des noix, des oranges mandarin, des yeux de dragon, des *peaux jeaunes* ou groseilles à maquereaux. Puis des *loquat* ou nèfles d'un goût légèrement âpre.

C'était un spectacle assez nouveau pour Pinson, et il en régala ses yeux avant d'en remplir son estomac.

Il y avait surtout, au milieu de la table, une sorte de faisan doré, dont le ventre semblait près d'éclater sous les truffes odorantes, et qui attirait ses regards et sa convoitise.

D'ailleurs, tous ces mets étaient agréablement entremêlés de bouteilles de champagne, et le sensuel Parisien s'en pourléchait les lèvres, rien qu'en y pensant.

Ajoutons en dernier lieu, et pour compléter le tableau, que l'extrémité de la table était occupée par un petit théâtre, où des sauteurs, des musiciens et des bayadères se démenaient de leur mieux pour récréer les deux convives.

Pinson n'y fit pas trop attention, et se mit à attaquer la victuaille avec une ardeur admirablement soutenue par l'exemple de Coupoutaï.

— Rien n'égaie un repas comme le champ'mousseux, dit-il, en faisant sauter le bouchon d'une bouteille de Moët ; ma foi ! au diable la philosophie pour cette nuit... et pendant que nous y sommes, donnons-nous-en à cœur joie... A la santé de Tittmarsh!

— A sa santé!... répondit Coupoutaï, en tendant son verre.

Pinson vida le sien d'un trait...

— Ah! quelle occasion il perd là tout de même, poursuivit-il, et comme il aurait fait honneur à ce festin... que diable, peut-il être devenu...

— Qui sait?

— Pourvu qu'il ne lui soit rien arrivé.

— Bah! il est habile, il se tirera toujours d'affaire.

Pinson réfléchissait, tout en dévorant. Il venait d'approcher le faisan, et il le dépeçait avec une dextérité qui eût fait l'orgueil d'un écuyer tranchant.

— C'est égal, reprit-il un instant après, ce Ping-si est un homme bien singulier.

— Pourquoi ?

— N'est-ce pas à lui que nous devons ce splendide repas?

— A lui?

— Eh sans doute, c'est à son anneau que je porte au doigt que je dois toutes les politesses dont on m'accable.

Et en parlant ainsi, Pinson montra à Coupoutaï la bague que lui avait confiée Ping-si.

— C'est étrange, dit le philosophe, en l'examinant avec attention, et il vous a suffi de la montrer au mandarin pour obtenir cette soumission.

— C'est-à-dire qu'en la voyant le vieux a manqué de tomber à la renverse.

Coupoutaï devint pensif, pendant que Pinson continuait de fonctionner.

Le faisan était cuit à point, et le champagne, délicieux. Les truffes seulement avaient un arôme singulier, et dès les premières bouchées, Pinson leur trouva un goût amer.

Il fit part de sa remarque au philosophe, qui s'empressa de les goûter.

— En effet, dit-il, en devenant de plus en plus soucieux, tout ceci n'est pas naturel, et si vous voulez m'en croire, nous bornerons là notre appétit.

Pinson haussa les épaules, et mangea de plus belle :

— Vous avez peut-être peur que l'on ne vous empoisonne, répondit-il avec ironie, et en vidant un nouveau verre de champagne.

— Ce n'est pas cela.

— Qu'est-ce donc?

— Une idée.

— Mais enfin, expliquez-vous?

— Eh bien, dit Coupoutaï, le parfum de ces truffes n'est pas naturel, et je me trompe fort si l'on n'y a pas mêlé une bonne dose d'opium.

— Que dites-vous?

— La vérité.

Pinson commença une grimace grotesque; mais les fumées du champagne avaient déjà ébranlé son cerveau, et il fit un geste insouciant et railleur.

— Eh bien! a pour l'opium, dit-il avec enjoûment, on prétend que cela procure des rêves agréables, et je ne m'y oppose pas. Que je m'endorme donc sur un souper si hospitalier, je n'en demande pas davantage, pourvu que le sommeil m'apporte l'image de ma charmante Pé-tchi-li.

Pinson achevait à peine ces mots, que sa langue sembla s'épaissir, ses yeux se fermèrent à moitié, et il se laissa glisser d'une façon inerte sur le dossier de son fauteuil.

En même temps, les bougies s'éteignirent, le silence se fit de tous côtés, et il ne resta plus dans la salle qu'une seule lampe allumée.

Coupoutaï était demeuré stupéfait, et ne savait trop quel parti prendre. — Il ne voulait pas quitter son ami, dans un moment aussi critique, et cependant il se demandait ce qu'il allait devenir, et quels dangers les menaçaient tous deux.

Tout à coup une main se posa sur son épaule, et avant qu'il eût eu le temps de se retourner, une voix se penchait mystérieusement à son oreille :

— Coupoutaï, dit la voix, si tu tiens à tes jours, tu ne te rappelleras rien de ce que tu as vu, ni de ce que tu as entendu...

— J'oublierai ! répondit le philosophe, sans faire le moindre mouvement.

— Tu vas partir.

— Quand on voudra.

— Tu ne chercheras pas à savoir qui t'a parlé.

— Je suis sourd.

— Et tu ne diras rien de cette aventure.

— Je serai muet.

— Va donc, et attends cette nuit même ton ami aux portes de Pé-king.

Coupoutaï ne se fit pas répéter cette invitation, et bien persuadé qu'il ne pouvait être d'aucun secours à Pinson, il s'éloigna à pas rapides, et sans regarder en arrière.

Dès qu'il l'eut vu partir, l'inconnu marcha vers Pinson, lui prit la main et enleva de son doigt la bague de Ping-si.

Puis cette opération terminée, il tira un flacon de sa ceinture, et en versa quelques gouttes sur ses lèvres.

Le tam-tam

— Pinson, dit l'inconnu d'une voix sévère.

Pinson fit un soubresaut, mais retomba presque aussitôt dans son sommeil léthargique.

L'inconnu posa la main sur son épaule et versa encore quelques gouttes de son flacon sur ses lèvres.

Cette fois, la dose était plus forte, et le patient se souleva péniblement et ouvrit les yeux.

Il ne régnait dans la salle qu'une faible et pâle lumière, mais à la clarté douteuse de la lampe son regard distingua vaguement les objets qui l'entouraient.

Il en fut comme ébloui.

Et il se prit à considérer l'inconnu sans le reconnaître.

L'inconnu était vêtu de brocart et de pierreries ; quatre ou cinq rangs de perles étincelaient sur sa poitrine ; de larges écussons en broderies parsemaient son surtout violet et trois plumes de paon ornaient son bonnet de velours.

Pinson croyait rêver, et longtemps après même, il croyait encore avoir été le jouet d'une hallucination produite par l'opium.

— Pinson, reprit l'inconnu après quelques secondes de silence, tu as abusé du dépôt à toi confié par Ping-si, et ce qui est plus mal, tu as oublié que tu avais à protéger une malheureuse mère qui pleure son enfant.

— C'est vrai ! balbutia Pinson.

— A cette heure, peut-être n'est-il plus temps ; Li-tsi est entre les mains des mandarins de Pé-king, et As-say, devenue chrétienne elle-même, peut tomber au pouvoir de ses ennemis qui l'épient.

Pinson se retourna avec agitation. Son visage était contracté, ses poings crispés frappaient les bras de son fauteuil. On eût dit qu'il voulait se lever, mais qu'une force plus puissante que sa volonté le retenait malgré lui cloué à sa place.

L'inconnu se pencha à son oreille, et comme s'il eût craint qu'on n'entendît ses paroles, il jeta autour de lui un regard soupçonneux et baissa la voix :

— Écoute cependant, poursuivit-il avec ardeur, bien que la situation soit presque désespérée, tu peux, aidé d'As-say, conjurer le danger, ou tout au moins l'éloigner pour quelque temps.

— Comment ? murmura Pinson.

— Il faut de l'audace !

— Après ?

— Tu as du courage, je le sais déjà, mais c'est du sang-froid surtout qu'il faut, c'est encore de l'adresse et de l'habileté... Dans un instant tu vas partir pour Pé-king... Aux portes de la ville, tu rencontreras Coupoutaï, et le Tao-tze chrétien et la mère de Li-ts viendront t'y rejoindre... tu me comprends.

— Très bien.

— A Pé-king un homme peut seul vous aider dans votre entreprise.

— Qui cela ?

— Le Fils du ciel !

— L'empereur ?

— Lui-même.

— Mais qui m'introduira près de lui ?

— Coupoutaï et As-say te renseigneront à ce sujet ; l'entreprise est dangereuse ; on ne pénètre pas impunément auprès du Fils du ciel ; un Fan-kouei surtout s'expose à périr s'il tente de franchir le seuil de la demeure impériale, mais que ces considérations ne t'arrêtent pas, et marche au but sans te laisser effrayer par les dangers dont tu pourras être menacé.

Pinson fit un signe de tête qui voulait dire qu'il ne craignait rien et qu'il suivrait le conseil qui lui était donné.

L'inconnu sourit alors, prit la main de son interlocuteur et la lui serra avec affection.

— A cette condition, ajouta-t-il d'une voix pénétrante et douce, je te rendrai toute mon amitié dont tu es digne, et je t'accorderai toutes les faveurs que tu pourras me demander.

Et sur ces mots, il marcha vers la table et frappa trois coups sur un timbre de métal.

La porte du fond s'ouvrit aussitôt, et à travers cette porte on put entrevoir au seuil de la tente un cortége éblouissant d'officiers et de grands dignitaires, chacun ceint, selon son rang, de ceintures jaunes ou rouges.

Au signal donné par l'inconnu, quatre hommes s'avancèrent portant sur leurs épaules une grande cage servant au transport des criminels.

Ces hommes déposèrent la cage à terre, en ouvrirent la porte et y introduisirent Pinson, qui se trouvait incapable d'opposer la moindre résistance.

Cette sorte de prison portative avait environ six pieds de long sur quatre de large ; elle était faite d'épais barreaux de laiton solidement reliés entre eux par des traverses de fer.

On ne pouvait s'y tenir debout, et on y était fort mal assis.

Les Chinois replacèrent peu après la cage sur leurs épaules et, accompagnés de soldats armés de piques et munis de lanternes, ils quittèrent la salle après avoir toutefois rendu à l'inconnu les honneurs dus à son rang.

Le nuit était profonde et noire. Une petite pluie fine commençait à tomber, une bise âpre et froide sifflait aigrement en agitant les arbres de la route.

Les Chinois marchaient bon pas et paraissaient peu satisfaits de la corvée dont ils étaient chargés.

Cependant, Pinson n'était abrité ni contre le vent, ni contre la pluie : les vapeurs de l'opium ne tardèrent pas d'ailleurs à se dissiper à l'air vif de la campagne, et il n'avait pas fait une lieue, qu'il commençait à s'agiter dans sa cage.

Il était encore engourdi, il détendit ses bras, puis ses jambes, puis enfin il ouvrit les yeux.

Dans le premier moment, il put croire qu'il continuait un rêve pénible, et ces hommes qui le transportaient en silence, ces lanternes qui rayaient l'ombre de pâles reflets, cette cage dans laquelle il était étroitement enfermé, tout cela lui fit l'effet d'un cauchemar.

Il passa sa main à plusieurs reprises sur son front et dans ses cheveux ; il pressa ses tempes, ouvrit les oreilles et se tâta même pour se persuader qu'il ne dormait pas.

Il était bien éveillé !

Une émotion inconnue traversa son cœur, et il chercha à se rappeler.

Et d'abord, les souvenirs n'arrivèrent à son esprit que confusément et par lambeaux.

Il doutait encore.

Puis, peu à peu, la lumière se fit dans son cerveau, il se rappela son arrivée au camp, l'anneau de Ping-si, son repas et le sommeil qui l'avait surpris.

Ce fut tout !...

Il lui sembla bien que durant son sommeil un homme était venu à lui qui lui avait parlé.

Mais quel était cet homme...

Il portait des vêtements d'une richesse inouïe ; des pierres précieuses étincelaient à sa ceinture ; mais cet homme n'avait rien d'humain. C'était une apparition comme l'on n'en voit que dans les contes de fées.

Cependant, en évoquant ce souvenir, chacune des paroles de l'inconnu revenait à sa mémoire ; un moment même, il crut que ses traits ne lui étaient pas étrangers, il lui trouva une vague ressemblance avec un personnage mystérieux qu'il avait connu pendant quelques jours, et dont il n'avait plus entendu parler.

Ping-si !

Mais il repoussa cette pensée comme ridicule... Ping-si ne se serait pas caché, il ne l'aurait pas surtout abandonné dans une cage comme une bête fauve, aux soins de Chinois qu'il ne connaissait pas.

Pinson se perdait en conjectures.

Cependant, les Chinois marchaient toujours, et à mesure que

Pinson revenait au sentiment de la réalité, il se trouvait plus mécontent et plus irrité.

— Il n'y a que les singes du Jardin-des-Plantes que l'on met en cage, murmurait-il en se retournant dans tous les sens, et je considère le procédé comme très humiliant...

Sa dignité de Français et de Parisien se révoltait à se voir ainsi méconnu, et son irritation ne tarda pas à se changer en colère mal contenue et qui devait bientôt éclater.

A un moment donné, et comme ses compagnons ne paraissaient pas prendre grande attention à lui, il se mit donc à secouer les barreaux de sa prison avec une énergie désespérée.

La secousse ainsi imprimée fit osciller la cage sur les épaules des coulies. Quelques regards se tournèrent alors vers lui, mais cet incident n'eut pas d'autres suites, et la petite troupe continua de marcher avec la même célérité et le même calme.

Ce n'était pas le compte de Pinson, et sa première tentative ayant été infructueuse, il en commença une seconde, en l'accompagnant d'invectives et d'injures.

Pinson tombait mal. Les Chinois sont le peuple le plus patient de la terre. D'ailleurs, la position de Pinson, peut-être aussi les ordres qu'ils avaient reçus, leur interdisaient toute altercation avec leur prisonnier.

Ils laissèrent donc ce dernier se démener dans sa cage, et pressèrent même le pas pour atteindre plus rapidement le but vers lequel ils marchaient.

Pinson vit bien qu'il n'en obtiendrait rien, et sans chercher davantage à les tirer de leur apathie, il s'allongea de son mieux dans sa prison et attendit.

Ce ne fut pas long.

L'aube commençait à tracer à l'horizon une longue ligne rouge; l'ombre de la nuit se dispersait peu à peu, le jour allait poindre.

La petite troupe s'arrêta.

A une demi-lieue environ, on distinguait la grande ville de Pé-king, et non loin de là, et tout autour, serpentaient les eaux tranquilles et majestueuses d'un grand fleuve.

On déposa la cage à terre.

—C'est ici! dit celui qui paraissait être le chef de la troupe.

Pinson se releva avec vivacité.

Un Chinois ouvrit alors la porte de sa prison et lui tendit la main pour en sortir.

Il ne se fit pas prier, et sauta lestement à terre.

— Çà, dit-il aussitôt au chef de la bande, est-ce donc ici que vous avez reçu l'ordre de me transporter?

Mais le chef ne répondit pas. Sur un geste de sa main les coulies relevèrent la cage vide, les soldats firent demi-tour et ils reprirent ainsi le chemin qu'ils venaient de parcourir.

— Pardieu! s'écria Pinson, qui ne put s'empêcher de sourire, j'y pense maintenant, ce sont peut-être des muets du sérail...

Mais il se frappa presque aussitôt le front :

— Je suis bête! ajouta-t-il, ce n'est pas la parole qui manque aux muets du sérail... Drôles de Chinois tout de même, et je voudrais bien savoir...

Cependant Pinson était libre... les portes de Pé-king étaient à peu de distance; il ne perdit pas un temps inutile à se creuser l'esprit pour chercher l'explication de ce qui venait de lui arriver, et il reprit résolûment sa marche, bien résolu à suivre le conseil qu'on lui avait donné et à tout tenter, dût-il y périr, pour sauver Li-tsi, et apaiser la douleur d'As-say.

Sans savoir pourquoi, Pinson éprouvait une sympathie des plus vives pour cette dernière. Le brave enfant se rappelait par instant qu'il avait laissé bien loin derrière lui une mère tendrement aimée, et que, elle aussi, pleurait sans doute son absence avec les mêmes larmes et le même chagrin...

As-say l'avait fortement ému : il comprenait son désespoir, il eût voulu la voir heureuse et souriante...

Il avait à peine fait cent pas qu'il trouva ses compagnons de la veille.

Les portes de la ville n'étaient pas ouvertes encore; et ils attendaient.

Pinson reconnut là une réalisation de son rêve, et il en fut émerveillé.

Coupoutaï accourut à sa rencontre.

— Eh bien, lui dit-il vivement, il ne vous est rien arrivé de fâcheux?

— Absolument rien, répondit Pinson... Mais, vous-même, comment avez-vous disparu?

— Un avis officieux m'a été donné, et je l'ai suivi.

— Et le père André et As-say?

— Ils vous attendent.

— Et la bonne petite Pé-tchi-li?... la jolie petite Chinoise...

Il n'avait pas fini que la petite Chinoise quittait As-say et le père André et venait vers son ami.

Pinson se permit de lui prendre les mains, de l'attirer contre sa poitrine et de baiser son front.

Pé-tchi-li se contenta de rougir sans se fâcher.

— Mais, voyons! voyons, poursuivit Pinson, il ne s'agit pas de s'oublier ici aux bagatelles de la porte, et puisque celle de Pé-king est fermée, il faut utiliser notre temps et combiner un plan.

Ils se hâtèrent d'aller rejoindre le missionnaire et As-say.

Le père André s'était agenouillé et priait.

As-say était assise près de lui, les coudes sur les genoux, la tête dans les mains.

Elle pleurait.

Maintenant qu'elle se trouvait à deux pas de Pé-king, elle avait peur...

Tant que la marche avait duré, la fièvre l'avait soutenue. A cette heure, elle redoutait d'arriver trop tard, elle craignait d'échouer dans sa tentative; toutes les difficultés se dressaient devant elle, et c'est à peine si elle osait y arrêter sa pensée.

Elle pleurait.

De temps à autre, une prière rapide passait entre ses lèvres, mais la confiance même qu'elle avait aussi en Dieu était ébranlée, et elle appelait son enfant sans espoir de pouvoir l'embrasser jamais.

Pinson s'approcha d'elle et lui prit doucement les mains.

— Allons, lui dit-il d'un ton de brusquerie amicale, pourquoi vous désoler ainsi... pourquoi verser tant de larmes et s'abandonner au désespoir?... Nous avons besoin de tout notre courage au contraire.

— Li-tsi est perdue, s'écria la malheureuse femme en laissant tmber son front entre les mains de Pinson.

—Qui a dit cela? repartit ce dernier; nous n'avons encore rien fait et vous désespérez déjà.

— Mais ses ennemis seront cruels et sans pitié.

— Qui sait?...

— Oh! je n'en doute pas, moi.

— C'est ce qu'il faudra voir.

— Je n'espère plus.

— Eh bien, moi, j'espère beaucoup, au contraire, poursuivit Pinson; que diable, il doit y avoir quelqu'un à qui l'on pourrait s'adresser.

— Qui cela?

— Eh! le sais-je... les mandarins, les dignitaires de l'Empire, le FILS DU CIEL lui-même s'il le faut.

— L'empereur?

— Pardieu, il ne me mangera pas.

— Vous iriez le trouver?

— Et pourquoi pas? il ne s'agit que d'avoir son adresse pour cela...

Coupoutaï s'était rapproché, et en écoutant parler Pinson un sourire ironique avait plissé ses lèvres.

Ce dernier s'en aperçut.

— Vous riez, vous, monsieur le philosophe, dit-il d'un ton goguenard.

— Je ris de votre idée.

— N'est-elle pas bonne?

— Elle est insensée.

— On ne peut donc pas approcher du FILS DU CIEL?

Coupoutaï hocha la tête :

— Tout le monde peut se présenter hardiment devant l'empereur, répondit-il.

— Eh bien?

— Des officiers du tribunal sacré veillent incessamment à l'entrée du palais du FILS DU CIEL.

— Comme qui dirait les concierges de l'établissement?

— Et ils ont pour mission d'en écarter tout importun. Mais, à côté de la porte principale est suspendu ce que nous appelons le tam-tam d'appel, et tout homme, en y frappant, peut, suivant un ancien usage, obtenir immédiatement une audience de l'empereur.

— Bravo ! s'écria Pinson, voilà mon affaire.

— Peut-être...

— J'irai frapper au tam-tam.

— Oui, répliqua le philosophe, et si vous dérangez le FILS DU CIEL pour un motif qu'il ne considère pas comme suffisant, un supplice immédiat punira votre audace.

— Ceci est moins engageant.

— Je savais bien que cette considération vous arrêterait.

— Vous croyez ?

— Cela donne à réfléchir, n'est-ce pas ?

Pinson fit un geste insouciant.

— Allons donc ! s'écria-t-il avec élan, est-ce que l'on a le temps de réfléchir quand il s'agit de rendre un enfant à sa mère... le premier mouvement est toujours le meilleur, et je ne m'en dédis pas.

— Ainsi vous persistez ?

— Pardieu.

— Mais c'est vous perdre, objecta Pé-tchi-li.

— Bah ! il y a un Dieu pour les audacieux, et puis, je ne sais, tenez, je puis bien vous le dire, j'ai fait si peu de bonnes actions dans ma vie, qu'une fois par hasard ça doit me porter bonheur.

— Vous irez donc ? dit Coupoutaï.

— Ne m'accompagnerez-vous pas ?..

As-say ne le laissa pas achever.

— Oh ! je ne vous quitte plus, dit-elle avec enthousiasme, c'est pour ma fille que vous allez vous exposer, et s'il y a des dangers à courir, je veux les partager.

— Pauvre femme !... murmura Pinson... Alors nous serons deux.

— Mais nous irons aussi !... s'écrièrent en même temps le missionnaire et Pé-tchi-li.

— A la bonne heure... Eh bien, partons alors ; justement voilà que les portes de la ville s'ouvrent... le moment est favorable... hâtons-nous de filer.

Puis, se tournant vers Coupoutaï :

— Et vous, l'ami, ajouta-t-il railleusement, est-ce que le cœur ne vous en dit pas?

— Il le faut bien.

— Vous nous suivez?

— Après tout, ce n'est pas la première sottise que je ferai dans ma vie, et j'aurai du moins l'excuse d'avoir fait celle-ci en bonne compagnie.

Les portes étaient ouvertes, il faisait grand jour... ils pressèrent le pas.

Le palais du FILS DU CIEL est situé au milieu de la ville et y occupe un emplacement qui n'a pas moins de trois lieues de circuit.

Coupoutaï y conduisit Pinson, en lui faisant traverser de nombreuses rues, où le Parisien chercha vainement quelque monument qui témoignât d'une civilisation intelligente.

En approchant du palais seulement, il fut frappé de l'aspect grandiose et imposant des constructions.

A la porte principale veillait un groupe de sentinelles appartenant au corps des Tigres impériaux ; elles étaient armées de lances et se promenaient de long en large sous l'espèce d'arc de triomphe qui sert de porte.

Pinson s'arrêta, et indiquant à Coupoutaï un énorme tam-tam appendu entre deux colonnes :

— Est-ce donc là le tam-tam d'appel? demanda-t-il avec vivacité.

— C'est lui-même, répondit Coupoutaï.

— Et on peut y aller frapper ?

— Si le cœur vous en dit.

— ... Allons-y donc gaîment, s'écria Pinson avec belle humeur.

Et sans plus d'hésitation, il courut aussitôt vers l'arc de triomphe, devant lequel il s'arrêta.

Au pied de l'une des colonnes se trouvait un marteau.

Pinson s'en empara.

Puis, le soulevant d'une main rapide, il en appliqua deux coups vigoureux sur le tam-tam qui se mit à osciller en rendant un son éclatant et métallique.

Tout le palais en retentit.

Pinson regarda autour de lui... les sentinelles étaient pâles et comme épouvantées, et Coupoutaï et As-say étaient devenus soucieux et inquiets.

— Il est perdu, balbutia Pé-tchi-li.

— Qui sait! répliqua le père André, il défend une cause sainte, Dieu est avec lui.

Cependant, au bruit produit par le tam-tam, des gardes étaient accourus, et à leur tête marchaient des officiers du tribunal sacré.

— Que veux-tu? demanda un de ces derniers en toisant Pinson avec dédain.

— Eh! ne le voyez-vous pas, répondit celui-ci, je veux parler au FILS DU CIEL.

— Tu sais à quoi tu t'exposes?

— Je le sais.

— Et la crainte du danger ne t'arrête pas?

Pinson leva une seconde fois le marteau.

— Faut-il recommencer? dit-il d'un air délibéré.

Et il allait frapper de nouveau quand l'officier retint son bras.

— C'est inutile...

— Alors vous allez m'introduire?

— Viens!...

L'officier fit signe à ses hommes de prendre les devants, et quelques secondes après Pinson, suivi de ses amis, pénétrait dans le palais du FILS DU CIEL!

FIN

Paris. — Typ. LACOUR, rue Soufflot, 18.

www.ingramcontent.com/pod-product-compliance
Lightning Source LLC
Chambersburg PA
CBHW071909020726
47502CB00003B/954